Ce livre a
été entièrement
imaginé, créé
et fabriqué
au Québec

Saint-Jean Éditeur
est une maison d'édition québécoise
fondée en 1981

DU MÊME AUTEUR

La maison des vérités, 2013

L'affaire Mélodie Cormier, 2015
Prix Saint-Pacôme de la relève et prix Coup de cœur, 2015
Prix AQPF-ANEL, catégorie 13 ans et plus

Terreur domestique, 2016

Des fleurs pour ta première fois, 2017
Prix de littérature Gérald-Godin 2017

Deux coups de pieds de trop, 2018

L'oracle et le revolver, 2018

Le tribunal de la rue Quirion, 2019

Quand je parle aux morts, 2020

Conduite dangereuse, 2021

GUILLAUME
MORRISSETTE

L'affaire MÉLODIE CORMIER

Roman

SAINTJEAN

Guy Saint-Jean Éditeur
4490, rue Garand
Laval (Québec) Canada H7L 5Z6
450 663-1777
info@saint-jeanediteur.com
saint-jeanediteur.com

....

Données de catalogage avant publication disponibles à Bibliothèque et Archives nationales du Québec et à Bibliothèque et Archives Canada

....

Nous reconnaissons l'aide financière du gouvernement du Canada par l'entremise du Fonds du livre du Canada (FLC) ainsi que celle de la SODEC pour nos activités d'édition. Nous remercions le Conseil des arts du Canada de l'aide accordée à notre programme de publication.

Financé par le gouvernement du Canada | Canada SODEC Québec Conseil des Arts du Canada Canada Council for the Arts

Gouvernement du Québec – Programme de crédit d'impôt pour l'édition de livres – Gestion SODEC

Gouvernement du Québec – Programme de crédit d'impôt pour l'édition de livres – Gestion SODEC

Édition : Isabelle Longpré
Révision : Marie Desjardins
Correction d'épreuves : Émilie Leclerc
Mise en pages : Olivier Lasser
Conception graphique de la page couverture : Christiane Séguin

Dépôt légal – Bibliothèque et Archives nationales du Québec, Bibliothèque et Archives Canada, 2015
ISBN : 978-2-89455-841-6
ISBN ePub : 978-2-89455-842-3
ISBN PDF : 978-2-89455-843-0

Imprimé et relié au Canada
8e impression, janvier 2022

ASSOCIATION NATIONALE DES ÉDITEURS DE LIVRES

Guy Saint-Jean Éditeur est membre de
l'Association nationale des éditeurs de livres (ANEL).

À Guylou, Gabriel
et Sarah-Maude

JOUR 1

RUE DES FORGES
– Dimanche matin, 5 juin

La bruine tombait sur le centre-ville de Trois-Rivières, en ce début juin. Marco Genest, vingt-trois ans, marchait d'un pas rapide vers le Saint-Laurent, s'abritant de son mieux à l'aide de son manteau.

Dans sa main gauche, il tenait un singulier cylindre de plastique.

Il traversa la rue Notre-Dame et déambula jusqu'à la hauteur du Bourg du Fleuve, de l'autre côté de la rue. Il pénétra dans le Siamuse, le restaurant situé au rez-de-chaussée du dernier immeuble de la rue des Forges, tout près du port. Il demeura dans l'entrée pour s'égoutter un peu et parcourut l'endroit du regard, rangeant du même coup son colis dans son manteau.

Le dimanche matin, l'endroit était bondé de clients pour le brunch de la fin de semaine.

Il avança de quelques pas pour apercevoir l'entrée de la cuisine. Il leva la main en direction d'une des serveuses.

— Josée ! souffla-t-il en essayant de ne pas trop se faire remarquer.

Une jeune femme se retourna promptement et lui fit signe d'attendre. Elle termina de servir des clients en vitesse et s'approcha finalement de lui, des assiettes vides dans les deux mains.

— Marco, tu sais ben que mon boss veut pas que je reçoive de visites pendant mon *shift*, surtout pas un dimanche matin ! grogna-t-elle en déposant la vaisselle dans un grand bac.

— Je sais, je sais, reconnut-il.

— Je te vois plus tard, O.K. ?

— Josée, faut que je te parle tout de suite, insista-t-il.

Au ton qu'il prenait, elle comprit que c'était sérieux. Un coup d'œil sur la droite lui fit retrouver son sourire de travail. D'un pas rapide, un homme d'une cinquantaine d'années s'approchait d'eux, fronçant les sourcils.

— Vous reste-t-il de la place ? demanda Marco, comprenant la situation. J'aimerais prendre un café.

— Bien sûr, répondit-elle en jetant un regard à son patron. Il me reste une table près de la fenêtre, ça vous convient ?

— Volontiers.

— Bien, suivez-moi, s'il vous plaît.

Sans attendre que le gérant n'intervienne, elle descendit quelques marches et se dirigea vers la section qui bordait l'entrée principale. Elle déposa un menu sur une table pour deux et passa un coup de linge sur une des chaises.

— Je t'haïs, gronda-t-elle sans le regarder. Tu vas me faire sacrer dehors !

— Je suis vraiment désolé, s'excusa-t-il en s'asseyant. Faut que...

Mais déjà, elle était repartie vers la cuisine.

— Merde... murmura-t-il pour lui-même.

Il retira discrètement le cylindre de plastique de sa poche intérieure et le posa sur la table. Il en sortit une lettre ainsi qu'un ensemble de feuilles plus foncées, d'apparence ancienne. Elles étaient noircies au crayon.

Josée s'approcha avec une tasse et quelques gobelets de lait.

— Ton café, dit-elle, faussement fâchée.

— Merci.

— Puis j'ai pas le temps de te jaser ça tout de suite, c'est la guerre à c't'heure-là.

— Josée, un gars sait ce qui est arrivé à mes parents.

Elle s'arrêta un instant et se retourna vers lui, stupéfaite.

— Quoi ?

— Je te dis qu'un gars a l'air de connaître la vérité sur la mort de mes parents.

Elle regarda furtivement au-dessus de son épaule, en direction de la cuisine.

— Je comprends pas ! chuchota-t-elle en se penchant vers lui. C'est qui ?

Elle se ravisa et posa une main sur son épaule.

— Attends, réponds pas tout de suite. Peux-tu attendre à mon *break* ? Je vais vraiment être dans le trouble si je reste ici à te parler.

— Grouille, je vais avoir besoin de toi.

— Oui, c'est correct, donne-moi quinze minutes.

Elle retourna en vitesse vers ses clients, inquiète de ce qu'elle venait d'entendre.

Marco ouvrit un sachet de sucre et le versa dans son café. Il le tourna machinalement avec une cuillère tout en lisant la série de pages qui se trouvaient devant lui. Il ouvrit la lettre et déplia quelques feuilles écrites à l'ordinateur. Celles-ci étaient propres et présentaient du texte au recto et au verso. Il s'appuya sur son coude et entreprit de relire tout ce fouillis.

Au bout d'un quart d'heure, Josée le rejoignit à sa table et s'assit devant lui.

— Bon, je suis là. Raconte-moi ton histoire ; puis, c'est quoi, les papiers ? demanda-t-elle en pointant la pile de feuilles.

— Écoute, je sais pas par où commencer. Je vais virer fou !

— Quelqu'un qui connaissait tes parents ? Tu le connais ?

— Relaxe, j'ai même pas commencé encore ! Je vais y aller depuis le début.

À son grand regret, Josée dut patienter quelques instants. Il saisit l'enveloppe.

— Ce matin, j'ai trouvé ça – qui m'était adressé – dans ma boîte aux lettres, commença-t-il.

— On est dimanche, Hitchcock. Pas de courrier, le dimanche.

— Je sais ! Je te dis pas que c'est un facteur qui l'a mise là, mais elle était là !

Elle croisa les bras et s'adossa, sceptique.

— D'ailleurs, depuis quand tu regardes dans ta boîte aux lettres la fin de semaine ?

Exaspéré, il prit le cylindre et le lui montra.

— Parce que les feuilles étaient dans le tube de plastique qui dépassait de la boîte, bon ! Je l'ai remarqué tout de suite quand j'suis sorti.

Elle le saisit et l'ouvrit, constatant qu'il était maintenant vide.

— Il contenait les vieilles feuilles ? répéta-t-elle, étonnée.

— Oui, exactement. Elles ont été photocopiées, elles ne sont pas usées.

— Qu'est-ce que ça raconte ? Elles ont été écrites avec une plume ?

— J'y arrive, répondit-il en la calmant d'un mouvement de la main.

Il prit les quelques feuilles blanches.

— Ça, c'était adressé directement à moi. Un gars me raconte son histoire et il sait que je m'appelle Marco !

— Et puis il sait où tu restes.

Il la fixa quelques secondes et ravala sa salive.

— Ouais. Bon, de toute façon, le gars me dit qu'il peut m'apprendre des choses sur l'accident de mes parents !

Le bête accident en question, survenu quelques mois auparavant, était un sujet que Marco avait à peine abordé avec son amie. Elle hésitait entre le questionner et respecter son silence, lui subitement devenu orphelin à l'aube de sa vie adulte. La vérité, c'est qu'elle n'avait jamais vraiment connu les parents de Marco, sauf rapidement dans son adolescence, et qu'elle était en voyage lors des funérailles, l'automne précédent. À son retour au mois de janvier, Marco s'était tapi dans une forme de mutisme qu'il avait conservé depuis, hormis de rares bribes lancées ici et là.

— Et qu'est-ce qu'il t'a dit? s'enquit Josée à propos du mystérieux inconnu, contente de pouvoir en apprendre un peu.

— Mais rien! Oh, puis, lis-la donc toi-même! Ça va être pas mal moins compliqué.

— Donne! Si je dépasse quinze minutes, tu me fais signe.

Josée s'empara de la lettre et se mit à la scruter.

Salut Marco. Tu permets que je t'appelle Marco? Je ne te connais pas beaucoup, tu es entré dans ma vie il y a de cela peu de temps, bien involontairement. J'aurais aimé ne pas avoir à prendre contact avec toi, mais la vie en a décidé autrement. Tu bouleverses la plupart de mes plans et aujourd'hui, tu m'es indispensable! J'ai besoin de toi pour m'aider à mettre au jour quelques histoires que je ne peux révéler moi-même - tu comprendras bientôt pourquoi. Mais, pourquoi ferais-tu cela? Pourquoi m'aiderais-tu, moi, un inconnu?
Parce que je sais quelque chose, Marco. Une chose qui t'obsède certainement depuis quelque temps.
Tu rêves souvent à l'accident en forêt? Ça doit peupler la plupart de tes nuits. Il faut que tu me croies si je te dis que j'ai eu beaucoup de peine pour toi et que je sais *parfaitement* ce que tu as ressenti. Jamais je ne t'ai souhaité une telle chose et cet incident a bouleversé ma vie. J'ai même failli tout arrêter à cause de ça! Heureusement, je me suis ressaisi à temps. Tes parents étaient certainement des gens très bien qui ne méritaient pas ce destin tragique.

Cela dit, je pense que tu souhaites savoir ce qui s'est passé. Pour le moment, je ne peux pas t'en dire plus mais, le temps venu, tu auras réponse à toutes tes questions.
J'aimerais que tu lises cette lettre attentivement, ainsi que les feuilles qui se trouvent dans ce cylindre. Comme il va sans doute te prendre envie rapidement de leur confier ces informations, je te demanderais de tenir les policiers loin de tout ça - pour l'instant. Je ne veux pas que ce soit eux qui apprennent mon histoire en premier, j'aimerais mieux que ce soit toi. C'est tellement ironique ! J'avais prévu les impliquer dès le départ, mais tu es un trouble-fête, Marco. Alors faisons ce pacte entre nous : si tu évites les forces de l'ordre, je promets de donner les réponses aux questions qui te trottent dans la tête sur l'accident de tes parents. Donc, mêle pas la police à ça tout de suite, O.K. ? Les enquêteurs ont cette façon bien à eux de comprendre tout de travers, et ça pourrait m'irriter.

À intervalles réguliers, Josée levait les yeux vers son ami, étonnée de ce qu'elle lisait. Il acquiesçait de la tête, l'ayant lui-même été en parcourant ces lignes.

J'ai toute ton attention? Bon.
J'ai commencé à écrire un journal, il y a plusieurs années.
J'ai pris soin de bien noter la date chaque fois que j'y inscrivais quelque chose.

J'étais jeune quand j'ai commencé ça, mais j'y ai travaillé avec acharnement toute ma vie, jusqu'à aujourd'hui. Je savais qu'un jour, ça me serait utile. Ce jour est maintenant arrivé! Pardonne-moi si je ne te donne pas plus d'indications sur ma personne pour le moment, mais tu vas vite déduire que j'ai fait certaines choses qui pourraient m'être reprochées. Comprends-moi bien: je ne me sens coupable de rien, je sais que j'ai agi pour le mieux. Il y a des personnes qui ne méritent pas ce qui leur arrive dans la vie.
Mais d'autres le méritent amplement.

— Quel con, ce gars-là! s'exclama Josée. C'est quoi, un genre de malade?

— Attends, t'as pas lu son journal encore!

Je dois être prudent, on pourrait m'envoyer moisir en prison longtemps si on savait tout ce que j'ai fait. Mais ne te fais pas de sang de cochon pour moi, j'ai bien choisi le moment de dévoiler mon journal. Je voulais que mon histoire soit connue, ne serait-ce que par pur patriotisme. Je n'avais pas prévu que ce serait toi qui allais devoir le faire! Disons que tu déranges un peu mes projets, mais je ne t'en veux pas.

— Mais qu'est-ce que tu lui as fait? demanda-t-elle.

— Comment veux-tu que je le sache? Je sais même pas qui c'est!

Je t'ai même réservé un petit jeu.
Il me faut du temps pour me préparer pendant que toi, tu vas mettre au jour les affaires que j'ai faites. Tu as des devoirs! Si je me mets à ta place en ce moment, tu es sceptique et tu doutes de la véracité de mes propos. Voici donc une petite histoire qui est arrivée peu de temps après la mise en branle de mon projet. Ça va t'aider à conclure que je dis vrai. Et moi, ça va me permettre de valider que tu es à la hauteur pour mon petit parcours...
Je t'invite maintenant à lire les feuilles qui se trouvent dans le tube. Ne prête pas trop attention à mon écriture et à mon langage, comme je te dis, j'étais plutôt jeune dans ce temps-là. Je t'ai fait une photocopie de l'original, pour séparer les événements.
Tu liras le verso de cette page quand tu auras terminé.

— Séparation des événements, mon œil! lança Josée, il veut juste pas qu'on ait ses empreintes!

Marco fit une moue au son de ce raisonnement hâtif auquel il n'avait nullement songé.

— Bon! Faut que je retourne travailler, déclara-t-elle. Mais j'ai vraiment envie de lire ces feuilles-là, ajouta-t-elle en se levant.

— Y'a moyen que tu viennes chez nous après la job?

— À une heure. Prépare quelque chose de rapide à bouffer, on va essayer de savoir c'est qui, ton malade.

— Ha ha! Je savais que ça t'intéresserait!

— C'est clair ! C'est pas tous les jours qu'on peut lire des affaires de même, s'écria-t-elle en indiquant le journal. Allez, je dois vraiment y aller. On se voit tantôt.

Pendant qu'elle retournait à l'étage, Marco se félicita de lui avoir fait part de son histoire. Il ne discutait pas souvent de ses parents, le deuil était encore frais dans son esprit, et la présence de son amie le rassurait.

CHEZ MARCO
– Dimanche après-midi, 5 juin

Marco Genest achevait un baccalauréat en enseignement de la géographie. Il habitait dans le vieux Trois-Rivières depuis le début de ses études universitaires, et avait posé sa candidature pour quelques emplois d'été avant de terminer ses cours, à l'automne. En attendant de passer des entrevues, il profitait de vacances temporaires. Il avait connu Josée au secondaire, plusieurs années auparavant, dans leur patelin de la rive sud, puis s'étaient perdus de vue lorsque les parents de Marco avaient déménagé à Trois-Rivières. Josée était finalement venue étudier à l'Université du Québec à Trois-Rivières elle aussi, ce qui avait permis à Marco de la revoir. Ils avaient évoqué la possibilité de cohabiter, mais Josée avait abandonné ses études la première année et espérait voyager un peu avant de décider de sa future carrière. Aussi, elle louait une chambre au mois près du campus et accumulait les petits boulots pour amasser des sous avant de partir. À la question de savoir s'ils auraient pu former un couple, Marco répondait toujours que Josée n'était pas faite pour avoir un *chum*, ce qui contournait suffisamment la question pour éviter de lui faire avouer qu'elle lui plaisait peut-être un peu plus qu'il ne le laissait paraître...

Quoi qu'il en soit, ils passaient beaucoup de temps ensemble, et si Josée avait des sentiments pour lui, elle n'en disait rien.

De retour à son appartement sur la rue Sainte-Cécile, dimanche midi, Marco entreprit de préparer un sandwich en vitesse pour que son amie puisse manger à son arrivée. Mais qui pouvait connaître la véritable histoire de ses parents? Et pourquoi ne pas avoir parlé plus tôt? Cet homme pouvait-il être responsable de leur mort? Ça faisait trop de questions sans réponses. Il avait besoin de discuter avec quelqu'un pour la suite des choses. Bien sûr, il avait pensé tout raconter à la police, mais à quoi cela aurait-il servi? Ses parents n'étaient quand même pas morts assassinés. Seulement dans des circonstances... inhabituelles. D'ailleurs, de quoi cet homme était-il coupable jusqu'à maintenant? D'une façon ou d'une autre, Marco avait la curiosité piquée au vif. Il termina le sandwich, le découpa et le rangea dans le réfrigérateur. Il s'installa ensuite confortablement sur le divan du salon afin de parcourir de nouveau cet étrange manuscrit.

Peu après 13 h, Josée entra dans l'appartement sans frapper.

— Eh ben! As-tu couru jusqu'ici? s'exclama Marco, du salon.

— Congé de resto jusqu'à samedi prochain! rétorqua-t-elle sans répondre à la question. Je fais la Saint-Jean et le 1er juillet, alors ça me donne quelques jours *off*. J'arrêtais pas de penser à ton affaire! enchaîna-t-elle en ouvrant le frigo. Je présume que le semblant de sandwich est pour moi?

— De mon cru! T'en trouveras pas deux de même.

— Ça, j'ai vraiment pas de doute, plaisanta-t-elle en entrant dans la pièce. As-tu trouvé quelque chose de nouveau?

— Non, rien de plus que ce matin. Tiens, ça c'est le bout que t'as pas encore lu. C'est un journal intime, ou quelque chose du genre.

Il lui remit la portion manuscrite pendant qu'elle s'asseyait dans le fauteuil.

— Merci, dit-elle entre deux bouchées.
— C'est spécial, je t'avertis.

Jeudi 13 avril 2000
Bon, voici la première étape de mon projet. Je m'exprimerai en cul de poule, ça évitera de me faire reconnaître. J'aurais bien aimé commencer avec quelque chose de plus gros, mais ça serait dangereux et ça pourrait mettre tout le reste en péril. J'ai d'autres idées qui suivront bientôt, j'aime mieux que ça reste pas trop gros pour commencer.
Il y a un jeune con, Cédric, qui habite à quelques maisons d'ici. Ça fait un bout de temps qu'il m'énerve avec ses allures de gangster. Je rêve de le faire passer pour un cave devant tout le monde, je ne vais pas rater ma chance de parfaire mon art avec lui. L'idée, c'est de le faire accuser de quelque chose qu'il n'a pas fait, mais dans une situation où il peut pas se défendre. Il faut monter l'arnaque vraiment correctement, pour pas que le gars puisse s'en sortir. Bon, évidemment, ça aide quand la cible est idiote comme ce gars-là. Juste y penser et mettre mes plans par écrit, je salive à l'idée qu'il va passer pour un menteur.
Pour commencer, je me demande quelles sont les choses qui le distinguent de tous les autres idiots du quartier.
Sa calotte.
Sa maudite calotte rouge de faux danseur de *break dancing* de je-me-prends-pour-un-autre. Il la porte en tout temps, même quand il dort ! Pauvre type. Qui est assez con pour avoir ça sur la tête ? Tout le monde l'a vue, cette casquette de nul. Il sort de l'autobus et il jure dans le décor. Si je veux me faire passer pour ce crétin, il me faut cette casquette.
Et le fusil. Cédric a une carabine à plombs et il terrorise les écureuils du voisinage depuis la maternelle. Je n'habite dans cette rue que depuis quelques mois, et déjà j'en ai entendu parler par tout le monde.

— Tu pourrais prendre des notes ? dit Josée.
— Des notes ? répéta Marco.
— Oui, si on veut trouver qui c'est, ça va prendre ça.
— D'accord, approuva-t-il en se levant.

Il se promène avec dans le quartier, car ses parents ne lui refusent jamais rien. Enfant gâté pourri. Il a créé des cibles avec des canettes dans le parc de la rue de Lausanne, et il passe des après-midi à faire crever d'envie les petits garçons du rond-point en tirant avec éclat. À plusieurs reprises, il a tiré sur des oiseaux et des petits animaux du boisé. Tous les voisins se sont doutés que c'était lui qui avait tué quelques chats également. Sa carabine ne fait presque pas de bruit et, faute de preuves directes, on l'a laissé aller.
Jusqu'à maintenant.
Au bout d'un certain temps à haïr ce demi-cerveau, mon idée est faite. Je vais me servir de sa carabine pour viser des trucs dans le voisinage et m'assurer de lui faire porter le chapeau.
Ou la casquette...

Marco revint dans le salon avec un bloc-notes et un crayon.

— Voilà, dit-il. J'écris quoi ?

— En avril 2000, il a déménagé sur la rue de Lausanne. Selon ce qu'il dit, il habitait là depuis quelques mois seulement.

— O.K., je note. J'imagine que c'est une rue de Trois-Rivières.

Première étape, il me faut un acte dont il sera *de facto* tenu responsable. L'idée de tuer un chat, ça me tente pas ; pas que j'aime particulièrement les chats, mais la violence gratuite, ça m'excite pas. Il y a d'autres moyens de faire mal et d'atteindre mon but. J'ai décidé d'utiliser les gens dans mon projet ; particulièrement ceux qui ont déjà une dent contre Cédric et son comportement d'attardé.
La voisine à côté de chez lui s'appelle Mme Fay, elle est veuve. Il paraît que lorsqu'il était plus jeune, il allait sonner chez elle plusieurs fois par semaine avant d'aller se cacher dans le parc Lausanne. La pauvre folle n'arrivait jamais à temps à la porte et ne pouvait évidemment pas lui courir après, étant donné ses quatre-vingts ans. Dès cet après-midi, je guetterai sa maison et j'irai visiter la cour aussitôt qu'elle s'en ira en voiture avec son fils, comme elle le fait souvent. Mon but est de repérer quelque chose que je pourrais atteindre avec la carabine si je vise de la galerie de chez Cédric, à côté. Idéalement, quelque chose qui lui tient à cœur.

— Bon, j'ai d'autres choses, fit Josée en interrompant sa lecture. Une certaine Mme Fay demeurait dans la même rue, à côté d'un jeune qui s'appelait Cédric. Je pense qu'on peut affirmer que notre inconnu était voisin ni de l'un ni de l'autre.

— En souhaitant que ça soit pas une rue de cinq cents maisons.

— Ouain, ça serait vraiment long.

Vendredi 14 avril 2000

De retour de ma promenade chez la veuve Fay. Je n'ai pas mis longtemps à trouver ce que j'étais allé chercher: cette folle doit avoir au moins vingt mangeoires à oiseaux dans sa cour. À voir la façon dont elles sont entretenues, elle y tient sûrement pas mal. Plusieurs semblent avoir été faites à la main et peintes soigneusement. S'il fallait que quelques-unes soient détruites ou abîmées, elle serait certainement très en colère contre le coupable. Je suis d'avis que la galerie en bois de chez Cédric pourrait servir de point de tir.

Bon, alors, la cible: Cédric, le con dans ma rue.

Son crime: tirer sur les mangeoires à oiseaux de Mme Fay, sa voisine.

Préalables: trouver sa casquette débile et son fusil et me faire passer pour lui.

Sa casquette est peut-être unique dans ma rue, mais elle est quand même facile à trouver n'importe où ailleurs. J'imagine qu'elle est vendue dans tous les magasins de sport de la région. Qui est débile au point de prendre pour les Angels? Sûrement pas mal de monde. Ou bien peut-être qu'ils produisent le tout en lots égaux et qu'ils distribuent même les articles des équipes qui n'ont pas de partisans.

Soit j'achète une casquette identique, soit je lui emprunte la sienne. Le problème avec la première option est que je devrai me débarrasser de la chose après le crime. Cela crée une preuve supplémentaire contre moi. Idéalement, il me faudrait la sienne. Je suis pas mal convaincu que personne d'autre du coin ne possède la même et, mieux que ça, que n'importe qui l'associerait à Cédric sans hésitation. Le risque qui vient avec l'idée de lui voler sa calotte, c'est la possibilité de se faire repérer. Soit l'occasion de la lui piquer est sans risque, soit j'achète la même et je prépare la disposition de la preuve.

Un examen des allées et venues de ce débile s'impose.

Surtout, ne pas mettre en péril le projet global.

Elle leva les yeux et regarda Marco, songeuse.
— C'est quoi le « projet global » ?
— Je sais pas pantoute.

Vendredi 21 avril 2000
Cela fait maintenant près d'une semaine que je regarde la cible tous les jours à l'arrêt d'autobus, matin et soir. Ce truc rouge débile, il dort avec, c'est certain. J'ai sans doute plus de chances de voler une œuvre d'art célèbre sans me faire prendre que de mettre la main sur cette casquette à l'insu de ce gars. Je devrais certainement pénétrer chez lui et il est hors de question que je prenne un risque aussi grand. Je pense plutôt opter pour ma première idée et me procurer un truc identique au sien. Comme l'acte est quand même banal, je n'ai pas besoin de prendre de précautions inutiles pour masquer mon achat. Il est improbable que quelqu'un pense à remonter jusque-là pour me confondre. Dès demain, je suis fan des Angels.
Eurk !

Samedi 22 avril 2000
Bon, j'ai la casquette. Une belle palette rouge des Angels, comme celle de Cédric, l'idiot. Je vais porter mon vieux chandail gris à capuchon pour me rendre sur place, il en a un semblable parfois. On fait la même taille en plus, n'importe qui me confondrait avec lui.
Maintenant, le fusil.
Je sais de source sûre que ses parents ne veulent pas que l'arme demeure dans la maison. Cédric est obligé de la ranger dans la remise tous les soirs. J'ai l'impression que de me procurer ce truc ne sera pas la partie la plus compliquée de ma quête. Il me faudra aussi aller le replacer là où je l'ai pris, sans me faire voir. Et bien sûr, avant que l'autre con ne se soit rendu compte de quoi que ce soit.
Bon, récapitulation.
Je m'habille comme lui, chandail et casquette, je prends son fusil dans la remise, je m'installe sur sa galerie et je plombe les petites cabanes en bois de la voisine. Si je fais ça la nuit, il y a de bonnes chances pour que personne ne me voie. Il faudra alors attendre au matin pour que la veuve s'aperçoive du méfait et qu'elle déduise que Cédric est le coupable.

Je n'aime pas ça.
Idéalement, il faudrait qu'elle ait le temps de me voir dans la cour d'à côté. Pas assez longtemps pour m'identifier, mais assez pour voir la casquette et le chandail.
Ça me prend un plan de fuite.
Si je cours ranger le fusil dans le cabanon et que je dois me sauver rapidement après, il faut que le tracé soit déjà établi. J'opte pour la clôture qui donne sur les maisons de la rue Lacoursière, derrière la remise de Cédric. La vieille ne pourra jamais me reconnaître, et encore moins me suivre par là.
Scénario possible : l'idiot sort de chez lui pour aller au dépanneur du bas de la côte, comme il le fait souvent le soir après le souper. J'en profite pour vérifier s'il porte sa casquette et son chandail gris. Je m'assure que la veuve est chez elle – elle est toujours chez elle, le soir. Je me cache derrière la remise du con et j'attends qu'il soit parti pour le dep. Je prends le fusil, je m'installe sur la galerie sans me faire voir et je tire plusieurs fois sur le bord de la porte-patio de la veuve, question d'attirer son attention. Quelques plombs devraient suffire. Je tourne ensuite le canon vers les cabanes à oiseaux du jardin et je mitraille un bon coup. Idéalement, la vieille va sortir et prendre quelques secondes avant de comprendre ce qui se passe. Je cours vers la remise en prenant bien soin de me faire voir, je dépose la carabine dedans et je saute par-dessus la clôture vers le boisé de la rue Lacoursière. Si la synchro est bonne, Cédric revient par cette rue quelques minutes plus tard, habillé exactement comme moi.
Je laisse la veuve faire le reste.

— Cinglé ou pas, quelle minutie ! déclara Josée.

— Ouais. On voit qu'il s'est appliqué à mettre vraiment tous les détails là-dedans.

— Oh, et puis ajoute la rue Lacoursière à tes notes, ça va nous aider à trouver où se trouve la rue de Lausanne.

Jeudi 27 avril 2000
Cinq jours et pas d'occasion encore. J'en ai profité pour aller dans la remise manipuler le *gun* quelques fois et voir si Cédric gardait bien ses plombs à l'intérieur. Faites que la vieille ne meure pas avant que je puisse poivrer son jardin.

Samedi 29 avril 2000
Trop facile. J'ai hâte de savoir si le con va se faire engueuler comme il le mérite. Je ne pensais pas qu'une vieille folle comme Mme Fay pouvait crier à ce point. Je n'ai malheureusement pas pu voir si elle s'était rendue chez son voisin après avoir aperçu Cédric revenir tout bonnement à pied dans la rue, inconscient de la furie qui l'attendait. Je suis demeuré une bonne demi-heure dans le boisé de la rue Lacoursière pour être bien certain de ne pas me faire voir. Réussite totale pour la mise en scène, reste à voir si la punition sera à la hauteur de l'effort.

Dimanche 30 avril 2000
Tout simplement génial. Les policiers viennent de partir de chez Cédric avec son fusil. J'aurais vraiment aimé qu'ils l'embarquent lui aussi, mais ils en ont décidé autrement. Sur une note gagnante, la moitié de la rue est venue voir de quoi il s'agissait, et Mme Fay n'a pas ménagé ses mots pour raconter sa version des faits à qui voulait bien l'entendre. La honte totale sur le visage de Cédric, qui se trouvait entre ses parents, devant tout son quartier pour une faute qu'il n'a pas commise.
Quel idiot.
Je pense que je vais y prendre goût.

Josée posa la pile de feuilles imprimées sur la table basse. Elle respira un bon coup en secouant la tête.

— Pis ? demanda Marco.

— Ça m'a l'air crédible… et puis tordu ! Si tu veux retrouver celui qui a écrit ça, je pense qu'il faudra prouver que c'est vrai, ce qu'il dit !

— Tiens, lis la suite de sa lettre.

Il lui tendit le verso de la dernière page.

Et voilà. C'était la belle histoire de Cédric. Si tu retrouves son adresse de la rue de Lausanne, tu pourras sans doute le retrouver facilement. Un indice pour toi : aux dernières nouvelles, il habitait encore dans la région.

Maintenant, un peu d'exercice.
Si tu te places devant la maison chez Mme Fay et que tu fais demi-tour, tu vas te retrouver devant un bungalow en briques noires, brunes et blanches. Derrière cette maison, un ravin sépare les rues de Lausanne et de la Montagne, jusqu'au bas de la terrasse Duvernay. Je t'invite à creuser dans la coulée, de l'autre côté de la haie, vis-à-vis le foyer en briques qui se trouve dans la cour arrière de cette maison.
Que cherches-tu ? N'importe quoi d'inhabituel. Tu devrais trouver.
À bientôt, j'espère.

Josée laissa tomber la lettre sur ses genoux avec contentement.

— Qu'est-ce qui te fait sourire comme ça ? demanda Marco.

— J'aime ça les p'tites enquêtes.

Elle perdit un peu de son sourire en voyant l'air sombre de son ami.

— C'est peut-être dangereux, t'sais. On connaît rien de ce gars-là.

— Rien ne dit qu'il veuille te faire mal, remarqua-t-elle.

— C'est vrai, mais j'suis pas certain que ça soit une bonne idée, déclara Marco.

Il inspira, songeur.

— Qu'est-ce que tu proposes ? osa-t-il demander.

— On pourrait commencer par trouver l'endroit où il habitait, ça nous engage à rien. Avoue que ça te tente !

Il avait beau essayer de se convaincre du contraire, il était d'accord avec l'initiative de son amie. Appréciant l'adrénaline qui montait en lui, il alla chercher son ordinateur portable.

— Tiens, prends-le, dit-il en revenant. T'es pas mal plus vite que moi avec ça !

— Super. On va chercher la rue de Lausanne. Je vais télécharger une carte de Trois-Rivières, c'est nécessairement dans le coin.

Une grande carte de la ville apparut sur l'écran.

— De la Montagne, de Lausanne, Lacoursière, ça nous fait quand même pas mal de pistes, mentionna-t-il.

— C'est pas dans le secteur du Cap, déclara-t-elle, j'ai grandi là et ça me dit rien du tout.

— Ni dans Saint-Sacrement.

— Peut-être l'ouest de la ville ?

— Bonne idée.

— Regarde ! dit-elle en pointant la rue de la Montagne.

— Et la rue de Lausanne, juste ici. Agrandis un peu.

— On dirait un cul-de-sac.

— Au moins, c'est une petite rue. Il ne doit pas y avoir trop de maisons.

— C'est bien là, dit-elle. La rue Lacoursière passe juste à côté.

— Tu penses qu'il y a une façon de savoir le nom des gens qui restent là ? s'enquit-il.

Elle ouvrit une nouvelle fenêtre de recherche.

— Au moins quelques-unes. Je connais un site qui permet de feuilleter un annuaire téléphonique selon n'importe quel critère.

— Comme la rue ?

— Exactement. Regarde, je fais la recherche avec « Lausanne », pour la région trifluvienne. Ça cherche… et 18 résultats.

— Pratique ! s'exclama-t-il.

— Il faut que t'acceptes que ton nom soit dans la base de données, ça fait que c'est pas tout le monde qui est dedans. Malheureusement, je vois rien au nom de Fay, constata-t-elle avec une pointe de déception. Mais j'suis certaine que des gens habitent encore dans cette rue et pourraient nous renseigner !

— T'as l'intention de valider l'histoire de Cédric ? demanda-t-il avec un sourire.

— J'ai surtout hâte de savoir si quelque chose est vraiment caché dans la coulée derrière la maison. Pas toi ?

— Hum oui, c'est sûr, avoua-t-il.

— Allez, fais pas cette face-là ! Rien nous empêche de demeurer prudents.

— D'accord, mais on fait pas de folies, O.K. ?

— Faire des folies, moi ? dit-elle en blaguant.

ENQUÊTE

- Dimanche après-midi, 5 juin

Plus tard en ce dimanche après-midi, une petite voiture rouge arpenta le bas de la terrasse Duvernay, dans le secteur ouest de Trois-Rivières. Cet endroit s'était développé rapidement vers la fin des années 1970 et avait peu changé depuis. L'autoroute 55, qui passait tout près, était cachée par une lisière d'arbres qui amoindrissait tant bien que mal le bruit des véhicules.

— Ça a l'air vraiment tranquille, nota Marco.

— Et boisé, ajouta-t-elle. Voilà la rue de Lausanne.

Le véhicule s'engagea lentement dans la rue. À quelques kilomètres au nord-ouest du centre-ville, on avait quand même l'impression d'être dans un coin perdu.

— Et l'explication à ton cul-de-sac, fit remarquer Marco.

— Un rond-point !

— Et pas de ravin de ce côté-là.

— Non, la rue Lacoursière passe derrière, à partir de là, remarqua-t-elle. Le ravin est de l'autre côté.

Environ cinquante mètres devant, une rue partait sur la gauche et bifurquait vers le sud pour longer l'autoroute.

— Ça limite les possibilités.

— Stationne la voiture là, proposa-t-elle.

— Dans le rond-point ?

— Oui, on va essayer de pas avoir l'air trop touriste...

Marco se dirigea dans le rond-point et gara la voiture à côté de l'entrée du parc Lausanne, une pente abrupte s'élevant entre deux résidences. Cette petite forêt protégée par un judicieux zonage faisait depuis des années la joie des enfants du quartier.

Ils descendirent et marchèrent tranquillement dans la rue de Lausanne vers la rue de la Montagne, d'où ils arrivaient. Sur toute sa longueur, la rue ne devait pas faire plus de deux cents mètres.

— Cédric et Mme Fay habitaient nécessairement deux des trois maisons ici, déduisit-elle en indiquant la droite. C'est la seule manière d'avoir un accès direct à la rue Lacoursière par la cour arrière.

— Donc si quelque chose est enterré, ça serait derrière une de celles-là, conclut-il, pointant de l'autre côté de la rue.

Devant eux, à gauche, un jeune garçon passait à bicyclette.

— Excuse-moi, l'interpella Josée.

Le garçon s'arrêta, intrigué par les deux inconnus.

— Connais-tu les gens qui habitent ici ? demanda-t-elle en montrant du doigt la maison qui faisait le coin de la rue Lacoursière.

— C'est les Boisvert.

— Et ils ont des enfants ?

— Oui, deux. Pourquoi ?

— On cherche quelqu'un qui a déjà habité ici, expliqua-t-elle.

— Qui ?

— Une certaine Mme Fay. Ça te dit quelque chose ?

— Non, ça me dit rien.

— Et un garçon qui s'appelle Cédric ? intervint Marco. Il doit avoir une vingtaine d'années, peut-être un peu plus.

Le garçon réfléchissait en regardant les autres maisons.

— Je pense que les Malosse ont un enfant qui s'appelle Cédric, mais j'suis pas sûr, dit-il en levant le menton vers la maison en face de lui. Il n'habite plus ici.

Ils le remercièrent et le gamin continua son chemin pour tourner sur la rue Lacoursière.

— En tout cas, ça concorde avec les propos de notre gars, déclara Marco en examinant les propriétés.

— On va aller leur poser la question.

— Tout de suite ?

Il hésitait. Cette histoire devenait de plus en plus réelle à ses yeux.

— Pourquoi pas ? lança-t-elle, déjà dans l'entrée des Malosse.

— Bordel... marmonna-t-il en lui emboîtant le pas.

Elle frappa à la porte de la maison qui se situait au milieu de la série de trois dont ils avaient parlé auparavant. Une femme ouvrit.

— Pardon de vous déranger, dit Josée, nous sommes à la recherche de quelqu'un.

— De qui s'agit-il ? demanda gentiment la dame en s'appuyant sur le bord de la porte.

— Une certaine Mme Fay. Nous croyons qu'elle a déjà habité la rue de Lausanne.

— La veuve Fay ? Je suis désolée, elle est décédée il y a voyons... quatre ans de ça ? Elle habitait juste à côté, indiqua-t-elle en montrant sa gauche. Vous la connaissiez ?

— Pas exactement, balbutia Josée. Nous aimons beaucoup les oiseaux, et je pense qu'elle les étudiait, c'est possible ?

— Oh, oui. Je me souviens qu'elle avait une panoplie de mangeoires dans sa cour, mais on ne lui parlait pas souvent.

— Je comprends. Merci quand même pour les renseignements.

— Ça m'a fait plaisir. Désolée de pas pouvoir vous aider.

La femme ferma la porte et les deux amis descendirent les quelques marches du perron.

— Eh ben, s'écria Josée, avec étonnement. Il disait la vérité pour les noms et les endroits.

— Mais on ne peut toujours pas valider l'histoire de Cédric, souligna-t-il. Et maintenant, ça sera pas facile de le retrouver.

Elle lui donna une tape amicale derrière la tête.

— Mais non, ça va même être plus facile.

— Tu veux reparler à sa mère ? Elle va trouver ça louche. Déjà qu'elle a gobé ton histoire sur les oiseaux…

— Je parle pas de sa mère, répondit Josée en souriant. Il nous manquait un renseignement sur Cédric, et le p'tit gars nous l'a donné !

— Son nom de famille ! s'exclama-t-il. T'as raison, j'avais oublié.

— Y'a sûrement pas beaucoup de Malosse dans la région, supposa-t-elle. C'est un nom assez rare.

Marco jeta un regard vers la maison située devant celle de feu Mme Fay.

— Ça me démange de savoir si quelque chose se trouve dans le ravin en arrière, avoua-t-il.

— On pourrait jeter un coup d'œil.

— En plein jour, comme ça ? Des plans pour se faire arrêter !

— La coulée appartient à tout le monde, on a juste à pas aller dans les cours. J'ai remarqué qu'on pouvait s'y rendre par la rue de la Montagne, là-bas.

— Ça nous prendrait une pelle.

— On en a une, rétorqua Josée en marchant jusqu'à la voiture.

— Hein ?

— Prête-moi tes clés.

Il lui remit le trousseau, sceptique. Elle ouvrit le coffre et sortit un ensemble pliable de grattoir et de pelle à neige. Il secoua la tête de gauche à droite en souriant.

— Tu m'épates, tu savais ça ?

— Je t'ai vu la mettre dans le coffre quand on a lavé ton auto. Monte, on va stationner près de la coulée.

Ils firent le tour du rond-point et roulèrent jusqu'à la rue de la Montagne. Ils prirent à gauche et garèrent la voiture devant l'entrée du ravin. Puis, ils se mirent à inspecter l'endroit.

— J'espère qu'il n'y a pas trop de bouette, dit Marco en tassant les feuilles de ses mains.

— Arrête de chialer, il y a sûrement un p'tit chemin dans le milieu.

Comme elle descendait le talus, Josée confirma la présence d'un couloir qui avait été piétiné plus souvent et qui permettait d'avancer sans grande difficulté à côté du ruisseau qui coulait plus bas.

— Par ici, dit-elle. Tes petits pieds vont pouvoir rester au sec.

Il marmonna quelque chose et lui emboîta le pas. Ils avancèrent sur une centaine de mètres et Josée remonta la pente pour essayer d'apercevoir la maison derrière laquelle ils se trouvaient.

— Je pense que c'est ici, annonça-t-elle.

— Tu vois un foyer en briques ?

— Je vois une haie, mais pas la cour. Mais on devrait être au bon endroit. Attends un peu.

La jeune femme poursuivit son ascension et regarda furtivement au-dessus des cèdres.

— Je le vois ! déclara-t-elle. Juste là, sur le coin de la haie.

— Je monte.

Ils se déplacèrent légèrement sur la gauche, jusqu'à la limite du terrain voisin.

— Là on est directement en arrière !

— Ça veut dire qu'on cherche ici, indiqua Marco en remuant le sol avec sa chaussure.

Il déplia la pelle en plastique et tassa quelques fougères. Le terrain était en pente légère sur un ou deux mètres et tombait abruptement par la suite. Si quelqu'un avait vraiment enterré un objet à cet endroit, il avait bien camouflé son travail.

— Vois-tu quelque chose ? demanda Marco. Je vais descendre dans la pente pour voir s'il y a un trou ou quelque chose du genre.

— Peut-être ici, dit Josée en pointant un endroit où il y avait moins de végétation. Prête-moi la pelle.

Elle enfonça l'outil de quelques centimètres seulement et sentit une résistance.

— Quelque chose bloque !

Elle se pencha et dégagea la terre avec ses doigts.

— On dirait un tube comme celui que t'as reçu.

L'excitation montait rapidement. Josée saisit l'extrémité de l'objet et le tira hors du sol. Il s'agissait effectivement d'un tube de plastique opaque.

— Ouvre-le ! s'exclama Marco, impatient.

— Vaudrait mieux regarder ça chez vous… S'il y a encore des feuilles puis tout ça…

— T'as raison. On y va tout de suite !

— En tout cas, ce fou-là, il se consacre vraiment à son truc, déclara-t-elle en remettant la pelle à Marco.

— J'espère qu'il va l'être autant pour me dire ce qu'il sait sur mes parents !

Elle eut un sourire de compassion pour son ami.

— Il n'a pas l'air d'avoir menti jusqu'à maintenant, déclara-t-elle, encourageante.

✦

De retour à l'appartement de la rue Sainte-Cécile, ils s'installèrent dans le salon et étudièrent le fameux tube.

— Est-ce que ça pourrait être une bombe ? s'enquit Marco, inquiet.

— Arrête tes conneries, rétorqua Josée nerveusement. Je vois pas pourquoi quelqu'un voudrait te faire exploser.

— Il y a ben des psychopathes, t'sais, dit-il, ironique.

Elle ouvrit le couvercle d'un coup sec.

— Bon, on va voir ce qu'il y a dedans, décida-t-elle, soulagée.

Elle tourna le cylindre à l'envers et en sortit des feuilles roulées, retenues ensemble par un trombone. Celle du dessus était écrite à l'ordinateur, comme la lettre reçue ce matin-là.

Les autres feuilles étaient la photocopie d'un article de journal et une autre portion du journal de l'inconnu – photocopiée également.

— C'est quoi la lettre? demanda Marco.

Elle s'approcha de lui et ils la lurent ensemble.

Eh bien! Je vois que tu as trouvé. Je sais, ce n'était pas très compliqué, mais il fallait que je m'assure que tu avais envie de jouer un peu avec moi.
As-tu retrouvé Cédric? Lui as-tu parlé de cette histoire? Je te parie qu'il s'en souvient encore. Comme j'aimerais voir son visage en ce moment! Je me demande s'il est encore fâché après tout ce temps. C'était stressant pour moi, cette aventure, et quand même ma première expérience dans le domaine.
J'imagine que tu m'accordes maintenant un peu plus de crédibilité. Je vais t'épargner les mises en scène inutiles et te faire part immédiatement de la suite des événements. Dans ce tube, tu vas trouver une autre portion du journal de bord que j'ai rigoureusement tenu. Il raconte l'histoire d'un pauvre prof de la polyvalente Chavigny, école que tu as fréquentée. Je pense cependant que tu n'as pas connu le gars en question, il a pris une retraite... prématurée, il y a quelques années de ça.
Prends le temps de lire son aventure sur les feuilles ci-jointes, et reviens au verso de cette page par la suite. Pour ta culture personnelle, je t'ai donné une coupure de journal plutôt intéressante.

Josée détacha l'article du trombone et le plaça devant eux.

— C'est l'histoire de Marcel Morin, dit-elle.

— Tu le connais ?

— Pas personnellement, mais tout le monde en parlait il y a quelques années. Même moi je connais l'histoire puis j'suis jamais allée à Chavigny !

— C'était un prof de la poly ?

— Oui, il a été accusé d'avoir eu des comportements inappropriés avec une élève puis il a quitté Chavigny du jour au lendemain.

— Crime ! Tu connais tous les potins de la région ?

— Je suis l'actualité, mon cher. Faut dire que c'était pas une histoire banale !

— Ça me dit quelque chose, mais c'est pas clair. Il a été condamné ?

— Pas que je me souvienne, avoua-t-elle, pas pour cette cause-là en tout cas.

— Ah ? dit-il, étonné. Parce qu'il y a eu d'autres histoires à propos du même prof ?

— Pas longtemps après, il s'est retrouvé devant le juge pour avoir frappé un élève d'une autre école qui essayait de le faire chanter pour avoir de bonnes notes. Cette fois-là, je me souviens qu'il avait plaidé coupable et hop ! Retraite anticipée.

Marco prit la coupure de journal et la regarda de plus près.

— C'est quoi le rapport de l'histoire de c'te gars-là avec moi ? J'le connais même pas !

— J'espère que je me trompe, mais je pense qu'on a affaire à un sérieux débile.

— Bon. On va lire ça, dit-il en soupirant.

Mardi 5 mars 2002

J'ai décidé de corser les choses un peu. Si tout se passe comme prévu, il y aura un prof de moins à la poly d'ici quelques semaines. Mais je ne ferai que rendre un grand service à tout le monde, c'est le pire trou du cul de toute la commission scolaire. Et s'il y a une chose qu'elle ne digère pas, ladite commission, c'est bien qu'un de ses profs exerce de l'abus de pouvoir sur l'un ou l'une de ses élèves. Quelques scandales ont d'ailleurs éclaboussé la région il y a quelques années, l'institution s'en remet encore.

Josée tourna la tête et regarda Marco pendant quelques secondes, sidérée.

— Calvaire... dis-moi que je rêve?

— Ouf... murmura-t-il.

Monsieur Morin, vous êtes sur le point de me servir de pantin. Je me donne quelques semaines pour vous mettre en scène dans une pièce dans laquelle vous ne saurez même pas que vous êtes l'acteur principal. J'ai décidé de faire jouer avec vous nulle autre que Sabrina Chouinard, une actrice de talent qui pratique son art tous les jours en étant la plus belle *bitch* de notre école. Je sais que vous imaginez ses boules dans vos rêves, mon gros cochon. Ça paraît dans votre regard, vous donneriez votre âme pour revenir au sein et l'appeler maman pour une nuit. Vous lui enseignez les maths le mercredi, je suis dans cette classe également.
Je vois tout.
Que diriez-vous que l'on commence par créer des liens? Rien de méchant, seulement de petits préliminaires pour se réchauffer.

Mercredi 6 mars 2002
Aujourd'hui, mercredi, j'ai été productif. J'ai commencé ma journée en laissant un mot sur le bureau de M. Morin. Un simple «Je connais quelqu'un qui triche dans votre cours. Je reprends contact avec vous.»
Bien écrit, propre et anonyme. Une belle écriture de fille, il va sans dire. Vous ne pouvez pas vous imaginer à quel point j'ai du talent pour cela. Notre cher prof a rapidement regardé le papier et, comme un chef, l'a glissé dans sa poche sans même lever les yeux vers la classe ou laisser paraître quoi que ce soit.
Quel acteur vous faites, monsieur Morin.
Il nous a ensuite remis le quiz de maths de la semaine dernière et nous avons revu les copies en classe. Comme il le fait chaque fois, il a demandé aux élèves de déposer les examens sur son bureau, dans une pile, après la révision. Un prof qui ne se méfie pas, c'est tellement vulnérable!

Et moi qui ne tricherais jamais, en plus. Quand tout le monde s'est levé pour sortir, j'ai demandé à M. Morin si je pouvais regarder ma copie de nouveau. J'imagine que ça aide d'avoir le meilleur résultat de la classe, les profs nous aiment tellement. Je n'ai eu aucune difficulté à prendre la copie de Sabrina en même temps que la mienne, par « erreur », bien sûr.
Une fois retourné à ma place, j'ai bien joué le rôle de l'élève qui pense profondément en regardant son exam et qui tapote de son crayon mais, en fait, je me suis amusé à majorer quelques notes sur la copie de la *bitch*. J'ai soigneusement modifié le total sur la première page et j'ai remis les copies à leur place, dans la pile, séparément et discrètement. Je sais très bien que M. Morin n'entre pas les résultats dans le système avant d'avoir fait la révision en classe, et que Sabrina a eu le temps d'apercevoir sa note médiocre durant la période de revue ; mon *timing* a donc été parfait. Il ne reste qu'à souhaiter que personne ne voie la modification. Et même si c'était le cas, comment remonter jusqu'à moi, bol des maths ? L'important, c'est la suite.

Mercredi 13 mars 2002
Tous les élèves de l'école ont hâte au vendredi, mais moi, j'ai hâte au mercredi. Le deuxième acte s'est déroulé tout à l'heure dans la classe de maths du matin, devant un public silencieux et complètement ignorant. Sabrina a eu sept jours pour prendre connaissance de sa note sur le nouveau portail Internet et n'a certainement pas demandé une révision malgré le gros changement à la hausse. Dans sa tête, en ce moment, elle doit penser que c'est une erreur.
Ce matin, quand elle est arrivée en classe, il y avait un mot plié subtilement sur son pupitre. Je l'y ai placé en entrant dans la classe.
Elle a regardé un peu partout quand elle a découvert le papier mais, dès qu'elle a lu les premiers mots, elle a replacé la feuille sur son bureau et en a poursuivi la lecture de façon beaucoup moins visible.
« Chère Sabrina. J'espère que vous ne m'en voudrez pas de ne pas me nommer et d'écrire cette lettre à l'ordinateur. Vous comprendrez que je mets mon emploi en péril en agissant ainsi. Je vous demanderai donc d'être très

discrète. Si vous en parlez à qui que ce soit, je me verrai dans l'obligation de tout arrêter sur-le-champ. Bien sûr, si on m'accusait de quoi que ce soit, je nierais en bloc.

Je trouve que vous n'obtenez pas les résultats qui reflètent votre vrai travail. Il m'apparaît évident que vous êtes plus assidue que la plupart de vos camarades et passablement plus mûre. Je trouve un peu idiot que vous soyez pénalisée par ce système de pointage que je trouve incomplet et, dans votre cas, injuste. Je me suis permis de vous donner la note que vous méritiez vraiment. Si vous êtes satisfaite et comprenez mes bonnes intentions, sortez la dernière de la classe tout à l'heure et souriez-moi, sans m'adresser la parole.

Félicitations pour votre beau travail. »

Mais comme je suis équitable, j'ai également laissé un mot pour M. Morin. Pour ne pas attirer l'attention, je l'ai fait durant la pause de dix minutes.

« Suis prête à vous rencontrer, mais ne veux pas éveiller de soupçons en vous parlant maintenant. Je sortirai la dernière de la classe et je vous sourirai. J'entre en contact avec vous rapidement. »

Je dois avouer que mon rythme cardiaque a augmenté de façon constante jusqu'au son de la cloche. Je me suis assuré de rester longtemps à mon pupitre pour voir le comportement de la *bitch* quand les autres élèves se sont levés. Le prof était très attentif et, comme je le pensais, Sabrina est restée bien assise en attendant que tout le monde sorte. Je suis passé près d'elle et, une fois dans l'embrasure de la porte, je me suis retourné pour la voir marcher élégamment devant le bureau de M. Morin avec toutes ses formes bien en évidence et lui lancer le plus beau sourire qu'il ait sans doute jamais reçu. Dommage qu'il ne se trouvait pas dans mon champ de vision, j'aurais aimé lui voir la face.

J'ai passé le reste de la journée à prendre discrètement des photos de Sabrina avec ma caméra numérique. Dans la cafétéria, de dos dans le corridor, à la sortie des classes, etc. Une douzaine d'images plus ou moins nettes de la belle étudiante.

J'aimerais être payé pour faire tout ça.

Jeudi 14 mars 2002
J'ai failli bousiller un match parfait aujourd'hui en essayant de pénétrer dans le bureau de M. Morin pour y laisser un mot; trop d'enseignants partagent la même pièce. Heureusement, il n'y a pas eu de dommage et j'ai simplement glissé le papier dans son casier.
« Vous faites vraiment rire de vous dans votre dos. J'ai hâte de mettre fin à tout cela, mais il y a des gens qui me font peur. Si vous m'abordez en public, je serai sur la défensive. Peut-on se parler par courriel? SabrinaC@mymail.com. »
Bien sûr, cette adresse est bidon. J'espère que je ne me suis pas trompé sur la fixation de Morin pour les grosses boules de Chouinard. En plus de chercher à savoir qui est le tricheur, il va sûrement voir une valeur ajoutée à mettre quelques efforts supplémentaires pour entrer en contact avec elle.
Comme la salle des profs est toujours occupée, il me sera sans doute impossible d'y avoir accès seul pour une période prolongée. J'ai trouvé plus tard dans l'après-midi le moment parfait pour utiliser son ordi pendant une minute. Lorsqu'il donne le cours de maths en fin de journée, il va se chercher un café avant de commencer. Il arrive toujours le premier dans la salle, vers 14 h 15. Il branche l'ordi et allume le projecteur. Le temps que le tout démarre, il s'absente pour aller à la cafétéria. Je dois profiter de cette chance dès demain.

Vendredi 15 mars 2002
Immédiatement après mon cours du matin, je me suis dirigé vers la cafétéria et je me suis assis avec le groupe de Sabrina, dont je connais bien les meilleures amies. J'ai subtilement dirigé la conversation sur M. Morin en plaçant des mots dans la bouche des gens près de moi. Au bout de quelques minutes, j'avais réussi à faire dire à deux filles à la table que ce prof avait réellement des regards furtifs et des préférences pour les jeunes femmes, malgré son attitude irréprochable jusqu'à maintenant. Ce fut très spécial de voir Sabrina se dandiner sur sa chaise en écoutant ces propos.
Je me suis ensuite préparé à ma tâche importante de l'après-midi.
M. Morin est maintenant l'heureux propriétaire d'un dossier secret qui contient des photos de sa belle étudiante. Je suis entré dans la classe dès qu'il en est sorti et j'ai

verrouillé la porte. J'ai déposé mes livres sur un pupitre devant son bureau et j'ai copié mon cadeau empoisonné sur son ordinateur en moins d'une minute. Deux étudiants qui arrivaient ont dû penser que l'élève avant moi avait fermé la porte par inadvertance ; alors je suis sorti simplement, après avoir pris soin d'apporter mes livres comme si je venais d'assister au cours précédent. Comme on ne voit pas le bureau du prof en regardant par la petite fenêtre de la porte, je suis incognito sur toute la ligne. Honte à vous, monsieur Morin, de garder de telles images sur votre ordinateur.

Mardi 19 mars 2002
Plus que 24 heures avant la grande finale. J'espère que M. Morin profitera bien de ses dernières heures de sommeil tranquille. J'ai glissé un autre mot dans son casier, tout à l'heure. Cela devrait suffire pour la mise en scène.
« Je ne reçois pas de vos nouvelles. Que se passe-t-il donc ? Soyez discret, S.V.P. »

Mercredi 20 mars 2002
Le grand jour. Les acteurs ont été fantastiques, le public mémorable. Comme je m'y attendais, M. Morin était en classe très tôt. Lorsqu'une Sabrina très intimidée et habillée sobrement a passé la porte, il s'est raidi un peu et a attendu le bon moment pour aller vers son pupitre. Quelle joie d'être le metteur en scène et de voir son acteur favori déposer discrètement un petit billet sur le bureau de la *bitch*. C'est très dommage que je n'aie pas pu lire ce papier. Encore plus dommage qu'il ne sache pas tout ce que les élèves féminines de sa classe ont raconté sur lui récemment. Le cours a commencé pour tout le monde, mais pas pour la pauvre Sabrina. Elle était écarlate et respirait de façon très erratique. Elle a finalement réussi à demeurer en place jusqu'à la pause. Dès qu'elle l'a pu, elle est sortie de la classe comme une balle de fusil.
Durant l'entracte, je suis allé porter un message sous la porte de la directrice.
« Je pense que j'ai vu des photos d'étudiantes sur l'ordinateur de l'un de mes profs, mais je ne suis pas certain. Il s'agit de M. Morin, le prof de maths. Je reste anonyme, je ne veux pas de prob. »

Le reste du cours s'est déroulé normalement, mais sans Sabrina, et avec un M. Morin un peu plus aux aguets qu'à l'habitude.

Vendredi 22 mars 2002
Il faut donner du crédit aux gens de la commission scolaire. Eux, ils ne lésinent pas ! M. Morin n'a pas enseigné aujourd'hui, il était remplacé par un jeune suppléant. Sabrina a volé la vedette à la cafétéria ce midi. Nous avons été stupéfaits (!) d'apprendre que M. Morin avait modifié ses résultats en maths et qu'il lui avait demandé son courriel personnel en catimini durant le cours d'avant-hier. Prise de remords, elle avait décidé de tout raconter au directeur du niveau. La conversation était parsemée de « Oh ! » et de « Ah ! » car, par un hasard exceptionnel, nous parlions justement du type en question pas plus tard que quelques jours plus tôt.
Incroyable, la vie.

Mercredi 27 mars 2002
Wow ! Je ne pensais pas que ma mise en scène aurait autant d'effet ! Une directrice est venue dans la classe de maths ce matin et a demandé aux élèves d'aller la voir s'ils avaient remarqué quelque chose de louche ou de déplacé par rapport aux agissements de M. Morin. Sans entrer dans les détails, elle a clairement fait comprendre à tous qu'on le soupçonnait, à la commission scolaire, d'avoir eu un comportement inadéquat et que la direction était là pour aider et écouter tout le monde, de façon confidentielle, bien sûr.

Mardi 9 avril 2002
Une bombe dans les journaux ! Un prof de la polyvalente est suspendu sans solde après que des photos d'une de ses élèves aient été trouvées en sa possession. Il est également accusé d'abus de pouvoir pour avoir modifié des résultats d'examen et avoir tenté de prendre contact de façon personnelle avec ladite étudiante, dont le nom est évidemment gardé secret. Même si presque toute la poly sait que c'est elle, Sabrina ne parle plus de cette histoire à la cafétéria, probablement sur ordre des policiers.

J'aurais tellement aimé voir la face de Morin quand ils ont trouvé les photos et l'examen modifié. Il a dû se défendre comme un taureau dans une arène. Ce qui est intéressant avec les histoires de mœurs, c'est que même après un bon lavage, ça laisse toujours une tache assez importante.
Il est temps de passer à un autre niveau.

Les deux amis ne parlaient pas. Ils avaient terminé la lecture du journal en silence, hébétés par ce qui se révélait à eux.

— Ce gars-là est un criminel, déclara Josée, interdite.

— M. Morin donnerait une fortune pour savoir tout ça, ajouta Marco.

Elle le regarda sérieusement.

— Marco, on peut pas garder ça pour nous. Trop de conséquences juridiques sont liées à ça ! Il faut le dire !

— Mais on sait même pas qui c'est ! Il pourrait décider de pus jamais nous parler si on fait ça ! Je veux savoir ce qui est arrivé à mes parents !

Elle se leva d'un trait.

— Mais c'est illégal ! s'écria-t-elle. Imagine si on était accusé d'avoir retenu de l'information ? C'est ben pire, non ?

— On sait même pas si c'est vrai ! rétorqua-t-il, sachant malgré tout qu'elle avait raison.

Elle plaça ses mains sur ses hanches et soupira.

— Tu le sais que c'est vrai. Avoue ! Pourquoi inventer tout ça ?

Il laissa passer quelques secondes avant de répondre.

— Je sais pas… Josée, je sais pas quoi faire ! avoua-t-il.

— Bon, y faut réfléchir, raisonna-t-elle en s'asseyant de nouveau. Qu'est-ce qu'il veut, le malade, après t'avoir raconté une affaire comme ça ?

Il prit la lettre et la tourna.

Toute une histoire, n'est-ce pas? Pour être bien franc, je ne pensais pas que ça irait loin comme ça. Je te laisse creuser la suite de sa carrière, le gars m'a presque donné raison ! Comme quoi on ne peut pas changer son destin. Bien sûr, il ne me servait que de brouillon au moment où je l'ai choisi, mais tout de même, j'ai eu du flair. Tu ne devrais pas avoir trop de difficulté à le retrouver si tu en as envie, il est à la retraite depuis deux ou trois ans. Une retraite... forcée. Tu fais ce que tu veux, mais prends garde ! Si j'étais à sa place, j'irais raconter tout cela aux policiers. N'oublie pas notre accord. Pas de police.

Maintenant, un peu d'exercice.

Quand j'étais plus jeune, j'adorais les énigmes. Je t'en ai préparé une petite pour que tu puisses situer la suite de mon journal. Voici quelques personnages intéressants qui ont marqué l'histoire à leur façon. Grâce à eux, tu devrais pouvoir trouver l'endroit en question.

UNE PETITE ÉNIGME : DES GENS CÉLÈBRES
Ivan Pavlov
Charles Darwin
Neil Armstrong
Eliot Ness
Annibale de Gasparis
Joe Cocker
Ernest Hemingway
Richard Nixon
Henri II d'Angleterre
Nostradamus
Sir William Crookes
Arthur Rimbaud

Alors voilà. Amuse-toi un peu avec ces gens et ils te mèneront là où j'ai caché le prochain indice. Tu cherches un grand arbre, un vieux chêne centenaire qui domine ses semblables.

Josée grogna de colère.

— Il est prétentieux rare! Pour qui il se prend? Il s'imagine qu'on va l'écouter puis satisfaire son ego?

— Calme-toi. Ce gars sait même pas que t'existes, le jeu s'adresse à moi. J'ai pas été choisi au hasard, c'est clair.

— J'suis vraiment en crisse, maugréa-t-elle.

— Tu sais, je suis vraiment content que tu sois ici avec moi, reconnut-il. Tu réfléchis vite et pis je sais pas trop comment interpréter tout ça.

Elle secoua la tête en signe de dépit.

— Marco, tu sais que ça me fait plaisir de t'aider. Mais je veux que tu saches que si ça dégénère et que ça devient dangereux, je vais rapporter toute l'histoire à la police; même si ça t'empêche de trouver ce que tu cherches.

— C'est correct, approuva-t-il. De toute façon, pour le moment, personne me semble en danger. Rapporter l'histoire de Cédric ou de M. Morin ça ferait rien que leur rendre justice, on va pouvoir faire ça plus tard.

— C'est vrai, acquiesça-t-elle en reprenant la lettre.

Elle fit une drôle de tête.

— As-tu lu le post-scriptum? demanda-t-elle.

— Non, c'est quoi?

Josée passa la lettre à Marco et prit le tube sur la table.

Bonne recherche, j'ai hâte de te raconter la suite de ma vie.

P.-S. Pour te prouver que je ne suis pas un ingrat, je t'ai laissé un souvenir. Il est collé au fond du tube.

Elle enfonça sa main dans le tube et tâta le fond.

— Mais qu'est-ce que... on dirait un morceau de métal.

En tirant, elle parvint à sortir l'objet en question. À sa vue, Marco devint livide.

— La montre de mon père ! s'exclama-t-il en la prenant des mains de son amie.

— C'était à *ton père*? répéta-t-elle.

Il la manipulait dans tous les sens.

— Oui, j'suis sûr que c'est la sienne ! Quand ils ont retrouvé son corps, il ne portait pas sa montre ! Il portait *toujours* sa montre ! C'était presque impossible qu'il soit parti marcher sans ça...

Plusieurs souvenirs lui remontaient en tête et brouillaient son esprit. Parallèlement, il voyait bien que Josée en savait peu sur le sujet. Il se décida à ouvrir les valves.

— Écoute... commença-t-il. Je me sens un peu cave de pas t'avoir parlé de ça avant, mais je dois t'avouer quelque chose. Ce que tu sais sur mes parents... les journaux... le rapport de police... ben je crois pas à ça. J'te dis pas qu'ils ont mal fait leur job, là, mais c'est juste que... je connais mes parents, et pis plein d'affaires marchent pas. Les policiers, eux, peuvent pas le savoir !

Josée écoutait religieusement.

— Quand les enquêteurs ont fouillé pour trouver la montre de mon père, là, expliqua-t-il, ils pensaient qu'il l'avait perdue en cherchant de l'aide. Mais perdre une montre ? *Come on !* Ça marche pas ! Qui perd sa montre ? Tu te la fais voler, je sais pas... Et là, on la retrouve ! Ça n'a pas de sens, aucun sens.

— Penses-tu que c'te gars-là a tué tes parents ? demanda-t-elle, mal à l'aise.

Au fond de lui, il ne voulait pas répondre à cette question.

— Je... je pense pas. Je l'sais pas. Ils sont décédés de façon naturelle, ma mère ne pouvait plus marcher à cause de sa blessure et pis mon père, ben... il est mort de soif ou de froid, c'est con comme ça. Ça explique rien pantoute, c'est ça qui m'écœure !

— C'était dans le parc de la Mauricie ?

— Oui. Voir qu'un gars va les croiser dans le bois pis prendre la montre de mon père sans rapporter ça à la police !

— Dans l'introduction de sa première lettre, il semble être désolé de leur décès, fit-elle remarquer.

— C'est quand même lui qui avait la montre de mon père, rappela-t-il comme s'il s'attendait à la remarque. Ça n'a pas plus de sens !

— C'était quoi la conclusion de l'enquête ?

Marco inspira profondément et joignit ses mains.

— Ils sont partis marcher, comme cent cinquante fois avant. Ma mère est morte de froid, elle avait une fracture à la cheville gauche, elle ne pouvait pus se déplacer. C'était quand même l'automne, le sol avait gelé. Là encore, c'est *impensable* qu'elle soit partie marcher en forêt avec mon père sans apporter des vêtements plus chauds ! Elle allait dans le bois depuis toujours, ses habitudes étaient réglées au quart de tour. Selon la police, mon père serait parti chercher de l'aide et il aurait été obligé de laisser ma mère toute seule pendant c'temps-là. Pis comme il avait pas de montre, pas de téléphone pis pas de boussole, et pis que c'était pas le meilleur pour s'orienter, ben il s'est perdu. Ils l'ont retrouvé à plusieurs kilomètres de ma mère, encore plus loin dans le bois. Faim, froid ou déshydratation, c'était pas le meilleur endroit pour se perdre. Mes parents niaisaient pas avec la sécurité. Je veux ben croire les conclusions mais j'y arrive pas !

— C'est pour ça que tu te questionnes depuis les funérailles… je savais pas le fond de l'histoire, dit-elle, compatissante. Pourquoi tu m'as jamais dit ça ?

— Je voulais t'en parler, mais j'ai pas été capable. Prends pas ça perso, je me sens perdu là-dedans. J'y pense tous les jours, alors imagine en recevant des lettres du genre !

— Eh ben, tu peux conclure qu'il y a des choses qu'on sait pas, déclara-t-elle en pointant la montre.

— Il a ben fallu qu'il rencontre mon père pour avoir sa montre, non ? Le milieu du parc est quand même pas accessible à tant de monde que ça. Ça c'est s'il l'avait pas *avant.*

Elle leva la main en signe d'incompréhension.

— Il y a tellement de possibilités. On n'a pas assez de renseignements !

— Alors il faut trouver ce gars-là.

— C'est sûr, approuva-t-elle à contrecœur.

— Vas-tu m'aider ?

Elle sourit.

— Ben oui j'vais t'aider ! Mais oublie pas ma promesse, Marco Genest, prévint-elle en touchant son ami de l'index. Je crois en la justice. Je pourrai pas garder ça pour moi même pour te donner un coup de main. On le trouve puis on le dénonce.

— J'oublierai pas, promit-il. On va rien qu'espérer qu'il dépasse pas trop les limites dans ses histoires...

Elle approuva de la tête.

— Penses-tu qu'il y a un moyen de prouver que Morin est innocent ? demanda-t-il.

— C'est une bonne question. On pourrait interroger Sabrina Chouinard, si on la retrouve, mais elle pourrait sûrement pas nous faire avancer beaucoup. Dis-toi que de son point de vue à elle, son prof est un vieux pervers. Elle a pas de raison de croire qu'il est pas coupable. Sa note change, le gars envoie des messages, demande son courriel...

— Ouain... reconnut Marco. Peut-être qu'on pourrait retrouver la liste des élèves qui étaient dans sa classe, ça réduirait le champ des recherches.

— C'est pas bête, mais je commencerais plus par les habitants de la rue de Lausanne. Y'a pas beaucoup de maisons et certains doivent habiter là depuis longtemps. On pourrait leur poser des questions pour en apprendre un peu plus sur les gens qui habitaient là.

— Si tu veux que ça marche, il va falloir que tu trouves autre chose qu'un amour des oiseaux pour approcher le monde, blagua-t-il.

Elle pouffa de rire.

— Fais-toi en pas ! J'suis capable d'improviser en masse.

— Je pourrais te débloquer un p'tit budget, dit-il encore en plaisantant.

Elle le frappa sur l'épaule.

— Arrête de dire des conneries puis passe-moi la liste de noms.

CHEZ MARCO
– Dimanche soir, 5 juin

Après deux heures de recherches, Josée repoussa un morceau de pizza froid sur la table et se leva. Elle arpenta le salon de long en large en réfléchissant.

— Je suis quasiment certaine qu'on cherche un endroit qui s'écrit en douze lettres, affirma-t-elle.

— Chaque nom correspondrait à une lettre, raisonna Marco.

— C'est ça. Impossible de tirer quoi que ce soit des initiales, j'ai essayé dans tous les sens.

— Et les premières et dernières lettres ? demanda-t-il.

— Même affaire.

— J'imagine qu'on devra essayer avec les deuxièmes, ou troisièmes lettres des noms, et ainsi de suite.

— Les choix de clés sont vastes, rappela-t-elle.

— De clés ?

Marco ne connaissait pas grand-chose aux énigmes.

— Oui. Quand on essaye de résoudre une devinette comme celle-là, on commence par identifier le type de réponse qu'on cherche. Par exemple, je suppose qu'on veut des lettres, dans le but de trouver un lieu. Si j'suis dans le champ avec cette hypothèse-là, ben on est dans le champ longtemps ! Si j'ai raison, il faut trouver la clé qui va résoudre le code. Ce pourrait être l'initiale de chacun des noms, ou ben la première lettre du premier, la deuxième du deuxième, etc.

— Ça laisse une infinité de choix, non ?

— Pas mal, mais pas une infinité. La personne qui crée l'énigme veut généralement pas que ça soit impossible à résoudre, ou bien que la réponse soit complètement stupide. Certains classent les énigmes par niveaux. Une énigme de premier niveau est supposée te permettre de trouver la solution avec c'que t'as devant les yeux.

— Comme les initiales, lança-t-il.

— C'est ça, acquiesça-t-elle. C'est un bon exemple. Ou comme le nombre de lettres dans chaque nom ou prénom. Un deuxième niveau demande une transformation.

— Là j'suis pas sûr de comprendre, avoua Marco.

— Tu peux transformer des chiffres en lettres, si tu veux. À chaque nombre correspond une lettre, selon son rang ordinal dans l'alphabet.

— Ben là ! s'exclama-t-il. On va chercher pendant des années !

— Pas nécessairement. Comme j'te dis, une énigme qui se résout pas, ça sert à rien. L'important, c'est de trouver quelque chose d'inhabituel dans ce qui nous est donné. Ou quelque chose qui relie, un fil conducteur.

Marco croisa les bras et soupira.

— T'aimes vraiment ça !

— Quand j'étais jeune, j'en faisais tout le temps, reconnut Josée en souriant.

— J'ai un *chum* qui tripait là-dessus quand j'étais au secondaire. En tout cas, de mon point de vue, il y a rien qui relie ce monde-là ! Des scientifiques, des politiciens, des artistes…

— T'as raison. Mais rien n'indique que la clé réside dans leur métier. Mais pour pas se perdre, proposa-t-elle, on va éliminer les réponses de premier niveau.

— Et comment on fait ça ?

— On va créer un tableau puis mettre chaque nom et prénom en séparant toutes les lettres. Ça va donner une matrice avec une vue d'ensemble. Si la solution est simple et évidente, on va le voir tout de suite. Au besoin, on rajoutera des infos sur chaque personnage.

— O.K., c'est toi l'experte.

Elle prit l'ordinateur portable et ouvrit un classeur. Elle écrivit chaque nom et prénom de façon à former un tableau à douze rangées.

— On dirait un bol d'Alpha Bits en colonnes, dit Marco en blaguant.

— Hum… je vois rien qui soit cohérent au premier coup d'œil.

— Les noms sont peut-être pas en ordre, avança-t-il.

— Ça se peut. Faut trouver la bonne façon de les positionner.

— Et si tu les classais par pays ?

— Essayons.

— Russie, Angleterre, France, musicien américain…

— Cocker est anglais, pas américain, rappela-t-elle.

— Vraiment ? Je savais pas.

— Il était à Woodstock, mais il vient de Londres.

— Euh ! tu les connais tous ? demanda Marco.

— Oh non, admit-elle, mais je vais faire quelques recherches.

Au bout d'une dizaine de minutes, elle recula sur le divan, découragée.

— Ouain ! Je vois rien avec les pays. Quatre Anglais, quatre Américains, un Russe, un Italien et deux Français, mais c'est rien qu'un hasard. Il y a sûrement quelque chose qui m'échappe.

— As-tu cherché sur les métiers ?

— Non, pas encore. Je vais ajouter une colonne.

— C'est qui ça, Annibale de… Gasparis ?

— Selon mes recherches, c'était un astronome italien du 19ᵉ siècle.

— Ils sont tous morts ? demanda-t-il.

— Je pense pas que Joe Cocker soit mort[1], dit-elle. Mais c'est une bonne idée, par exemple, je vais écrire les dates de décès.

Elle ajouta une colonne dans son tableau et commença à taper l'année de la mort de chacun des personnages.

— Tiens, dit-elle, étonnée, Neil Armstrong est encore vivant, selon ce site.

— Ça veut sûrement rien dire pour les dates, alors, déplora-t-il.

— Probablement. Tant qu'à y être, je vais entrer les années de naissance.

Elle poursuivit ses recherches et ajouta cette information pour tous les noms.

— Wow ! s'exclama-t-elle. Savais-tu qu'Henri II, roi d'Angleterre, était né dans les années 1100 ?

— Crime ! Ça fait vraiment longtemps ! J'imagine que Nostradamus serait pas mal vieux aussi.

— 16e siècle. C'est le deuxième plus vieux. Je rajoute les villes où ils sont nés.

Pendant un cours moment, elle se rongea un ongle en réfléchissant.

— On tourne en rond ! explosa-t-elle. Y'a rien qui colle !

— J'ai peut-être quelqu'un qui pourrait aider, proposa-t-il.

— Pour résoudre l'énigme ?

— Oui. Mon *chum* du secondaire, ben il travaille à l'université. T'as peut-être juste besoin d'un p'tit coup de main pour t'aider. Il tripait là-dessus lui aussi, j'suis sûr qu'il aimerait ça.

— Bah... on n'a rien à perdre, avoua-t-elle. J'ai pas le goût de passer trois jours là-dessus. Tu penses vraiment que ça l'intéresserait ?

Il sourit.

— Si je dis à Jean-François qu'on a cherché comme des caves là-dessus sans rien trouver, ça va l'allumer tout de suite !

---

1 NDA : Le célèbre Joe Cocker est décédé en décembre 2014, quelques semaines avant la parution de ce roman.

JOUR 2

POSTE DE POLICE
- Lundi matin, 6 juin

L'enquêteur Jean-Sébastien Héroux ouvrit la porte principale du poste de police de la ville de Trois-Rivières. Comme tous les matins, il salua de la tête l'agent qui travaillait de l'autre côté de la fenêtre d'accueil et utilisa sa carte pour ouvrir la porte sécurisée à sa gauche, celle qui menait aux bureaux de son service. Il traversa quelques espaces de travail ouverts et salua Mylène, son adjointe administrative.

— Bonjour Mylène. Des nouvelles de la compagnie sanitaire?

— *Nada*, déclara-t-elle.

— Va falloir que j'y aille moi-même, soupira-t-il en ouvrant la porte de son bureau.

— Votre journaliste préférée a téléphoné.

— Dites-lui que je l'invite à souper aussitôt qu'on a retrouvé la p'tite, rétorqua-t-il.

— Vous avez déjà essayé cette approche, lui rappela-t-elle.

Il sortit la tête de l'embrasure de la porte, faussement inquiet.

— Et?

Elle hocha la tête de gauche à droite, en faisant la moue.

— Triste, conclut-il en souriant. J'ai rien de nouveau à lui dire, elle va me faire raconter des niaiseries.

Il posa son sac sur sa table de travail et alluma l'ordinateur.

— C'est normal que les gens posent des questions, lança-t-elle de l'autre pièce.

— Je sais, Mylène, je sais. Je suis à veille de me déclarer moi-même coupable pour les calmer !

— Le capitaine veut vous voir aussi, ajouta-t-elle encore.

— Vous pouvez lui dire que je suis en vacances? osa l'enquêteur.

— Faites-le vous-même !

Héroux se résigna en ouvrant son agenda. Il ne pouvait plus s'en tirer, il allait devoir avouer à son patron que les choses ne se passaient pas vraiment comme il le souhaitait.

Il plaça son casque d'écoute sur sa tête et signala le numéro inscrit sur un bloc-notes, devant lui.

— C'est quoi le nom du gars, déjà? Des poubelles?

— Louis, répondit Mylène.

— Merci.

— *RGMRM bonjour?*

— Oui, bonjour, ici l'enquêteur Héroux, du service de police de Trois-Rivières.

— *Ah, j'allais justement vous rappeler.*

— Vous êtes Louis?

— *Oui. Écoutez, j'ai demandé à tous mes gars et personne a rien vu d'anormal jeudi passé. Tous nos camions sont revenus de leurs parcours de la même manière que d'habitude.*

— Aucun comportement bizarre de la part d'un de vos employés? Aucun véhicule suspect sur les lieux? Ou différent de ceux de vos hommes?

— *Non, non, rien de louche. Et en plus, il y a une seule façon de venir ici, s'il y avait eu un char qu'on connaît pas, quelqu'un l'aurait remarqué tout de suite. Vous enquêtez au sujet de la fille, c'est ça? La jeune qui a disparu?*

— Je suis désolé, je ne suis pas en mesure de répondre à cette question.

— *Vous pensez que quelqu'un pourrait l'avoir déposée ici ?*

— Comme je vous dis, je ne peux pas dévoiler de détails sur les enquêtes en cours.

— *Bah... je vous souhaite de la retrouver, la pauvre.*

— Vous pouvez m'envoyer une liste complète de vos employés ? Incluant ceux et celles qui ne travaillent plus pour vous depuis quelque temps ?

— *Ouais, avec plaisir si je peux vous aider. Je vous l'envoie par courriel d'ici quelques minutes.*

— C'est probable qu'on aille fouiller les dépôts qui sont arrivés jeudi et vendredi. Je vous demanderais de les laisser libres d'accès, au besoin.

— *Pas de problème, j'ai déjà repéré l'endroit après votre appel. Rien a bougé de d'là depuis vendredi après-midi.*

— Excellent. Je vous redonne des nouvelles rapidement.

— *À votre service.*

Le détective raccrocha et mâcha le bout de son crayon, songeur.

— Je vais quand même pas fouiller un dépotoir entier sous prétexte qu'un témoin a vu un camion à ordures dans le coin ce matin-là ! tonna-t-il, pour que Mylène entende.

Héroux aimait bien discuter à voix haute dans son bureau. Au début, Mylène n'osait pas répliquer mais, peu à peu, voyant que son patron appréciait, elle avait commencé à donner son avis de temps à autre. Cela lui permettait de participer aux enquêtes à sa façon. Ces échanges à travers le mur qui les séparait étaient maintenant tout à fait normaux et permettaient à l'enquêteur de profiter d'un avis féminin spontané, ce qu'il prisait.

— Surtout que c'est la route habituelle du camion, ajouta l'adjointe de son bureau.

— En plus !

— Vous croyez toujours que c'est le père ? demanda-t-elle.

La question frappa Héroux, preuve que c'était bien la réalité et non un stupide cauchemar. Il y avait maintenant quatre jours de cela, une jeune fille de la région était disparue subitement. Mélodie Cormier, 10 ans, ne s'était pas présentée à l'école le jeudi précédent. En fait, ses parents l'avaient vue monter dans l'autobus scolaire et le chauffeur avait confirmé qu'elle avait bien débarqué devant l'école, mais plus aucune trace d'elle à partir de ce moment. Dans le chaos d'une cour de récréation, le matin, on remarque difficilement l'absence d'un ou d'une élève. L'institution avait appelé à la fin de la matinée pour confirmer avec la famille que Mélodie se trouvait bien à la maison, sans doute malade, mais ce fut plutôt le début d'un profond mystère. La mère, paniquée, était accourue à l'école et les policiers avertis. La possibilité d'une fugue avait été soulevée, mais le comportement de la jeune fille ne montrait pas de signe appuyant cette hypothèse.

Personne ne voulait mentionner le pire scénario mais, de toute évidence, il y avait eu enlèvement.

Les journaux s'étaient jetés sur l'histoire et la province entière était à la recherche de Mélodie, ce qui n'était pas sans rappeler la triste histoire Provencher, qui avait secoué la région quelques années plus tôt et dont les stigmates n'étaient toujours pas cicatrisés. Plusieurs battues avaient été effectuées et les environs passés au peigne fin – sans résultat. En collaboration avec la Sûreté du Québec, Héroux avait été chargé de l'affaire ; des patrouilleurs et plusieurs enquêteurs travaillaient maintenant à temps plein pour retrouver Mélodie. La police de Trois-Rivières traitait rarement ce genre d'enquête majeure et Héroux était ravi de pouvoir montrer le savoir-faire de son équipe.

Un témoin avait signalé la présence de la benne à ordures près de l'école ce matin-là et, malgré l'aspect normal de la chose, Héroux avait voulu éliminer la piste du dépotoir municipal, situé à quelques kilomètres au nord de la ville. Heureusement, les déchets étaient disposés de façon méthodique, rendant les dépôts récents faciles à identifier. S'il le fallait, il ordonnerait une fouille minutieuse de cette portion du dépotoir.

Mais avant cela, il avait d'autres avenues à explorer.

Dans les heures qui suivirent la disparition, les soupçons se tournèrent vers le père de Mélodie, Gilbert Cormier. Un appel anonyme disait avoir aperçu la fillette en compagnie d'un homme dans une camionnette noire, sur le viaduc du boulevard Jean-XXIII qui surplombe l'autoroute 55 vers l'ouest. Or, Cormier en conduisait justement une noire. L'homme au passé judiciaire léger était maintenant le principal suspect dans cette affaire. Bien que son dossier ne contienne rien de plus que quelques lointaines affaires de possessions simples de drogues, il n'avait pas d'alibi très solide et plusieurs éléments indiquaient qu'il avait quelque chose à voir avec la disparition de sa fille. Les policiers n'avaient pas laissé filtrer de renseignements dans les médias autres que ceux sur le camion. Malgré le manque de preuve, l'ensemble du corps policier était sur ce cas. L'appel d'un second témoin, plus tôt ce matin, indiquait la présence d'un camion noir dans les environs du chemin Masse, près de Saint-Louis-de-France, le jour de la disparition. Mais le détective Héroux n'était pas né d'hier : pas de corps, pas de cause. Il n'avait aucune idée de l'endroit où se trouvait Mélodie, et Cormier clamait haut et fort son innocence.

— Il persiste à dire qu'il n'a rien à voir avec la disparition de sa fille, répondit-il à Mylène. Et je n'ai que du circonstanciel à donner au procureur. Si l'équipe qui ratisse le secteur du chemin Masse trouve quelque chose, il est vraiment dans le trouble.

— Vous savez que je me laisse emporter quand ce sont des histoires touchant des enfants.

— Tête froide, Mylène.

Au même moment, quelqu'un frappa doucement à la porte qui donnait sur le couloir.

— Bonjour, Mylène. Je peux voir le boss ?

— Allo Stéphane. Il est dans son bureau.

— On est prêts pour le *wrap-up*.

— J'arrive dans une minute, lança Héroux, je passe me prendre un café.

Stéphane Larivière, trente-six ans, travaillait sous les ordres de Jean-Sébastien Héroux depuis maintenant près de cinq ans. Il avait grimpé les échelons grâce à un zèle et un flair hors du commun. Il était l'heureux papa de trois jeunes enfants et respirait le bonheur. Larivière, un bon vivant, adorait parler de sa famille, dont les photos tapissaient d'ailleurs son bureau comme une mosaïque. Tout comme Héroux, il en avait eu marre des patrouilles et avait décidé de devenir enquêteur. Aujourd'hui, il était l'homme de confiance de son patron lorsqu'il s'agissait de récupérer des renseignements sur le terrain. Enregistrements vidéo, Internet, conversations téléphoniques, il touchait à tout ce qui était hors des platebandes de l'identité judiciaire, au sous-sol de l'immeuble. Il pouvait retrouver n'importe qui n'importe où, et Héroux l'employait à toutes les sauces. Il montrait également des aptitudes pour faire parler les témoins, même s'il n'était pas encore assez expérimenté pour conduire lui-même un interrogatoire serré.

Héroux se rendit à la cuisine et se versa un café. Il revint sur ses pas et pénétra dans une salle située à quelques mètres sur sa gauche. C'était un endroit conçu pour recevoir des groupes d'une dizaine de personnes. Il y avait une grande table en forme de U et deux écrans sur la droite. Un téléviseur était fixé sur le mur du fond. Trois enquêteurs s'y trouvaient déjà, documents en main.

— Bonjour, boss, lança l'un d'eux.

Les deux autres firent un signe de tête.

— Bonjour, répondit Héroux. On va faire ça vite.

Il s'installa au bout de la table de réunion et déposa son café devant lui.

— Un résident de Cap-de-la-Madeleine a appelé tôt ce matin pour nous dire qu'il avait aperçu un camion noir jeudi passé, à l'angle du chemin Masse et de Saint-Alexis.

Il s'adressa à la seule femme présente, l'enquêteuse Brigitte Soucy. Nouvellement promue, elle faisait tranquillement ses classes dans l'équipe du détective. Ce dernier avait poussé la candidature de Soucy avec ardeur. Il avait eu la chance de la superviser dans un cours et il était tombé amoureux de son intelligence vive et de son esprit logique. Personne ne connaissait la vie personnelle de Brigitte, elle tenait mordicus à son intimité. Elle ne venait pas de la région de Trois-Rivières, mais elle s'y repérait comme si elle y avait grandi. Sérieuse, droite, le regard sévère, elle semblait protégée par une bulle et ne pas souhaiter entretenir de liens autres que professionnels avec ses collègues. D'un point de vue hiérarchique, Héroux appréciait cette distance. Soucy était efficace et avait mérité son surnom rapidement, signe qu'Héroux appréciait son travail. Dans quelques années, elle ferait une candidate de choix pour occuper un poste semblable au sien.

— Bridge, parle-moi du *truck* de Gilbert Cormier.

— Ça commence à se préciser, reconnut-elle. Un deuxième témoin confirme qu'il y avait un *pick-up* noir jeudi matin, dans le même secteur de Saint-Louis-de-France. C'est un résident du coin qui faisait du vélo de montagne dans le bois, pas loin du terrain de jeu. Il dit qu'il a vu le *pick-up* stationné dans le chemin de terre qui donne sur l'intersection, près de la rue Saint-Alexis. Dans sa déposition, il rajoute avoir vu un homme embarquer dans le *truck*, l'air erratique, mais pas d'enfant avec lui. Le chauffeur aurait quitté les lieux rapidement vers le boulevard des Prairies. Le témoin a pas pu relever la plaque d'immatriculation, mais dit pouvoir donner un bon compte rendu du visage du conducteur.

— O.K. Ça concorde avec le téléphone de ce matin, approuva Héroux. Une équipe est déjà en place là-bas. Tu me mets un artiste là-dessus, Bridge. Je veux un portrait-robot du conducteur. Si c'est le père de Mélodie qui était là, ça veut dire qu'il nous ment en pleine face depuis trois jours. Je veux savoir ce que c'te gars-là nous cache ! Trois appels différents qui mentionnent le *pick-up* noir, ça vaut le coup de mettre notre énergie là-dessus. Merci Bridge… Steph !

— Chef?

— Comment ça va avec les casiers?

L'enquêteur Stéphane Larivière sortit une liste de son cartable et la posa devant lui.

— On a interrogé tous les gens à risque de la région. Du moins, ceux qu'on connaît.

— Alors?

— Ils ont tous de bons alibis pour le jeudi matin, sauf un homme et une femme.

— T'en penses quoi?

— Ça m'énerve pas trop. Ni l'un ni l'autre n'ont d'antécédents avec les jeunes et la femme a même pas d'auto. L'homme a été condamné pour viol il y a vingt ans et n'a jamais eu de démêlés après. Je le rayerais pas de la liste des potentiels, mais je le placerais pas en priorité. Son nom va sortir vite si jamais j'ai deux renseignements qui se croisent.

— Hum. Merci Steph.

— Sur quoi voulez-vous que je mette la priorité, boss? demanda-t-il.

— Tu vas me trouver une caméra qui capte le viaduc qui passe au-dessus de la 55, sur le boulevard Jean-XXIII, répondit Héroux. C'est le point de fuite le plus rapide et celui qui donne le plus de choix. Je veux que tu tentes d'identifier le *pick-up* de Cormier, qui a été mentionné par l'appel anonyme de jeudi midi.

— Il y a ben des magasins dans le secteur, observa-t-il. J'vais vous dénicher ça.

Héroux tourna le regard vers son troisième et dernier enquêteur à temps plein. Jérôme Landry était un homme un peu plus âgé que les autres membres de son équipe, il approchait la cinquantaine. Il aurait pu devenir enquêteur en chef, peut-être même capitaine, mais il se plaisait dans son travail de bras droit. Landry avait vu plusieurs centaines d'enquêtes durant sa carrière, ce qui lui donnait une expérience redoutable. Personne ne voulait se trouver devant lui dans une salle d'interrogatoire; il s'entraînait encore de façon régulière et avait une carrure imposante en dépit de sa petite taille. Il vouait une confiance aveugle à son patron, malgré l'écart d'âge, ce qui facilitait grandement l'échange de renseignements lors de moments corsés.

On aurait pu penser qu'un enquêteur de la trempe de Landry, avec tout son bagage, aurait de la difficulté à suivre un Héroux nettement plus jeune que lui. Or, il en était tout autrement. La relation entre les deux hommes datait d'avant la nomination d'Héroux comme enquêteur en chef, lorsqu'il agissait lui-même sous les ordres du patron de l'époque. À trente ans, Héroux était patrouilleur depuis une dizaine d'années et manifestait ouvertement son désir de monter en grade. Jérôme Landry ne prêtait guère attention aux jeunes loups affamés qui s'apprêtaient à remplacer les quelques enquêteurs aux portes de la retraite: il se contentait de faire son travail et de répondre aux ordres. Peu bavard de nature, il n'avait aucunement envie de diriger une équipe.

De fait, il ne connaissait Héroux que de nom. Puis, il y avait eu cette enquête pour vol à l'étalage dont Landry s'occupait. Il en était à l'étape d'établir les témoins potentiels.

Alors qu'il était en chemin pour se rendre au dépanneur Irving du boulevard Jean-XXIII dans le but d'y rencontrer la gérante, un appel fut placé au poste pour signaler la présence du suspect dans l'entourage du commerce. L'homme, dont le visage avait été capté par les caméras vidéo, était soupçonné d'être l'auteur de multiples vols de paquets de cigarettes et de billets de loterie au cours des derniers mois. Il s'était déjà présenté au Irving. Héroux, qui patrouillait dans le coin, répondit aussitôt à l'appel. Il arriva sur les lieux quelques minutes avant Landry, dans sa voiture banalisée. Il pénétra dans le dépanneur sans savoir que l'enquêteur le suivrait deux minutes plus tard. Quand Héroux aperçut le regard de la gérante, il sut que quelque chose ne tournait pas rond. D'un signe de tête, elle indiqua une rangée et le patrouilleur en conclut que le suspect était dans l'établissement, ignorant la présence policière. Héroux posa la main sur son Glock et interpella l'homme dont il ne voyait que les cheveux. Ignorant la demande, ce dernier se pencha et disparut derrière les étagères. Cette fois, Héroux dégaina. Landry entra et aperçut la scène. Son cœur bondit dans sa poitrine et il se ressaisit, dégainant à son tour.

Il y avait au moins cinq bonnes années que son revolver n'avait pas quitté son étui alors qu'il était en service.

— Police ! cria Héroux à l'attention de l'homme.

Il fut surpris de voir l'enquêteur Landry, arme au poing, à sa droite.

— Un suspect, mâle, lui dit-il calmement. Il est derrière, à côté des vitres.

— Vous êtes cerné ! tonna Landry à son tour.

— Avancez-vous doucement, les mains derrière la tête ! enchaîna Héroux.

— J'ai un *gun* ! cria l'homme pour toute réponse. Crissez-moé la paix !

L'intervention prenait une tournure inattendue. Landry n'eut pas le temps de répliquer.

— Heille ! lança Héroux d'une voix forte, mais sans crier. Fais pas de gaffe ! Ça va te mettre dans le trouble, pis t'as aucune chance de sortir ! On veut pas te tirer dessus, on veut juste te mettre en état d'arrestation !

En quelques minutes, il réussit à établir un dialogue avec le suspect pendant que Landry appelait des renforts. Épaté par le calme du patrouilleur, l'enquêteur avait assisté à la scène, pistolet en joue sur le côté droit des étagères. Quand le suspect avait fini par se rendre, tout en douceur, Landry n'avait pu qu'admirer la façon dont Héroux avait mené les choses. « Ça, c'en est un qui va aller loin », s'était-il dit.

Comme pour lui donner raison, Héroux devint enquêteur peu de temps après. Jamais Landry n'avait oublié le ton employé lors de cette intervention au dépanneur. C'était la façon parfaite de procéder : à la fois autoritaire et respectueux. Cette image de celui qui allait devenir son chef ne l'avait plus quitté.

Aujourd'hui, Landry n'avait plus grand-chose à prouver à qui que ce soit. Un seul ingrédient était nécessaire à son bonheur, et on le lui donnait en abondance : le respect. Il avait macéré assez longtemps dans le milieu pour en connaître les subtilités et, peu importe ses galons, Héroux savait que son enquêteur aurait toujours cette longueur d'avance sur lui. Une certaine amitié s'était développée entre les deux hommes au fil du temps, et ils appréciaient leur présence mutuelle.

— Jay.

— Boss.

— As-tu obtenu quelque chose de plus de Gilbert Cormier ? demanda Héroux. Me semble que tu l'as pas lâché depuis trois jours !

Landry avança et posa ses coudes sur la table devant lui.

— Le gars est louche sans bon sens, trancha-t-il. Il garde encore sa version originale, on dirait qu'il comprend pas à quel point il est dans le trouble. Il dit qu'il a rien à voir dans tout ça et qu'il a aucune idée d'où se trouve sa fille.

— Il ment ? demanda Héroux.

— J'en suis sûr, répondit Landry. C'est un homme spécial, je le sens capable de mentir, mais en même temps pas si intelligent que ça.

— Le sac d'école de la petite était dans son *pick-up*, rappela Brigitte.

— Il dit que n'importe qui aurait pu le déposer là, rétorqua Landry.

— Il a pas tort, approuva Héroux, à regret. Ça va prendre plus que ça ! J'vais lui parler cet après-midi.

— Le procureur en pense quoi ? demanda Steph.

— On a encore quarante-huit heures pour trouver quelque chose d'incriminant, sinon on le relâche. Il a même pas pris d'avocat !

— Si c'est vraiment lui qui était dans le secteur Masse, on va pouvoir prouver qu'il nous a menti sur ses allées et venues, ajouta Brigitte.

— D'ailleurs, as-tu le résultat des moules de traces de pneu? demanda le détective.

— Le labo doit rappeler aujourd'hui. Cormier chausse du grand commercial, ça prouverait quand même pas grand-chose, précisa-t-elle.

— Si on peut comparer avec les traces au chemin Masse, ça ferait ça de plus.

— A-t-il expliqué pourquoi il avait quitté sa job jeudi matin? demanda Steph.

— Il dit encore qu'il allait rencontrer un client potentiel en ville et que le gars s'est pas présenté, répondit Landry. Je crois pas ça. Un supposé gars de Pepsi. La compagnie confirme que les vendeurs peuvent prendre des rendez-vous à leur guise, ils font leur propre horaire. Vu que Cormier dit ne pas se souvenir du nom du gars, c'est impossible de valider l'alibi facilement.

— Sauf si on parle aux gars de Pepsi, corrigea Héroux.

— Et pour le chemin Masse? demanda Bridge.

— Il dit qu'il a jamais mis les pieds là de sa vie, poursuivit Jérôme.

— Ça tient pas debout, si vous voulez mon avis, lança Stéphane.

— Bridge, peux-tu me sortir une liste complète des vendeurs de Pepsi qui travaillent dans le coin? intervint Héroux.

— O.K.

— *Good!* Tu donnes ça à Jay dès que tu peux. Je veux qu'on les interroge pas plus tard qu'aujourd'hui, il doit pas y en avoir cinquante. Je veux savoir si c'est vrai qu'un de ceux-là avait bien prévu un rendez-vous avec un gars de chez DK Marketing jeudi passé. On va clore cette avenue-là une fois pour toutes. Ensuite, tu repasseras les appels des témoins, on a peut-être manqué quelque chose.

— O.K., acquiesça-t-elle de nouveau.

Héroux tapa dans ses mains avant de se lever.

— Belle job, gang. Faut faire avancer le dossier, les journalistes veulent mon cul puis le capitaine veut ma tête. Je veux qu'on retrouve la jeune ! On récapitule tout ça à 19 h. Si vous avez besoin de me joindre, je passe voir la mère, à la maison de la petite. Je vous rappelle qu'il y a une battue volontaire ce matin pour ratisser le secteur pas loin de l'école, en montant vers la terrasse.

Les enquêteurs quittèrent la pièce et entreprirent de se mettre au travail. Mylène sortit la tête dans le corridor, à droite.

— Brigitte ! cria-t-elle.

— Oui ?

— C'est le labo pour toi, sur la ligne un.

— Je le prends tout de suite, répondit-elle en accélérant le pas jusqu'à son bureau, qui se trouvait tout près.

Le détective Héroux demeura debout dans l'embrasure de la porte pendant que son enquêteuse parlait au téléphone.

— Et ? s'enquit-il dès qu'elle eut raccroché.

— Ça concorde parfaitement.

— Merde.

— Ce sont des pneus standard, ça va être impossible de retrouver la vente, reconnut-elle.

— C'est quand même un autre élément qui suggère que Cormier nous ment, trancha Héroux en retournant vers son bureau. Belle job, Bridge ! lança-t-il sans se retourner.

Il arriva devant sa secrétaire alors qu'elle était déjà en ligne.

— Non, il n'est pas ici, dit-elle en le regardant. Il participera sans doute à la battue de ce matin. Oui, je comprends. Au revoir, Isabelle.

— Encore elle ? gronda Héroux.

— Elle ne vous lâchera pas, vous connaissez les journalistes.

— Je sais. Je pars pour aller chez Mélodie, je serai joignable sur mon cellulaire.

On entendit des pas de course dans le couloir.

— Boss ! aboya Stéphane, les gars ont trouvé un élastique !
— Un élastique ?
— Oui, un élastique rose, pour les cheveux.
— Ils ont trouvé ça où, Steph ?
— Dans le sable, dans un sentier pas loin du chemin Masse.

UNIVERSITÉ DU QUÉBEC À TROIS-RIVIÈRES – Lundi matin, 6 juin

Lundi, au cours de la matinée, Marco et Josée prirent la direction de l'université et se rendirent au deuxième étage du pavillon Albert-Tessier, là où se trouvent les bureaux de ceux qui travaillent en informatique. Marco avait appelé Jean-François Wilson pour lui annoncer sa visite, et ce dernier avait libéré une petite plage horaire pour le recevoir.

— Qu'est-ce qu'il fait comme travail, ton ami ? demanda Josée, alors qu'ils traversaient la cafétéria.

— Il est chargé de projet. Je connais pas exactement tous les rouages de sa job, mais je sais qu'il aide à développer des systèmes informatiques. Tu vas voir, y ressemble pas à grand monde, ajouta-t-il avec un sourire.

— J'ai hâte de le rencontrer.

— Par ici, indiqua-t-il, en prenant un corridor sur la gauche.

Au bout du couloir, ils prirent à droite et s'arrêtèrent devant une porte mi-close. Sur l'écriteau, on pouvait lire « Jean-François Wilson – chargé de projet ». Marco frappa à la porte.

— Entrez ! tonna une voix rauque. Il ouvrit doucement. Ils pénétrèrent dans le petit bureau.

— Marco *boy* ! lança l'homme, en se levant. De la grande visite !

— Salut Jean-François, répondit-il en lui donnant la main.

Jean-François était petit mais fort. Il avait les cheveux noirs et les yeux vifs. On pouvait voir des tatouages sur ses bras car les manches de sa chemise étaient légèrement remontées.

— J'te présente Josée Dusseault, dit Marco en désignant son amie.

— Enchantée, dit-elle en saluant.

— Pareillement, rétorqua Wilson. Prenez les chaises et asseyez-vous. Que me vaut l'honneur de votre présence, demanda-t-il en retournant derrière son bureau.

— Ben tu vas rire, mais on est sur une énigme qui nous donne un peu de trouble. J'me souviens que tu tripais là-dessus quand on était jeunes, alors j'ai pensé à toi pour nous aider.

Jean-François croisa les mains derrière sa tête en se balançant sur les pieds arrière de sa chaise.

— Une énigme ?

— Oui, enchaîna Marco. On est là-dessus depuis hier soir pis on a pas vraiment de pistes.

— Un genre de devinette, tu veux dire ?

— Oui, exactement, répondit Josée.

— De quel niveau ? demanda-t-il, intéressé.

— Deux, peut-être trois, suggéra-t-elle. Je pense avoir éliminé pas mal toutes les possibilités du premier échelon.

— Vous cherchez quoi ?

Il était déjà allumé.

— Un lieu, répondit-elle. Un endroit dans la région de Trois-Rivières.

— Donc des lettres, j'imagine. C'est quoi l'*input*? s'enquit-il en s'avançant et en saisissant un crayon.

De toute évidence, il avançait sur un terrain connu et, heureusement, Josée parlait le même langage que lui. Marco écarquilla les yeux et leur laissa tout l'espace.

— Une série de noms, dit-elle. Des gens connus, pour la plupart.

— Combien ?

— Douze.

— Vous avez fait une matrice primaire ?

— Oui. Verticale, horizontale et diagonale. Ça donne rien de sensé.

— Puis avec une clé de premier ordre ? Du style, premier mot, première lettre ?

— Même affaire, ça n'a rien donné. Trop simple, sûrement. Je dois pas être ben loin, mais là je vois pus clair.

— Hum. Vous avez la liste avec vous ?

— Oui, je l'ai ici, répondit Marco en lui remettant une feuille avec les noms.

Jean-François saisit le papier et scruta les mots qui s'y trouvaient.

— Ça me rappelle des souvenirs de v'là longtemps ! Beau *mix*, dit-il après un moment.

— En effet, approuva Josée.

— Ça fait un maudit bout de temps que je me suis pas frappé le nez sur une petite énigme, avoua-t-il avec le regard d'un enfant devant un comptoir à friandises après le carême.

— J'imagine que t'as pas trop perdu tes capacités, dit Marco avec admiration. Me semble que t'étais une bête pour ces affaires-là !

— Le génie puis la folie, Marco, lança-t-il en ouvrant une fenêtre de recherche sur son ordinateur. Ils restent ensemble ! Dans ma tête !

— C'est clair que t'es un peu fou, répliqua-t-il à la blague.

— Tu veux pas ma tête mon ami, crois-moi ! renchérit-il en riant. Bon, sacrez le camp puis laissez-moi perdre un peu de mon temps là-dessus. En espérant que la clé me demande pas une transformation de Laplace ou ben un Lagrangien.

— T'es un malade mental, allégua Marco en se levant. Merci pour ce coup de main, c'est très apprécié.

— Fait plaisir. J'espère être en mesure de vous aider. Je t'appellerai si je trouve de quoi.

Ils sortirent du bureau et revinrent sur leurs pas.

— Vraiment *cool*, reconnut Josée alors qu'ils marchaient vers la cafétéria.

— Mets-en. Tout ce qui touche le cerveau, ça l'intéresse. Jamais de discussion vide de sens avec Jean-François, il est engagé pis adore argumenter.

— Il a même pas demandé pourquoi on cherchait ça.

— Typique. Ce gars-là, c'est « vivre et laisser vivre ».

— Et beau bonhomme, en plus, dit-elle avec un sourire.

— Hein ? Non, pantoute.

Ils arrivèrent dans la cafétéria de l'université.

— Je prends deux cafés pour apporter, proposa-t-il en poursuivant son chemin vers la cuisine.

Josée patienta quelques instants à une table en attendant le retour de son ami et en profita pour jeter un œil autour d'elle. L'endroit paraissait vide en ce milieu de session estivale ; seuls quelques étudiants dispersés occupaient les tables alentour. Elle avait souvenir d'une circulation plus intense lors de son récent passage dans ces lieux.

— Pis ? C'est quoi la suite ? demanda-t-il en s'asseyant. On va voir Cédric ? M. Morin ?

— Je pense qu'on devrait essayer de trouver qui est ton inconnu, suggéra-t-elle. Mettre un visage, un nom, je sais pas. De toute façon, y'a pas grand-chose d'autre qu'on peut faire en ce moment. Et puis je vois pas l'utilité de se casser la gueule sur l'énigme si ton ami travaille dessus.

— T'as raison. Faut que j'aille à une entrevue dans un resto pas trop loin du pont, j'vais en profiter pour aller à la polyvalente Chavigny récupérer l'album de finissants de l'année où le scandale de Morin a eu lieu.

— Super idée, approuva-t-elle. Moi je vais retourner sur la rue de Lausanne et essayer de tirer quelques renseignements des gens qui habitent là.

Elle se leva et lança :

— Oublie pas de me lâcher un coup de fil si t'as des nouvelles de Jean-François.

MAISON DE MÉLODIE – Lundi midi, 6 juin

La femme qui se trouvait devant le détective Héroux était dévastée. Monique Duval ne dormait plus depuis la disparition de sa fille. Elle avait de grands cheveux châtains attachés en queue de cheval et buvait un café noir. Ils étaient assis dans la petite cuisine, le comptoir sale témoignant de l'ambiance qui régnait dans la maison. Le détective sortit son téléphone portable et chercha quelque chose dans ses fichiers.

— Madame Duval, je sais que vous vivez une situation infernale en ce moment, admit-il. Je voudrais m'excuser de vous harceler comme ça, mais j'ai besoin de vous pour identifier quelque chose.

Monique leva les yeux vers lui, soudainement inquiète.

— Ne vous en faites pas, la rassura-t-il. Il ne s'agit que d'un objet. On fait tout ce qu'on peut, vous savez.

Elle esquissa un sourire.

— Merci, monsieur Héroux. Je sais que vous ne dormez pas beaucoup, vous non plus. Qu'est-ce que je peux faire pour vous aider ?

Il lui montra une image sur son cellulaire.

— Cet élastique à cheveux appartient-il à Mélodie ?

La femme porta une main à sa bouche dès qu'elle aperçut l'objet dans le sac plastique.

— Mon Dieu ! s'exclama-t-elle. Où l'avez-vous trouvé ?

— Dans un sentier aux limites du secteur de Saint-Louis-de-France.

Le policier inspira profondément.

— Reconnaissez-vous l'élastique ?

— Oui, acquiesça-t-elle en sanglotant. C'est une des boucles à cheveux de Mélodie.

— Est-ce qu'elle la portait jeudi dernier, avant d'aller à l'école ?

— Je pense que oui, dit-elle, consternée, en hochant la tête. Elle en a plusieurs alors je ne suis pas certaine !

Des larmes coulaient sur les joues de la femme. L'inspecteur essaya de la réconforter en lui prenant la main.

— Ne perdez pas espoir, dit-il. Il ne faut pas se créer de faux scénarios, même si c'est difficile.

— Et mon mari ? demanda-t-elle. Pourquoi vous le retenez encore ? Je ne peux pas croire que Gilbert ait quoi que ce soit à voir avec tout ça !

Héroux prit soin de bien choisir ses mots.

— Madame Duval, nous devons suivre une procédure stricte dans les situations comme celle-là. Le chauffeur a confirmé que Mélodie avait son sac à dos lorsqu'elle est sortie de l'autobus scolaire, ce matin-là. Il a été retrouvé caché dans le véhicule de votre mari, ce qui nous a amenés à le questionner. Le fait est que son alibi pour la fenêtre de temps en question n'est pas encore vérifiable à l'heure actuelle. Il était censé être au travail, mais comme il a à se déplacer pour rencontrer des gens, ça rend la tâche un peu plus ardue. Nous ne pourrons pas le libérer avant d'avoir fait toute la lumière à ce propos. Mais croyez-moi, madame Duval, je ne garderai pas votre époux une seconde supplémentaire si je peux vérifier ses dires. J'aimerais beaucoup mieux qu'il soit ici, avec vous, pour traverser cette dure épreuve.

— Je comprends, répondit-elle, entre deux sanglots. Puis-je vous demander de me tenir au courant de tous les développements ?

— Bien entendu. Je vous avertis dès qu'un nouvel élément entre en scène. Je vais faire analyser les cheveux sur cet élastique pour confirmer qu'il s'agit bien de celui de votre fille. Le périmètre où il a été retrouvé est actuellement ratissé par les enquêteurs.

Le détective Héroux se racla la gorge et se repositionna devant la femme.

— Permettez-vous que je vous pose une question indiscrète ? risqua-t-il.

— Bien sûr, monsieur Héroux.

— Votre mari a-t-il l'habitude d'aller dans le secteur du chemin Masse ?

Elle fronça les sourcils.

— Je ne connais pas cet endroit.

— C'est un quartier résidentiel tranquille, à la limite de Saint-Louis-de-France et du Cap-de-la-Madeleine. Près du club de golf du Moulin, si ça vous dit quelque chose. C'est l'endroit où on a retrouvé l'élastique, dans un sentier.

— Je vois pas ce que Gilbert aurait à faire dans ce coin-là. Ses clients sont généralement en ville. Pourquoi vous me posez une question comme ça? Est-ce que Gilbert était là ? Qu'est-ce que vous me dites pas ?

— Je... un témoin pense avoir vu sa camionnette à cet endroit, jeudi matin.

La femme se leva d'un bond.

— Y'a des dizaines de camions noirs !

Il se mit debout également, tentant de la calmer.

— Vous avez raison. Je ne voulais pas vous effrayer, mais je devais vous poser la question.

— Mon mari adore notre fille, monsieur ! Il n'a peut-être pas la bonne façon de le montrer, parfois, mais il ne lui ferait pas de mal !

Le détective pinça les lèvres, il goûtait l'occasionnelle saveur amère de son travail.

— Je comprends, dit-il poliment. Même si je compatis avec vous dans ce dur moment, sachez que je me dois d'explorer toutes les avenues possibles. Je vous tiens au courant s'il y a du nouveau, dit-il en s'éloignant vers la porte. Et n'hésitez pas à me joindre au besoin.

Elle acquiesça de la tête. Il la salua et quitta la maison. Aussitôt qu'il fut sorti, il prit son téléphone et appela Brigitte Soucy.

— Bridge ! Je veux qu'on compare les cheveux de l'élastique avec ceux de Mélodie.

— C'est déjà en cours, boss.

— Excellent. La mère pense que c'est le sien.

— Et le gars du portrait-robot devrait avoir fini son travail d'ici quelques heures, ajouta-t-elle.

— Je veux voir ça dès que c'est prêt ! Des nouvelles de Jay puis des gars de Pepsi ?

— Il est parti en rencontrer quelques-uns. Ça devrait pas tarder ça non plus.

— *Good!* Tu me l'envoies à la salle d'interrogatoire à son retour. Je vais aller affronter le père avec ce qu'on vient de trouver.

Il se dirigea vers son véhicule en jetant un coup d'œil à la maison qui se trouvait devant lui. Une maison banale, dans un quartier tout aussi banal.

— Incroyable, murmura-t-il. Ça peut vraiment arriver à n'importe qui.

Il démarra au quart de tour et partit vers le poste de police.

ENQUÊTE II
- Lundi après-midi, 6 juin

Josée stationna sa voiture sur la rue de la Montagne, près de l'endroit où ils étaient allés dans le ravin la veille. Elle sortit et trotta tranquillement, empruntant la rue de Lausanne. Tout en marchant, elle vit des enfants jouer à l'entrée du parc, dans le rond-point. Elle décida de commencer ses recherches dans ce coin et se rendit jusqu'à eux. Une fois à proximité, elle se réjouit de constater qu'une femme accompagnait les gamins qui s'amusaient.

— Vous avez là un beau groupe ! s'écria-t-elle.

— En effet, avoua la dame en souriant. J'ai une petite garderie et on profite régulièrement du parc.

— C'est un bel endroit. Est-ce que ça fait longtemps que vous habitez dans le coin ?

— Quinze ans cet hiver. On trouvera jamais mieux ailleurs, c'est tranquille et sécuritaire. Vous êtes nouvelle dans le secteur ? s'enquit-elle.

— Non, non, désolée, je ne me suis même pas présentée ! Je m'appelle Josée Dusseault, je cherche des gens qui sont venus à l'école avec moi, autrefois, et qui restaient dans le coin. On organise un petit conventum et on a de la difficulté à joindre tout le monde.

— Je suis Renée. Donnez-moi quelques noms, je pourrai peut-être vous aider.

— Je pense que Cédric Malosse habitait la rue de Lausanne, je me trompe ?

— Non, vous avez raison. Il habitait juste là, près de la rue Lacoursière, affirma-t-elle en indiquant la maison à laquelle Josée et Marco avaient frappé. Ses parents demeurent encore là, mais lui est parti en appartement ça fait déjà un bout de temps.

— Y avait-il d'autres enfants du même âge dans la rue ? Je vais prendre des notes pour ne rien oublier.

Elle sortit un calepin et un crayon.

— Laissez-moi y penser, dit Renée.

Elle regardait les maisons une par une et réfléchissait à voix haute.

— Les Gendron ont deux enfants plus vieux que vous, les Poirier aussi. M. Trudeau demeure seul et les Boisvert ont emménagé il y a quelques années, à côté de chez les Malosse. Mme Aubre, les Coderre n'ont pas d'enfants… Ah, peut-être Daniel Godbout, il est du même âge que Cédric. Il habitait dans le rond-point, juste ici.

— Est-il encore là ?

— Oh non, ses parents ont déménagé ça fait quelques années. Sinon, à part ça, ben y'a chez moi, mais mon plus vieux a quinze ans. M. Ariel est divorcé depuis toujours et les Tourigny sont arrivés il y a deux ans, ajouta-t-elle en regardant derrière elle. Les deux maisons sur le coin de la rue Lacoursière ont changé de propriétaire souvent. À part le jeune Godbout, je vois personne d'autre. Il y a sûrement plusieurs enfants qui étaient dans le même groupe d'âge que le vôtre, mais je les connais pas tous. Et ils demeuraient pas dans le rond-point, ajouta-t-elle en faisant un cercle avec son doigt.

Josée notait minutieusement tous les noms qu'elle entendait. Elle tourna une page et gribouilla quelque chose.

— Merci beaucoup de votre aide, dit-elle. Je vous laisse mes coordonnées. Si jamais un nouveau nom vous venait en tête, je vous serais reconnaissante de m'en faire part.

La femme prit le papier.

— Bien sûr. Bonne chance dans vos recherches.

Josée sourit à l'un des enfants et retourna à sa voiture en marchant. À l'angle de la rue Lacoursière, une voiture était stationnée à l'ombre d'un grand arbre.

Elle ne le remarqua pas, mais quelqu'un à l'intérieur la regardait attentivement.

INTERROGATOIRE I
- Lundi après-midi, 6 juin

Dès que le détective Héroux ouvrit la porte de la salle où était détenu le suspect, ce dernier releva la tête en sursaut. Gilbert Cormier était mal rasé, il avait les yeux pochés et n'entendait pas à rire.

— Il était temps ! s'écria-t-il en se levant. Est-ce que quelqu'un va finalement m'expliquer pourquoi on me garde icitte ? J'ai rien fait ! J'ai des droits !

Héroux entra dans la pièce et s'assit devant lui.

— Calmez-vous, je vous prie. Et pour la douzième fois, vous avez effectivement des droits, dont celui de prendre un avocat, même si vous avez refusé jusqu'à maintenant.

Cormier le regarda pendant quelques secondes, en colère.

— J'ai pas besoin d'avocat, j'ai rien à cacher !

— Rasseyez-vous, s'il vous plaît, insista poliment le détective. Je serai le premier à vous sortir d'ici si vous parvenez à me convaincre que vous n'avez rien à voir là-dedans.

— Je vous le répète depuis le début ! Je l'sais pas où est ma fille ! Je l'sais pas pourquoi son sac à dos s'est retrouvé dans mon *truck* ! Qu'est-ce que vous voulez ?

Il s'assit enfin, essoufflé.

— On a peut-être trouvé quelque chose qui appartient justement à votre fille, monsieur Cormier.

— À Mélodie ? Quoi ? demanda-t-il avec excitation.

— On l'a retrouvé près du secteur Masse, là où votre camion a été aperçu, jeudi matin.

Gilbert plissa les yeux, mal à l'aise. Héroux n'était pas dupe ; il savait comment interpréter les changements dans le langage non verbal d'un homme en plein interrogatoire.

— Ça se peut pas ! gronda Cormier.

— C'est pourtant ça. J'attends les nouvelles du labo pour la forme, mais votre femme a déjà confirmé que ça appartenait à Mélodie. La coïncidence serait forte, vous ne trouvez pas ?

La tension monta d'un cran dans la petite pièce.

— Écoutez, poursuivit Héroux. Je ne suis pas ici pour vous coincer ou pour mettre vos propos en doute. Mais mettez-vous à ma place ! Je ne suis pas convaincu par vos réponses, monsieur Cormier.

— Je m'en sacre, de votre conviction ! aboya Cormier. Je vous répète que j'ai rien à voir avec ça !

— Ça va, ça va, le calma l'inspecteur, décidant du même coup de renoncer à la politesse. Je veux juste valider ton emploi du temps pour jeudi matin. Tu m'aides pas !

Le suspect croisa les bras et détourna les yeux vers le mur.

— J'ai déjà raconté ça trente fois à ton ami. J'étais en ville pour un rendez-vous.

De nouveau, le détective reconnut instantanément la gestuelle du mensonge.

— Et que la personne ne s'était pas présentée.

— C'est ça, approuva le suspect.

— Un gars de Pepsi.

— Oui.

— Au centre-ville de Trois-Rivières.

— Oui.

Héroux sortit une feuille de son sac et la présenta à Cormier.

— Tiens, dit-il.

— C'est quoi, ça ? demanda-t-il en prenant le papier.

— La liste des employés de la compagnie Pepsi, ceux qui travaillent dans la région.

Un doute plana.

— Et ? demanda Cormier, surpris.

— Eh bien, j'ai justement un enquêteur qui interroge tout ce beau monde-là, Gilbert. Sais-tu à quoi je pense ?

— Non, répondit-il en regardant de nouveau vers le mur.

— Je pense que si tu dis la vérité, quelqu'un là-dessus va me le confirmer, capiche ?

— Hum.

— Ça va, Gilbert ? Me semble que tu respires fort.

— Je vais *très* bien, répondit-il en lui jetant un regard de défi. Je suis retenu contre mon gré et accusé d'avoir enlevé ma propre fille ! Tu connais quelqu'un qui se sentirait bien, toi ?

Héroux changea d'attitude. Il s'avança légèrement vers le suspect.

— Je pense que tu me contes des pipes, Cormier.

Ce dernier ne répliqua pas. Il se contenta de soutenir le regard du policier quelques instants avant de détourner les yeux.

— Je pense que t'as peut-être rien à voir avec tout ça, poursuivit le policier. La vérité, au moment où on se parle, c'est que j'ai pas assez de stock pour te garder longtemps. Mais je te crois pas. Mon expérience me dit que tu te crisses de moi. Mais t'es vraiment con ! J'suis la seule personne en ville qui peut te sortir de la marde ! Tout le monde rêve de pouvoir te pendre aussitôt que tu sors d'ici. Et puis je te parle pas de la presse !

Il appuya ses mains sur la table et éleva la voix pour terminer ce qu'il avait à dire.

— Ça fait que tu ferais mieux d'me dire ce que tu sais, Cormier ! Les preuves circonstancielles qui pèsent contre toi sont tellement lourdes que ça prendrait ton hostie de *pick-up* pour les transporter !

Gilbert respirait fort. Il n'avait pas lâché les yeux du policier pendant toute son intervention. Au même moment, la sonnerie d'un téléphone retentit, faisant sursauter les deux hommes.

— Héroux ! lâcha-t-il d'un ton sec en décrochant.

— Boss ? C'est Brigitte. On a le portrait.

— Et ?

— Je pense que vous voulez voir ça.

— Apporte-moi ça ici, Bridge. Je suis dans la salle d'interrogatoire numéro un.

Héroux raccrocha et fixa le père de Mélodie. Ce dernier avait l'air cramoisi sur sa chaise.

— Quoi ? demanda-t-il. Qu'est-ce qui se passe ?

— Je l'sais pas, Gilbert, affirma faussement le détective. On va voir ça ensemble, toi puis moi. Le témoin qui a vu un camion qui ressemble au tien, près du chemin Masse, ça sonne une cloche ?

— Ouais... marmonna-t-il.

— Ben par hasard, il a aussi vu le gars qui conduisait.

Cormier ravala sa salive.

— Puis ?

— Oh, je dis ça comme ça. On parle. Je suis juste à imaginer de quoi le portrait-robot aurait l'air. Je veux pas te faire de promesses, mais si ça te ressemble, d'après moi on peut te garder en dedans un bon bout de temps.

L'homme croisa les bras et soupira.

— Ça veut crissement rien dire, protesta-t-il.

— Oh, t'as ben raison, dit le détective avec ironie. À part confirmer que tu creuses ta tombe dans un paquet de pipes sur ce que tu faisais jeudi matin, ça prouverait rien. Mais méchante coïncidence, avoue ! L'endroit exact où on retrouve l'élastique de ta fille ! D'ailleurs, j'vais me permettre d'améliorer la décoration un p'tit peu.

Alors qu'on frappait à la porte, il accrocha une photo de Mélodie au mur, à l'aide d'une punaise.

— Ça, c'est au cas où ça te donnerait l'envie de me raconter des affaires, Gilbert. Entre, Bridge, lança Héroux sans cesser de dévisager le suspect.

L'enquêteuse ouvrit la porte et remit un dessin à son supérieur.

— Merci. Trouve Jay, s'il te plaît. Je veux avoir un topo sur les gars de Pepsi. Dis-lui de m'appeler au plus vite.

Elle quitta la salle d'interrogatoire et ferma la porte doucement derrière elle.

— Eh ben ! s'exclama le détective en examinant le croquis.

— Quoi ? Montre-moi ! beugla Cormier.

— Pas si vite, Gilbert.

Il posa la feuille sur le bureau, à l'envers, devant le suspect. Ce dernier ne la quittait pas des yeux.

— Vous vous crissez de moi ! fulmina Cormier.

— Non. Je veux savoir la vérité, c'est tout.

— J'ai pas enlevé ma fille ! hurla-t-il.

Nouvelle sonnerie de téléphone.

— Héroux, répondit-il en surveillant tous les aspects du visage de Cormier.

— Boss ? C'est Jérôme.

— Salut, Jay. Comment ça se passe ?

— Personne chez Pepsi a fait affaire avec quelqu'un de DK Marketing ; ils connaissent même pas la compagnie.

— T'as interrogé tout le monde ?

— Tous ceux qui mettent le pied dans le coin. Le rendez-vous a jamais existé.

— Merci, Jay. Bon boulot.

Il raccrocha et inspira profondément. Il croisa les doigts et laissa passer une trentaine de secondes avant de parler.

— Cormier.

— Je ne sais…

— Ta gueule ! C'est moi qui parle, ordonna-t-il.

Gilbert ferma la bouche. Sa garde baissait lentement, il se savait démasqué.

— *Personne* de chez Pepsi a eu un rendez-vous avec toi jeudi dernier, poursuivit Héroux d'un ton calme. Maintenant, j'vais le demander rien qu'une fois. Je veux savoir ce que tu faisais dans le secteur du chemin Masse.

Le suspect n'eut pas le temps d'ouvrir la bouche que l'enquêteur leva brusquement le portrait-robot, dévoilant l'image.

Gilbert figea, sidéré par cette fidèle reproduction de son visage. Il prit quelques instants pour réfléchir et finit par baisser les yeux.

— Je… j'aimerais ça modifier ma déposition.

INTERROGATOIRE II
- Lundi après-midi, 6 juin

— Une pute? répéta Héroux, étonné. Tu veux changer ton histoire pour me faire croire que t'es allé rencontrer une pute?

— Pas nécessairement une pute, mais une danseuse, précisa Cormier.

— Un jeudi matin, dans un secteur boisé de Saint-Louis-de-France? La journée où ta fille disparaît? Me prends-tu pour un cave?

— Je peux le prouver!

— Ah ça, inquiète-toi pas trop, j'te promets que tu vas avoir à le prouver! siffla Héroux. Dis-moi tout! Pis arrête de me niaiser!

Il alluma un petit enregistreur et le plaça entre eux. Le suspect hocha la tête quelques fois et posa les avant-bras sur la table.

— Bon... ben, y'a un bar, en ville, avec des danseuses, commença-t-il. J'y vais souvent pour prendre une petite bière, en finissant ma job.

Le détective avait les bras croisés et les yeux plissés, il essayait de détecter la moindre anomalie dans les propos de Cormier.

— J'suis pas vraiment du genre à avoir des aventures, mais, t'sais, mon mariage est moins tripant qu'avant. Je me suis dit que les danseuses seraient une bonne alternative. Et cette fille-là a commencé à m'envoyer des messages, ça fait à peu près trois semaines.

— Des messages ?

— Ouain, des textos, sur mon téléphone.

— Tu la connais ?

— Non. Je… oui. En fait, elle m'a niaisé pendant quelques jours. J'ai joué le jeu et puis j'ai pas cherché à savoir qui c'était, je savais qu'elle dansait au bar, c'est tout. Ben c'est ça qu'elle m'a dit ! Comme je connais toutes les filles qui travaillent là, je me suis convaincu que c'était rien qu'une question de jours avant que je la trouve. Ça m'excitait un peu, tout ça…

— Jeudi matin, Gilbert, insista le détective avec impatience.

— J'y arrive. Elle m'a invité à la rejoindre, mais on savait ben que sa job c'était pas l'endroit idéal. Elle travaille de midi à minuit, et moi de jour. Ça laissait pas grand temps ! Elle a proposé un avant-midi, et j'ai accepté. On s'est entendu pour jeudi passé.

— T'es allé à un rendez-vous pour rencontrer une fille que tu connaissais pas.

— Oui. Ouain… oui, ben c'est ça.

Héroux roula les yeux.

— Où, exactement ? demanda-t-il.

— À l'intersection du chemin Masse puis de la rue Saint-Alexis.

— Alors t'étais là.

— Oui, avoua-t-il.

— Pourquoi tu l'as pas dit ?

Cormier soupira et passa sa main dans ses cheveux, comme si un poids venait de s'envoler de ses épaules.

— Ciboire ! Me semble que c'est clair ! À cause de ma femme, crisse ! Elle voudrait divorcer !

Héroux se leva d'un trait et tapa sur la table.

— HEILLE ! Je veux pas te faire la morale, Cormier, cria le détective, mais on enquête sur une histoire pas mal plus grave que tes p'tites histoires de cul ! Je te rappelle que ta fille est portée disparue depuis plus de quatre jours ! Veux-tu connaître les statistiques sur les enlèvements ? Sur les chances de la retrouver vivante ?

Héroux tenta de se calmer, il était furieux.

— Je l'sais, je l'sais, balbutia Gilbert, au bord des larmes.

— Continue, grogna l'enquêteur entre ses dents.

— Ben, c'est tout.

— Comment, c'est tout ? Pis la danseuse ?

— Ben, elle est pas venue.

Le détective tapotait la table de ses doigts. À une autre époque, il lui aurait peut-être sauté à la gorge.

— Gilbert, dit-il en continuant son solo de piano imaginaire.

Il coupa sa phrase et se reprit. Il inspira très fort et fit craquer ses phalanges.

— Cormier, tabarnak, recommença-t-il sur un ton plus calme. Tu m'inventes un rendez-vous avec un gars de Pepsi qui vient pas, et là tu fais la même affaire avec une danseuse ? En plein là où tu nous disais que t'étais pas ?

— Je te jure que c'est vrai ! paniqua Cormier. Y'a rien d'inventé là-dedans !

— HEILLE ! hurla encore l'inspecteur. Quand est-ce que tu vas te mettre dans le crâne que c'est pas une question de croire ou ben de pas croire ? Faut que je vérifie ce que tu dis ! Tu me donnes rien ! Comment veux-tu que je confirme ton alibi ?

— Je vas te l'prouver ! riposta Gilbert en se levant lui aussi. On va trouver la danseuse !

Il fouilla dans sa poche.

— Mon cellulaire ! Donnez-moi mon cellulaire ! C'est vous autres qui l'avez !

— C'est sûr, s'impatienta Héroux. Personne en détention a le droit d'avoir un cellulaire, qu'est-ce que tu crois ?

— Apporte-moé-le ! supplia-t-il. J'vais te montrer son numéro !

— *Et* les textos, rappela Héroux.

— Je… j'ai effacé les messages. Je voulais pas que ma femme tombe dessus.

— Tous ?

— Je pense ben. Y'a sûrement une façon de les retrouver ! Avec la compagnie de téléphone ?

Héroux serra les dents. Il arrêta l'enregistreur et décrocha le combiné.

— Mylène.

— Bonjour, monsieur Héroux.

— Pouvez-vous m'apporter les effets personnels de Gilbert Cormier à la salle d'interrogatoire numéro un, s'il vous plaît ?

Il raccrocha et redémarra l'enregistreur.

— Raconte-moi la suite, Gilbert.

Le suspect se rassit, il était agité.

— Je… j'suis retourné à ma job. Vous pouvez vérifier !

— Ça va, ça va. On sait que t'étais à ton bureau à 10 h. À quel moment t'es parti ? Pour rencontrer la fille fantôme ?

— Je sais pas, à peu près à huit heures et demie ? Attends ! Je l'sais ! Si vous retrouvez les messages, vous allez pouvoir savoir l'heure exacte !

— Comment ça ? Elle t'a écrit ce matin-là ?

— Oui ! acquiesça Cormier, excité par la possibilité d'enfin prouver ses affirmations. C'est elle qui donnait le signal de départ. Je devais attendre son message avant de quitter ma job !

— Hum, marmonna le policier.

On frappa et on ouvrit la porte. Mylène remit un sac plastique à l'inspecteur.

— Merci, Mylène.

Elle quitta la pièce. Héroux fouilla dans le sac et sortit un téléphone portable.

— Tiens, dit-il en le remettant à Gilbert.

L'homme ouvrit l'engin et le démarra, impatient. Il fouilla frénétiquement parmi ses contacts et son visage s'illumina.

— Tiens ! Regarde ! C'est elle !

Héroux prit le téléphone.

— Mario ? s'étonna-t-il.

— Penses-tu vraiment que j'vais y donner un nom de fille ? J'te dis que c'est elle !

— O.K., O.K.

De nouveau, il décrocha le combiné du téléphone de la salle et signala.

— Bridge.

— Salut, boss.

— Es-tu dans le jus ?

— Ça va. Je repasse les témoignages des enseignants de l'école.

— *Good !* Pourrais-tu me faire une vérification sur un numéro de téléphone ?

— Je vous écoute.

— Nom, compagnie, historique des appels, des textos ; tout.

— Pas de trouble, c'est quoi le numéro ?

— 819 555-9284.

— C'est parti.

— Merci, Bridge. Reviens-moi là-dessus *ASAP*.

Il se leva et replaça les feuilles sur la table.

— Je m'en vais chercher du café, dit-il. J'vais te demander de me redonner le téléphone.

— Ouais, c'est sûr, répondit Gilbert en remettant l'appareil.

Héroux ajusta sa cravate et ouvrit la porte.

— Je vous souhaite de ne pas avoir menti, monsieur Cormier, déclara-t-il en retrouvant sa politesse habituelle. On a les bras longs quand il faut trouver la vérité.

— Pus de mensonges, monsieur Héroux, je vous le promets.

INTERROGATOIRE III
- Lundi après-midi, 6 juin

— Bon, on récapitule.

Le détective Héroux se massait les yeux avec les doigts, il avait hâte d'en finir avec cette déposition. Rien n'était plus épuisant qu'un interrogatoire qui changeait constamment de direction.

— Il y a trois semaines, vous avez commencé à échanger des messages textes avec une inconnue qui disait travailler dans un bar de danseuses du centre-ville. Ces conversations virtuelles ont commencé environ une dizaine de jours avant la disparition de Mélodie. Vous n'avez pas identifié la femme en question, mais vous êtes convaincu qu'elle dit vrai. Vous acceptez de la rejoindre le jeudi matin ; c'est elle qui vous écrira pour que vous sachiez à quel moment quitter le bureau. Vers 8 h 30, le jeudi en question, vous recevez un message qui vous indique qu'elle sera à l'intersection du chemin Masse et de la rue Saint-Alexis, près de Saint-Louis-de-France. Vous vous rendez à l'endroit convenu avec votre camion, mais l'inconnue ne s'y présente pas. Après avoir attendu quelques minutes sur l'accotement en sable, près des sentiers de V.T.T., vous retournez au travail, aux alentours de 10 h.

— C'est ça, acquiesça Gilbert, c'est exactement ça !

— Vous approuvez cette déposition dans son ensemble ?

— Oui, c'est ça qui s'est passé.

— Désirez-vous ajouter quelque chose ? demanda le policier, le ton sévère.

— Non, c'est parfait.

Héroux leva les yeux et regarda vers le suspect. Il n'entendait pas à rire.

— Je vous rappelle une fois de plus que vous avez droit à un avocat, monsieur Cormier. Tout ce que vous dites sera vérifié, comme vous l'avez appris à vos dépens à la suite de votre première déclaration. Il n'y a pas de honte à prendre conseil d'un expert juridique, même si vous n'êtes coupable de rien. Entendons-nous sur un point, monsieur Cormier : mon but est de retrouver votre fille, pas de fouiner dans vos histoires matrimoniales. Vos écarts de conduite ne sont pas criminels.

— Je veux revoir ma fille, enquêteur ! J'ai eu tort de mentir, je voulais tellement pas que ma femme découvre ça.

— Faire une fausse déclaration est une infraction au Code criminel, ça pourrait vous causer pas mal de problèmes dont vous n'avez pas besoin en ce moment.

Le détective posa ses mains sur la table.

— Je suis de votre bord, enchaîna-t-il, même si je dois remettre en question à peu près tout ce que vous me dites.

— Je comprends.

Le téléphone sonna et le détective décrocha rapidement.

— Héroux.

— Boss, c'est Brigitte.

— Salut Bridge.

— Vous avez de quoi noter ?

— Oui, oui, dit-il en saisissant un crayon et un carnet.

— Le numéro a été émis par Telus Mobilité, au mois d'avril cette année. C'est un forfait à la carte, le titulaire reçoit pas de facturation. Le compte a reçu un seul appel, non répondu. Plusieurs messages ont été échangés avec une seule personne, celle qui a envoyé l'appel, le 819 555-7012. On est en train d'imprimer la liste.

— Assure-toi qu'on distingue bien les dates et les heures pour chacun des messages.

— Parfait.

— D'accord, apporte-moi ça aussitôt que tu peux, Bridge.

— Boss, il y a un détail.

— Quoi ?

— Le compte.

— Oui ?

— Il est au nom de Gilbert Cormier.

✦

— J'ai pas acheté de téléphone depuis au moins deux ans ! hurla Cormier. Vous avez vu le mien tantôt, pour quelle stupide raison est-ce que j'en achèterais un autre ? C'est qui l'cave qui s'écrirait à lui-même ?

— Pour cacher tes traces, Cormier !

— J'ai rien fait, hostie ! hurla-t-il.

Le détective Héroux marchait de long en large, dépassé par les événements.

— Ce que tu me dis, au fond, c'est que quelqu'un essaye de te faire porter le chapeau, c'est ça ?

— Je... oui, c'est la seule explication !

Brigitte frappa et ouvrit la porte de la salle.

— Voilà la liste des messages qui ont été envoyés par le 819 555-9284. Les deux téléphones sont au nom de Gilbert Cormier.

— Celui qui a émis l'appel ?

— Oui, c'est le sien.

— Je voulais savoir qui c'était, admit Cormier. Mais personne a répondu ! Voir que je m'enverrais des appels à moi-même !

Héroux prit la feuille et se rassit. Il avait envie de rire aux éclats, la fatigue commençait à prendre le dessus.

— Bridge, demanda-t-il sans la regarder.

— Oui.

— J'aimerais que tu ailles faire un tour au magasin qui a vendu le téléphone. Essaye de tirer quelque chose de ça. Apporte une photo de monsieur, ici.

— C'est parti, dit-elle en sortant.

Héroux déposa la feuille et dévisagea le suspect.

— Gilbert.

— Oui, murmura-t-il.

— Si je découvre que c'est toi qui as acheté le cellulaire, je t'attache les testicules après ta boule de *pick-up* pis je fais le tour du palais de justice en klaxonnant.

— C'est pas moi, monsieur Héroux. N'importe qui peut acheter un téléphone et se faire passer pour quelqu'un d'autre !

Les deux hommes se fixèrent un moment. Héroux se leva tranquillement, le corps penché sur Cormier.

— Dis-moi, demanda-t-il en appuyant ses mains sur la table, par quelle magie tous les indices pointent-ils vers toi si t'as rien fait ? Les gens font confiance au nord, sur une boussole ! Pourquoi je ferais autrement ?

— Je l'sais pas, déplora-t-il. Y'a sûrement moyen de prouver ce que je dis !

— Ça semble pas être aussi facile que ça, déclara le policier en se déplaçant vers la porte.

— Vous attendez quoi pour m'accuser, d'abord ? déclara Cormier sur un ton de défi.

L'inspecteur eut un sourire ironique.

— Parce que, avoua-t-il en ouvrant la porte, je te pense pas assez intelligent pour avoir manigancé tout ça.

Il le laissa dans la salle d'interrogatoire et se dirigea vers son bureau. Il passa devant sa secrétaire et attrapa son manteau.

— Mylène, pouvez-vous dire à l'agent de service que Cormier est encore dans la salle un ? Il peut le reconduire à la salle de détention.

— D'accord. Vous sortez, monsieur Héroux ? s'enquit-elle.

— Oui. Je vais aux danseuses.

CHEZ MARCO

- Lundi fin d'après-midi, 6 juin

— Es-tu là ? cria Josée.

On entendait une voix qui provenait du salon. Elle entra et arriva face à face avec Marco, qui était en conversation téléphonique.

— Tiens, justement elle est ici, dit-il. Je te la passe.

— C'est qui ? chuchota-t-elle en prenant l'appareil.

— Jean-François… Il pense avoir trouvé quelque chose.

Elle leva les sourcils et respira profondément.

— Allo ?

— Salut, c'est Jean-François.

— Ah, salut.

— T'avais raison, c'est sûrement une énigme de niveau trois. Je pense que j'suis sur la bonne piste.

— Ah oui ? Tu as trouvé quelque chose ?

— Eh ben, quand vous m'avez dit qu'il y avait douze noms, j'ai pensé que ça pouvait avoir une signification autre que la quantité de lettres dans la place recherchée. J'ai regardé les autres applications du chiffre, dans différents domaines. Le zodiaque, la gamme chromatique, un alexandrin, les membres d'un jury, etc.

— C'est une maudite bonne idée, reconnut-elle.

— J'ai continué de classer les renseignements touchant chacun des personnages et je me suis rendu compte qu'ils étaient tous nés dans un mois différent.

— Douze mois dans une année, réfléchit-elle.

— C'est ça. J'ai de la peine à croire que ça soit un hasard, avoua-t-il.

— Les chances sont assez minces, j'en conviens. As-tu creusé plus loin ?

— Non, pas du tout, même. J'ai appelé Marco tout de suite, j'ai un entraînement à 17 h, faut que je parte. Je me suis dit que vous pouviez prendre le relais à partir de là.

— Wow ! Merci beaucoup pour le coup de main, répondit-elle.

— Y'a pas de quoi, hésitez pas si vous en avez d'autres, je peux pas dire que j'aime pas ça. Faut juste pas que mon boss me demande d'expliquer ça !

— On retient l'offre avec grand plaisir.

— Bonne chance !

Elle raccrocha et rendit le téléphone à Marco, qui la regardait avec des yeux curieux.

— Et alors ? demanda-t-il.

— Jean-François a trouvé une piste qui a l'air intéressante. Quelque chose avec les mois de naissance des gens dans la liste. J'avais regardé les années, mais lui a trouvé quelque chose avec les mois.

— J'vais chercher l'ordi, coupa-t-il.

Elle se dirigea vers le salon et prit place sur le divan. Elle sortit son cartable et un crayon pour prendre des notes au besoin.

— A-t-il dit quelque chose d'autre ? demanda Marco, en lui remettant le portable.

— Non, répondit-elle. Juste mentionné les mois. Puis, ton entrevue ?

— Bof… je pense que ça a ben été. Ils vont me rappeler au besoin.

Elle approuva et commença à ajouter des précisions supplémentaires dans son tableau pour y inclure les dates exactes, ce qui ajoutait une colonne de mois et une de jours pour chaque naissance.

— Regarde ! dit-elle en pointant le tableau qui apparaissait à l'écran. Il a raison, il n'y a pas un mois pareil.

— À quoi tu penses ? demanda-t-il.

— Ben l'important, c'est d'identifier quelque chose qui a l'air anormal. La probabilité est mince pour que douze personnes soient nées dans un mois différent. Si tu raisonnes un peu là, la deuxième personne a onze chances sur douze de pas avoir le même mois que la première, la troisième a dix chances sur douze de pas avoir le même qu'une des deux premières, et ainsi de suite. La dernière personne a juste une chance sur douze de pas être née le même mois qu'une des autres ! Si tu combines tout ça, ça doit être de un sur un maudit gros chiffre !

— Ouain O.K., j'suis d'accord, c'est pas vraiment probable.

— Alors c'est la meilleure piste qu'on a, déclara-t-elle. Il faut bâtir là-dessus.

Josée continua de jouer avec les données pendant quelques minutes, s'enfonçant graduellement dans une grande concentration. Pour se distraire, Marco jouait avec une manette du téléviseur.

— Attends. Peut-être que l'année de la naissance a un lien aussi. Ou le jour… murmura-t-elle, perdue dans ses pensées. Oh, mais voilà qui a du sens, mon ami… Pour un E, ici un N, et là…

Elle continua à se parler à elle-même et son visage s'éclaira.

— Bingo !

— Quoi, quoi ?

— Regarde ça !

Elle tourna le tableau et lui indiqua la nouvelle colonne qu'elle venait de créer à côté de la date de naissance.

— Île... St... Quentin ? Mais comment t'es arrivée à ça ? s'enquit-il.

— J'ai mis les mois dans l'ordre pour trier les douze noms ! À partir de là, la journée de naissance correspond à une lettre de l'alphabet, expliqua-t-elle. J'avais déjà une colonne pour changer les chiffres en lettres, alors c'est devenu évident. Tu vois, Nixon est né en janvier, il est donc le premier. Son anniversaire est le 9, ça correspond à la lettre I. Darwin est en février, son anniversaire est le 12, ça donne L, et ainsi de suite. Quand on place les mois dans l'ordre, ça donne I-L-E-S-T-Q-U-E-N-T-I-N.

— Eh ben… souffla-t-il, bouche bée.

— Ton ami nous a vraiment bien enlignés. Il a fait le gros de la job en identifiant ce qui avait l'air pas normal !

Marco approuvait de la tête en regardant le tableau.

— Il se donne du trouble en maudit, celui qui fait ça…

— Mets-en !

— L'île Saint-Quentin… y faut trouver un arbre là-bas. Mais y'a des arbres partout, sur l'île Saint-Quentin ! s'exclama-t-il.

— Un chêne centenaire, il ne doit pas y en avoir des tonnes. En plus, sa précision « qui domine ses semblables » suppose que c'est pas un tronc perdu au milieu des autres. En fouinant un peu, on devrait pouvoir le trouver assez vite.

— Mais pourquoi l'énigme ? Quel est le but ?

— Peut-être qu'il a besoin de temps ?

— De temps ? Pour s'enfuir ?

— Peut-être, avança-t-elle. Je sais pas c'est quoi la suite pour lui, mais la mise en scène de Morin à elle seule est suffisante pour que la police s'en mêle. Il a probablement toutes les raisons du monde de vouloir être ailleurs.

— Mais si c'est ça, pourquoi il nous raconte sa vie ? Il pourrait sacrer son camp pis jamais se faire prendre…

— Je pense que l'histoire de tes parents a quelque chose à voir là-dedans…

— Ce gars-là est cinglé au possible, ouais.

— C'est sûr, acquiesça-t-elle en s'adossant au divan.

— Tu penses qu'il a caché tous ses indices et pis qu'il s'est sauvé ?

— Ça aussi, c'est possible. Mais là, il prendrait une maudite chance qu'une de ses énigmes soit pas résolue. Il le saurait jamais ! Non, je pense pas.

Marco se leva et ramassa quelques trucs sur la table.

— As-tu trouvé quelque chose d'intéressant sur la rue de Lausanne, cet après-midi ? demanda-t-il en se rendant à la cuisine.

— J'ai une liste de noms, mais juste un jeune qui aurait pu avoir l'âge de Cédric et qui aurait pu rester sur la rue en même temps. La femme qui m'a parlé avait l'air de croire qu'elle n'avait oublié personne, mais vu qu'on ne connaît pas l'âge exact de celui qui t'écrit, on peut en oublier pas mal.

— On sait peut-être pas son âge, mais on sait en quelle année il était en secondaire cinq, déclara-t-il en revenant dans la pièce avec deux verres d'eau.

— Merci, dit-elle. Comment ça tu sais ça ?

Il lui remit un livre.

— C'est l'album des finissants de la poly Chavigny, cohorte 2002. Ça correspond à l'année où Marcel Morin a arrêté d'enseigner là, pour les raisons qu'on connaît.

— Mais ça nous dit pas que le gars était en secondaire cinq, rétorqua-t-elle. Peut-être que Morin enseignait à plusieurs niveaux.

— C'est vrai. Mais que penses-tu de ça ?

Il tourna les pages du livre et pointa du doigt l'une des photos.

— Sabrina Chouinard ! s'exclama-t-elle. Crime, tu te découvres des talents d'enquêteur, Marco ! Si elle est là, sûrement que lui est là aussi.

— À moins qu'il ait pas terminé l'école.

— Ou ben qu'il ait doublé. Mais ça marcherait pas, pas pour un premier de classe en maths, rappela-t-elle en feuilletant les autres pages. Il a pas trop l'air du genre décrocheur.

— Tu fais du profilage, maintenant? Le pire c'est que tu serais super bonne!

— J'aimerais ben ça faire ça, dit-elle en rêvassant. Dire que notre gars est peut-être sur une des photos!

— Près de quatre cents finissants, dont sûrement la moitié sont des gars, ça fait un bon bassin.

— C'est Daniel Godbout, indiqua-t-elle.

— C'est qui? demanda-t-il en regardant de plus près.

— Le jeune qui restait sur la rue de Lausanne en même temps que Cédric.

Marco scruta la photo avec attention.

— Je sais pas... avoua-t-il. Il a pas la bette que j'aurais imaginée pour celui qui m'écrit.

— Je vais faire une recherche pour essayer de le retrouver. Mais j'suis quand même d'accord avec toi, ça semble... trop facile. Je me fais pas d'idée, mais quelque chose me dit que c'est pas lui.

— Veux-tu quand même essayer de le rencontrer?

— Oui, ça serait con de passer à côté du bon parce qu'on est dans le champ.

— C'est clair. On va à l'île ensemble demain?

— Ouaip, s'empressa-t-elle de répondre. Pas question que je manque ça pour tout l'or du monde!

AUX DANSEUSES
- Lundi fin d'après-midi, 6 juin

L'enquêteur Héroux entra dans le club de danseuses du centre-ville de Trois-Rivières. Il était presque 17 h, l'endroit paraissait désert. Il retira son chapeau et se dirigea vers le bar. Une femme qui portait de flamboyants talons hauts lui lança un regard coquin en passant près de lui. Il répondit par un sourire discret et riva son attention sur la barmaid. Elle était plus âgée que les filles qui étaient dans la salle, même si elle était vêtue tout aussi légèrement. Héroux lui fit un signe de tête. Elle s'approcha et déplaça une publicité sur le comptoir devant lui.

— Salut, vous voulez quelque chose à boire ?

— Non merci, je suis en service, dit-il en montrant sa plaque.

— Avons-nous fait quelque chose de mal ? demanda-t-elle, souriante.

— Je ne sais pas, répondit-il. À vous de me le dire.

Son sourire s'effaça graduellement.

— Ne vous en faites pas, la rassura-t-il en souriant. Je ne suis pas ici pour vous causer des problèmes. Je travaille sur un autre dossier.

— Je vois, répondit-elle sérieusement. Qu'est-ce que je peux faire pour vous ?

Il sortit une carte professionnelle et une image de la poche de son manteau.

— Je suis l'enquêteur Jean-Sébastien Héroux, annonça-t-il en lui remettant sa carte. Connaissez-vous cet homme ?

Elle prit la photo et l'examina pendant quelques secondes.

— C'est un client régulier, reconnut-elle. Il vient souvent la semaine, un peu à cette heure. Il reste jamais ben ben longtemps, il prend une ou deux bières, c'est tout.

— Il a déjà causé des problèmes ?

— Je pense pas. On garde pas ça icitte ben longtemps, le monde qui fait du trouble, si vous voyez ce que je veux dire.

— Je comprends. Est-ce que c'est possible qu'une des filles ait eu une relation avec cet homme-là ?

Elle parcourut la salle du regard en réfléchissant.

— De mémoire, c'te gars-là a même jamais fait danser une fille ! Et les relations avec les clients sont interdites. Le règlement icitte est clair, c'est de même partout où des filles dansent, pas juste icitte.

— Les filles peuvent tomber amoureuses d'un client? J'imagine que ça peut arriver, non ?

— Ouain, ça se peut. Mais ce que je vous dis, c'est qu'elles peuvent pas avoir de relation publique avec un gars sur la job. Les p'tits couples, ça enlève de la clientèle, si vous voyez ce que je veux dire.

— J'ai des raisons de croire que cet homme-là avait une relation avec l'une des filles qui travaillent ici, dévoila Héroux. Elles sont combien, d'habitude ?

La serveuse posa ses coudes sur le comptoir.

— Les soirs de semaine, de trois à cinq, dit-elle.

— Toujours les mêmes ?

— Ça roule pas mal, les filles sont jamais ben longtemps à même place. Ça dépasse rarement un mois.

— Celles qui sont ici à soir, ça fait combien de temps ?

— Trois semaines.

— J'aimerais leur parler, si c'est possible.

— Ici ou ben en haut? demanda la serveuse, en se moquant.

— Ici ça va être parfait, répondit Héroux, souriant à la blague.

— Je vais voir ce que je peux faire. Y'a presque pas de clients, ça va aider.

Elle quitta le bar et se rendit aux abords de la scène. Elle adressa quelques mots à une jeune fille blonde. Cette dernière lança un regard vers l'enquêteur et commença à marcher vers lui.

— Je peux vous poser quelques questions? demanda le policier, exhibant sa plaque.

— Oui, c'est sûr.

— Quel est votre nom?

— Cindy Longval.

— C'est votre vrai nom?

— Oui.

— Connaissez-vous cet homme?

Il lui montra la photo de Gilbert Cormier.

— Il vient souvent ici, la semaine.

— Avez-vous déjà été en contact avec lui autrement que sur votre lieu de travail?

— Avec c'te gars-là? Non, jamais, répliqua-t-elle en ricanant.

— Êtes-vous au courant si l'une de vos collègues a demandé à le voir hors d'ici?

— Ça me surprendrait, je pense que je l'aurais su.

— D'accord. Une dernière chose, s'il vous plaît.

— Oui?

— Avez-vous un cellulaire?

— Oui, j'en ai un.

— Vous pouvez me le montrer?

Elle sortit un petit téléphone du sac qu'elle traînait avec elle.

— Voilà. Il est allumé? demanda-t-il.

— Oui.

L'inspecteur sortit son propre téléphone et composa le numéro d'où provenaient les messages reçus par Cormier. Il laissa sonner une dizaine de coups, sans qu'il n'y ait de réponse. Le cellulaire de la jeune fille ne reçut pas d'appel.

— Je vous remercie, conclut Héroux.

Alors qu'il terminait ce premier entretien, deux autres femmes s'approchèrent. Le policier nota le nom et le numéro de la jeune dame et la laissa partir.

D'ici peu, il aurait enfin l'heure juste sur les dires de Gilbert Cormier.

POSTE DE POLICE
- Lundi soir, 6 juin

Jérôme Landry ferma la porte. Il était le dernier arrivé à cette réunion tardive destinée à faire le point sur la disparition de Mélodie Cormier.

— Désolé pour mon retard, dit-il en s'excusant et en prenant sa place aux côtés de Brigitte.

— Ça va, Jay, répondit Héroux. Mireille Collin est en ligne sur le haut-parleur. C'est elle qui a dirigé les battues dans le secteur des Bostonnais et qui supervise celle qui a lieu en ce moment dans le coin du chemin Masse.

— Bonsoir, entendit-on du micro sur la table.

— Bonsoir, Mireille. Je suis avec Jérôme Landry, Brigitte Soucy et Stéphane Larivière. Votre temps est précieux, je vais vous laisser la parole immédiatement.

— Merci, monsieur Héroux. Comme vous le savez, depuis jeudi dernier, nous avons fouillé toutes les maisons en périphérie de l'école Marguerite-Bourgeois, endroit où a été vue Mélodie la dernière fois. Aucun des résidents du coin n'a remarqué quoi que ce soit de louche ou d'inhabituel. Notre attention s'est ensuite dirigée vers les secteurs boisés qui pourraient servir de cachette et qui se trouvent à proximité de l'école. Nous avons ratissé tous les recoins sans succès, y compris la majeure partie des bois à l'ouest de la 55, entre Jean-XXIII et la 40, au nord. Ce matin, nous avons déplacé une équipe dans le secteur du chemin Masse, à la suite des renseignements que vous avez recueillis. L'équipe a relevé diverses traces de pneu, mais rien de louche. L'élastique a été découvert à 11 h par un des chercheurs. Il était par terre, en bordure d'un sentier en sable, à environ deux cents mètres de la rue. Quand la mère a identifié l'objet, le secteur entier a été quadrillé et fouillé de façon méthodique. Nous n'avons malheureusement rien trouvé de plus. Il a plu durant la fin de semaine et pas mal de jeunes circulent à pied et à vélo pour aller dans le *pit* de sable à côté. Il y a de fortes chances pour que tout ce qui se trouvait là jeudi matin ait été effacé. L'équipe est encore là-bas, je vais la retrouver dans quelques minutes. Alors voilà le topo, la thèse d'un déplacement à un autre endroit demeure plausible, mais on va quand même poursuivre les recherches. C'est de loin la meilleure piste qu'on a jusqu'à maintenant.

— Merci, Mireille. Nous restons en contact par téléphone s'il y a du nouveau.

Elle raccrocha et on entendit la connexion se fermer. Héroux reprit la parole.

— Merci à tous pour votre temps, commença-t-il en s'adressant à son groupe d'enquêteurs. Je sais que la plupart d'entre vous en font déjà plus que demandé et que ça devient de plus en plus dur de quitter la maison. Ça fait plus de quatre jours que Mélodie est disparue et que vous travaillez comme des fous. Je vois malheureusement pas beaucoup de répit avant d'avoir retrouvé la petite. Après le *briefing*, je vous donne la soirée pour vous reposer. Demain matin, on mettra les bouchées doubles. Est-ce que tout le monde est encore avec moi là-dessus ?

— On vous lâche pas, boss, lança Brigitte.

— Ce pourrait être ma fille, ajouta Stéphane.

Jérôme fit un signe de tête pour donner son accord. Satisfait, Héroux enchaîna aussitôt.

— Excellent. Steph ! As-tu réussi à me trouver une caméra ?

— Le stationnement du petit centre commercial à côté du viaduc a des caméras de surveillance. Il y en a une directement en face de la Côte de Verdun ! En plus, le champ de vision donne aussi le viaduc qui passe au-dessus de la 55. Heureusement, le système en circuit fermé a une autonomie d'une semaine avant de repasser sur les bandes qui ont déjà été utilisées. J'ai épluché au moins trois heures, filmées jeudi de 8 h à 11 h.

— Le *pick-up* noir ?

— Je l'sais pas, boss, admit-il. Quelque chose cloche.

— Raconte ?

— Y'a ben quelques *pick-up* noirs qui sont passés sur le viaduc, de la même marque que celui de Gilbert Cormier, mais pas un qui venait de la Côte de Verdun. C'est vraiment bizarre parce que l'appel disait que le camion avait tourné le coin pour prendre le viaduc.

— Je me souviens, confirma Héroux. Peut-être que le témoin a mal vu ?

— Ça se peut, mais je trouve ça bizarre.

Héroux ne pouvait qu'être d'accord, c'était étrange. Il nota le renseignement quelque part dans son cerveau et jeta un coup d'œil à Brigitte.

— Bridge ! Es-tu allée au magasin de cellulaires ?

— Oui. Personne a reconnu Gilbert Cormier. J'ai interrogé tous les employés qui ont travaillé là depuis le mois de février, pour être sûre de pas manquer ceux qui auraient pu être là quand le téléphone a été vendu. Ils ont confirmé que la mise en marche s'était faite sur place, le même jour que l'achat, via Telus Mobilité.

— Ils ont la facture ?

— Payé comptant.

— Évidemment, martela Héroux. Et pas de contrat, il utilise des cartes d'appel.

— C'est impossible à retrouver, reconnut-elle, désolée.

— Difficile, mais pas impossible, corrigea-t-il. Telus est-elle en mesure de circonscrire le signal émis par le cellulaire ? On pourrait trouver une tour !

— Oui, mais juste s'il est en fonction. C'est une ancienne génération, ça marche pas exactement comme les plus récents. J'ai déjà mis le numéro sous surveillance. Si un appel est fait ou un message est envoyé à partir de ce téléphone-là, on va le trouver tout de suite.

— Excellent travail. O.K., Bridge, j'aimerais que tu retournes interroger le chauffeur de l'autobus, à la première heure, demain. Je voudrais qu'il repasse sa déposition et qu'il essaye de se souvenir s'il a pas vu un camion noir dans les environs de l'école, ce matin-là.

— Parfait.

— Stéphane, j'aimerais que tu retrouves le premier appel qui nous a parlé du *pick-up*, jeudi matin. Je veux la retranscription *exacte* des mots utilisés par le témoin. J'aime pas les différences entre ce qu'on voit sur les caméras puis ce qu'on entend dire. Il a viré le coin de la rue ou ben il venait du boulevard ?

— O.K.

— Jay, je veux avoir le profil psychologique de Cormier. Pas le médecin, là ! Juste toi. J'ai un mauvais *feeling*, et ça me prend une autre opinion. Je te fais confiance, t'es le meilleur là-dedans.

Jérôme hocha la tête en guise d'approbation.

— *Good,* termina Héroux. À demain tout le monde, ajouta-t-il en se levant.

CHEZ HÉROUX
– Lundi soir, 6 juin

Assis dans le salon de son condominium, Héroux écoutait la fin du reportage de 22 h sur la disparition de Mélodie Cormier. Des parents éplorés, inquiets et révoltés, avaient refusé d'envoyer leur enfant à l'école de peur de les voir s'envoler à leur tour. L'enquêteur ne put s'empêcher de sourire en imaginant une tentative de kidnapping alors que la ville au grand complet était sur ses gardes comme actuellement. Il donnait bien peu de chance de réussite à qui que ce soit qui tenterait un coup tordu envers un enfant, mais il comprenait parfaitement la réaction des parents à cet égard. Quatre jours, et voilà que son seul suspect lui glissait tranquillement entre les doigts. S'il fallait qu'il relâche Gilbert Cormier, les journaux allaient se régaler ; et il devrait en répondre personnellement à son patron. Le capitaine avait certes confiance en Héroux, mais lui aussi devait rendre des comptes, et il n'était pas impossible que l'enquête soit transférée à de plus hauts niveaux si le dossier n'avançait pas. Trois-Rivières pouvait-elle se permettre de perdre une deuxième fillette en seulement quelques années ? Pas question, se dit Héroux pour la centième fois. N'empêche que les chances étaient de plus en plus minces, voire nulles de retrouver l'enfant saine et sauve.

Un courriel lança un bip sur son téléphone et il aperçut une réponse du site de rencontres auquel il venait de s'inscrire quelques jours plus tôt. Quelqu'un aimait son profil. Il referma l'écran sans même penser à répondre à l'inconnue. Il lui était impossible de penser à quoi que ce soit d'autre qu'à l'affaire en cours. Qu'aurait-il pu raconter à cette femme ? Il n'était pas de ces policiers sans vie sociale, terrés dans leur tanière à refuser toute forme de contact humain, sauf ceux avec des collègues et des témoins. Pourtant, quelques affaires prenaient plus d'espace que d'autres, spécialement lorsqu'il y avait urgence, comme en ce moment. Non pas qu'il n'avait pas envie de compagnie, loin de là, mais l'image d'une possible conquête dans son esprit fut aussitôt remplacée par celle de Mélodie Cormier, lui insufflant au passage une dose d'adrénaline qui l'éloigna d'un sommeil dont il avait bien besoin.

JOUR 3

ÎLE SAINT-QUENTIN – Mardi matin, 7 juin

Dès les premières lueurs, le mardi matin, une petite voiture rouge arriva à la guérite de l'île Saint-Quentin.

— On va être quasiment seuls, déclara Marco. Y'a presque jamais personne avant 9 h.

Son affirmation semblait vraie, il n'y avait qu'une seule voiture dans le *parking* et personne aux alentours. Ils stationnèrent la voiture près de l'entrée et sortirent leur équipement sommaire ; des jumelles, une corde et une pelle.

— Un chêne centenaire, lança Josée en regardant autour d'elle. Faudra y aller de façon intelligente si on veut pas passer la journée ici.

— On devrait faire un survol.

— Bonne idée, approuva-t-elle. On pourrait suivre le sentier pédestre puis quadriller la portion extérieure de l'île.

Ils se dirigèrent vers le fleuve et prirent vers l'ouest, entre la plage et la piscine.

— Des hêtres, des érables, des peupliers. Pas de chêne, déplora-t-il.

— Ça va jouer en notre faveur s'il y en a pas beaucoup.

Ils continuèrent sur le sentier qui tournait vers le nord et qui longeait maintenant l'embouchure de la rivière Saint-Maurice.

— La forêt est pas mal dense par ici, remarqua Josée. Je pense pas qu'on soit au bon endroit.

Au bout d'environ trente minutes de marche, ils n'avaient toujours pas repéré l'arbre en question. De retour à la voiture, ils firent un rapide topo de la situation.

— Si je me fie à la carte, on a marché tout ça, ça pis ça, indiqua-t-il.

— On a pas fait encore le chemin qui mène à la marina.

Il leva la tête et regarda devant le véhicule. Une voiture passait par la guérite au même moment.

— Ouain, il coupe à travers du bois en face. Du monde commence à arriver, va falloir se grouiller un peu.

— On y va par le bois, on repassera par la rive sud pour revenir.

Ils sautèrent la petite clôture devant eux et s'engagèrent dans la forêt. Il ne leur fallut que peu de temps avant d'apercevoir un grand chêne solitaire, dans une espèce de clairière.

— Ça c'est un candidat intéressant, nota Marco. Il est pas jeune !

— Et un des rares chênes qu'on a vu aujourd'hui. Il correspond à la description.

Elle fit le tour de l'arbre et examina attentivement le sol aux alentours.

— Rien qui a été creusé v'là pas longtemps !

— Pas de trou dans le tronc non plus, ajouta-t-il en touchant le bois de ses doigts.

— Peut-être plus haut ?

Il regarda quelques mètres en hauteur et essaya de distinguer une ouverture à travers les branches et les feuilles.

— Va falloir que je monte, dit-il.

Il prit la corde et la lança au-dessus de la première grosse branche du chêne.

— Si je réussis à grimper sur celle-là, j'vais pouvoir faire un bout de chemin par en haut sans trop de difficulté.

Il plaça ses pieds sur l'arbre et s'agrippa à la corde. Avec un élan, il réussit à poser ses mains sur la branche.

— Donne-moi de l'appui ! demanda-t-il.

Josée s'approcha et il posa son pied gauche sur sa main. Il poussa un dernier coup pour se hisser sur la branche et souffler un peu.

— Ça devrait être correct, dit-il après s'être mis debout.

De son nouveau perchoir, il pouvait voir une partie du tronc qui était invisible d'en bas. Devant lui, à la hauteur de ses yeux, une section de l'écorce avait été enlevée et replacée. Il la retira et aperçut un tube de plastique enfoncé dans le cœur de l'arbre.

— Je l'ai ! annonça-t-il en retirant l'objet. Tiens, attrape-le !

Il laissa tomber le cylindre dans les mains de Josée, deux mètres plus bas.

— Essaye de pas te fracturer le bassin, recommanda-t-elle pendant qu'il redescendait.

— Résoudre l'énigme était plus difficile que de trouver le tube, si tu veux mon avis, déclara Marco en retombant sur la terre ferme.

— Quelque chose me dit qu'on a pas fini d'en baver avec lui. Allez ! J'ai hâte de voir ce qu'il y a là-dedans ! lança-t-elle en courant vers la voiture.

— Heille ! Mon tube ! Je te rappelle que c'est à moi qu'on écrit ! cria-t-il en lui emboîtant le pas.

Tranquillement, les visiteurs arrivaient sur l'île Saint-Quentin.

✦

Marco et Josée entrèrent dans l'appartement et déposèrent leur café sur la table basse du salon.

— Tiens, j'ai un message, remarqua Josée, en prenant son cellulaire. J'ai dû manquer l'appel pendant qu'on était dans le bois, tantôt.

Elle fit un signe de la main à Marco pendant qu'elle écoutait et il courut chercher un papier et un crayon.

— Ariel, marmonna-t-elle, en notant.

— C'était qui ? demanda Marco alors qu'elle raccrochait.

— C'était Renée, la femme à qui j'ai parlé hier sur la rue de Lausanne. Elle m'avait dit qu'elle me rappellerait si elle pensait à un autre nom. Son mari s'est souvenu que M. Ariel, un homme divorcé qui reste dans le rond-point, a déjà hébergé des jeunes à l'époque où Cédric allait à la polyvalente. Mais ils se souviennent pas des noms, les ados restaient pas longtemps là.

— Ça nous avance pas beaucoup. Je dirais même que ça risque d'étendre le champ des recherches, déplora-t-il. Les jeunes qui voyagent d'une famille à l'autre sont souvent orphelins et difficiles à retrouver.

— Et si on demandait directement à M. Ariel ?

Il ne pouvait qu'approuver la bonne idée.

— Je pense que c'est la meilleure chose à faire. Y'a des chances que notre gars soit passé là, à cause de la place pis du *timing*.

— Ariel va sûrement se souvenir des noms, lui, dit-elle avec espoir.

Il prit le tube dans ses mains et ouvrit le couvercle protecteur.

— Bon, qu'est-ce qu'il y a là-dedans ?

Comme c'était le cas avec le premier tube, il en sortit une lettre écrite à l'ordinateur, une photocopie d'un livre manuscrit et une coupure de journal. Josée retira l'article pour le regarder.

— « Marcello Torres relâché par les autorités. » Tu le connais ? demanda-t-elle.

Il tourna la tête pour voir l'image.

— Non, sa face me dit rien. Toi ?

— Non plus, avoua-t-elle.

— C'est quoi son histoire ?

— Ils disent ici qu'il a été relâché après son interrogatoire et qu'il n'y aura pas d'accusation de déposée contre lui.

— Pourquoi il avait été arrêté ?

— Vandalisme et méfait.
— Ça date de quand?
— Selon le journal, septembre 2004.
— Hum... on va voir la lettre.
Il prit la lettre.

Je suis impressionné, vraiment. As-tu trouvé seul? Avec l'aide d'Internet? Ou peut-être celle de quelqu'un? Combien de temps pour résoudre l'énigme? Peu importe, tu es débrouillard. Un bon enquêteur se doit de puiser dans toutes les ressources à sa disposition s'il veut avoir du succès dans son travail. Et? As-tu joint M. Morin? Le pauvre homme doit sans doute expier le peu de colère qui lui reste pour me maudire. Dommage qu'il ne puisse pas m'identifier facilement. Et toi? Tu fais des recherches pour savoir qui je suis? Laisse-moi deviner ce qui se passe dans ta tête. Tu as épluché les habitants de la rue de Lausanne à l'époque de l'histoire de Cédric mais, malheureusement, la piste est vite devenue froide, pas vrai? Je suis plutôt difficile à retrouver, je te le concède. C'est le but! Et l'école secondaire? Il doit y avoir moyen de sortir une liste des anciens étudiants de M. Morin, non? Si tu n'y avais pas pensé, disons que je te fais cadeau de l'idée. Loin de moi l'envie de te faire courir inutilement, mais ça va te prendre un bail avant de circonscrire les recherches à moins de 20 noms en travaillant comme ça. L'important, c'est d'avoir de quoi se questionner, non?

Je t'invite à lire mon journal, tu reviendras au verso de cette page quand tu auras terminé.

— On dirait qu'il veut qu'on le trouve... murmura Josée. Et je vois pas comment on pourrait avoir accès à cette liste de noms, souleva-t-elle. Je persiste à croire que l'album des finissants est notre meilleur échantillon pour les noms d'élèves.

— Surtout que Morin est parti l'année où Sabrina était en secondaire cinq, ça serait surprenant que monsieur l'inconnu ait changé d'école entre-temps ; donc toutes les chances qu'il soit dans l'album.

— Bon point, admit-elle. Crime que je le trouve condescendant ! Il prend tout le monde pour des caves !

— On va regarder le journal, proposa Marco.

— Biz, les dates ont été cachées.

[redacted] **30 mai** [redacted]

Je vais maintenant m'attarder à M. Torres. Le gars est propriétaire d'un dépanneur dans la région, et j'ai eu le malheur de travailler pour lui une ou deux semaines il y a quelque temps. En plus de traiter ses employés comme de la merde, il faisait du marché noir à tour de bras en achetant des cigarettes et de l'alcool à du monde louche pour ensuite les revendre dans son magasin sans les déclarer. Je ne l'aime pas et je ne l'ai jamais aimé. Il se croit au-dessus de tout le monde et ça m'énerve. Quelle ne fut pas ma surprise de le recroiser récemment au club de golf où je travaille.

Mon cher ami, alias le criminel, ou encore, la cible, est un grand amateur de golf. Homme au caractère bouillant, il est du genre à trouver les parties très longues quand il joue mal. Je l'ai suivi quelques fois et j'ai assisté à plusieurs démonstrations colériques qui lui ont coûté quelques beaux bâtons.

J'ai imaginé un petit quelque chose pour lui.

Il reste le long de la rivière Saint-Maurice, près des Forges, à un kilomètre du terrain de golf. Il possède un grand terrain au-dessus de la falaise avec un escalier qui donne sur la rive, plus bas.

Samedi prochain, comme d'habitude, la cible a une partie prévue en matinée, avec ses amis.

— *Club de golf les Vieilles Forges, Louise pour vous aider.*
— *Oui, bonjour !*
— *Bonjour !*
— *Je suis une connaissance de M. Torres, nous avons une partie prévue ce samedi, je crois.*
— *Hum, je pense que oui, laissez-moi vérifier sur la liste… attendez un instant… en effet, oui, Torres, Brouillette, Daigle et un invité, vous avez un départ à 7 h 56, ce samedi.*
— *Très bien ! J'aimerais savoir : est-il possible de réserver un départ pour quatre personnes juste après nous ? Mon fils et trois de ses amis viendraient jouer et nous aimerions nous suivre sur le terrain, vous croyez que c'est possible ?*
— *Absolument, la plage est libre. Je réserve à quel nom ?*
— *Oh, inscrivez Daigle et trois invités, s'il vous plaît.*
— *Daigle… et trois invités… voilà, c'est réservé, 8 h 4 ce samedi.*
— *Merci beaucoup ! Est-il possible de payer immédiatement ? J'aimerais leur faire cadeau de la partie avant qu'ils ne me convainquent du contraire une fois sur place.*
— *Ha ha ! Ils seront agréablement surpris ! Avez-vous une carte de crédit ?*
— *Oui, bien sûr.*
— *Alors c'est sans problème, nous allons régler la facture immédiatement.*
— *Merci. Je vous demanderais de garder bien secrète l'origine de ce cadeau !*
— *Ne vous en faites pas, ils n'en sauront rien.*
— *Vous êtes géniale. Voici les renseignements de la carte.*

Quelle gentille femme, cette Louise. Maintenant, occuponsnous de trouver des golfeurs pour jouer après le groupe de Torres.

— *Club de golf Métabéroutin bonjour ?*
— *Oui, bonjour, puis-je parler à monsieur Gendron ?*

— *Un instant, je vous le passe.*
— *Oui, bonjour ?*
— *Monsieur Gendron ?*
— *Lui-même.*
— *J'appelle du club les Vieilles Forges, je travaille au champ de pratique.*
— *Hum oui, que puis-je pour toi ?*
— *Avez-vous toujours votre programme qui permet aux jeunes en difficulté financière de jouer les fins de semaine, le matin ?*
— *Oui, bien entendu.*
— *J'appelle pour vous offrir un départ gratuit pour quatre personnes, ce samedi à 8 h 4, à notre club de golf.*
— *C'est Gilles qui paye ça ?*
— *Exactement. Il m'a demandé de vous appeler.*
— *Ma foi, c'est très gentil de sa part ! Ça fait un moment qu'on veut intégrer d'autres clubs à notre mouvement.*
— *Êtes-vous en mesure d'envoyer quatre participants pour samedi matin ?*
— *Il ne devrait pas y avoir de problème, 8 h 4 le départ ?*
— *Tout juste.*
— *C'est bien noté. Merci de ton appel, je vais m'assurer de vous envoyer les golfeurs pour ce samedi. Remercie Gilles de ma part, c'est très apprécié.*
— *Je n'y manquerai pas. Merci à vous, monsieur Gendron.*
— *Bonne journée !*

Ce que j'adore chez les jeunes qui jouent au golf, c'est qu'ils sont généralement très impatients.

— Tu penses qu'il a vraiment travaillé au club de golf ? demanda Marco.

— Si c'est vrai, ça va nous aider à le retrouver.

— Sûrement pour ça qu'il a masqué les jours pis les années, ça aurait été trop facile.

[redacted] 2 juin [redacted]
Bon, après trois soirées consécutives à surveiller discrètement la fermeture du terrain de golf, je peux confirmer que l'entrée en gravier qui donne sur le côté nord de la bâtisse n'est ni éclairée, ni surveillée durant la nuit.
Je déteste le maquillage, sous toutes ses formes. Maudite perruque, elle a intérêt à tenir ! D'ici quelques minutes, je me dirigerai vers la maison de M. Torres dans un objectif précis. Après toutes ces années, je parie qu'il a oublié mon visage. Mais il n'y a pas de trop grandes précautions.

— *Que voulez-vous ? Je n'achète rien !*
— *Mais je ne vends rien !*
— *Alors qu'est-ce que vous me voulez ?*
— *Il y a des jeunes qui pêchent sur votre quai au bas de la pente ! Ils ont pissé dans votre bateau, monsieur !*
— *Quoi ? Maudits petits cons ! Est-ce qu'ils sont encore là ?*
— *Ils y étaient il y a moins de cinq minutes, monsieur !*
— *Ah ben calvaire !*

Le bulldozer est sorti de la maison pour foncer dans la cour, vers le grand escalier en bois qui mène à la rivière Saint-Maurice, une cinquantaine de pieds plus bas. Après m'être assuré qu'il était bien en train de descendre les marches, je me suis précipité dans la maison. J'espérais ne pas chercher trop longtemps l'objet de ma visite. Sur une petite tablette murale, près de la porte d'entrée, étaient accrochées des clés. J'ai rapidement repéré et détaché celle que j'étais venu chercher. Avec un peu de chance, il n'y verra que du feu. J'ai rapidement foutu le camp de chez Torres et je suis allé vérifier quelque chose au terrain de golf. Vivement samedi matin !

[redacted] 2 juin [redacted]
Une belle journée pour jouer au golf. Je me suis levé très tôt et je me suis rendu au club les Vieilles Forges pour frapper un panier. Je me suis arrangé pour ne pas trop me faire reconnaître, au cas où je croiserais M. Torres de trop près. Il est arrivé un peu plus tôt que les autres et s'est dirigé vers le vert de pratique pour caler des roulés. En passant près

de la boutique, j'ai placé mon sac sur le support, à côté du sien. Sans me faire remarquer, j'ai enlevé son bois 3 et j'ai glissé une pleine bouteille de Gatorade sans son bouchon dans la poche latérale de son sac. Je me suis dirigé vers le restaurant et j'ai acheté trois bouteilles identiques à celle que je venais d'utiliser.
Les jeunes golfeurs du Métabéroutin sont arrivés presque au même moment. Je suis allé les rejoindre avant qu'ils entrent dans la bâtisse.

— *Salut les gars. Vous êtes les joueurs du Met ?*
— *Ouais. C'est M. Gendron qui nous envoie.*
— *Excellent. Vos parties sont déjà payées, et ça, c'est pour vous Excusez-moi s'il n'y en a que trois.*
— *C'est pas grave, on va se les partager. Merci.*
— *Vous irez chercher vos billets à l'intérieur, vous partez après ces hommes qui arrivent.*

Pendant que les gars sont entrés chercher les tickets de jeu, j'ai transféré le bois 3 de ma cible dans un de leurs sacs.
J'ai attendu qu'ils soient sur le terrain depuis un moment et je suis allé dans le stationnement dégonfler deux pneus du véhicule de mon ami Torres. J'ai pris soin de dévisser la goupille interne de la valve à air et de bien remettre le bouchon sur chacune des roues. Ça énerve bien plus, car il est impossible de les regonfler sans changer la valve ou retrouver les goupilles.
À partir de là, je ne sais pas si les choses se sont envenimées car je ne pouvais évidemment pas suivre tout le monde sur le terrain. J'ai supposé que Torres avait trouvé le Gatorade renversé dans son sac et qu'il avait remarqué l'absence de son bois 3, peu importe dans quel ordre. S'il a le même réflexe que la plupart des golfeurs, il a dû demander aux gens du groupe suivant s'ils avaient trouvé un bâton.
Il a dû faire une drôle de face quand il a vu les bouteilles identiques dans les mains des jeunes. J'imagine qu'il a retrouvé son bois, à la grande surprise des joueurs.
Mon but était simplement de le faire fâcher un peu.
Je voulais que des témoins puissent confirmer qu'il avait gueulé au terrain ce jour-là.
Après 23 h, je suis allé chez Torres et je me suis assuré qu'il

était bien en train de dormir. Toutes lumières éteintes, j'ai pris le chemin de la remise et j'ai sorti le superbe véhicule tout-terrain de mon ami. Avec la transmission au neutre, j'ai poussé la bête jusqu'à une bonne distance de la maison et j'ai utilisé la clé volée pour démarrer l'engin.
Le reste est pur délice. J'ai conduit le V.T.T. jusqu'à l'entrée nord du club et j'ai éteint le moteur. Personne aux alentours, j'ai poussé le quatre roues jusqu'au vert du trou numéro 14, où je l'ai redémarré. J'ai ensuite fait un superbe beignet autour du drapeau en essayant de ne pas trop pousser les cylindres. Je suis retourné en trombe jusque chez Torres en essayant de voir si j'étais suivi. Comme je n'ai vu personne derrière moi, j'ai doucement remis le véhicule dans la remise de ma cible, en laissant la clé sur le contact. Demain, je donnerai un petit coup de téléphone anonyme au club de golf pour les aviser qu'un véhicule tout-terrain est parti en trombe, la veille, et qu'il a été vu dans le secteur près de chez M. Torres. Je laisse aux policiers le soin de déduire le reste. Je prendrai aussi le temps de joindre le journal local pour intéresser quelqu'un à l'affaire. Ça fera avancer les choses un peu plus vite si les caméras se promènent dans le coin. Avec un peu de chance, il restera de la terre sur les roues…

— Ouain… il a du chien, notre ami, dit Josée, consternée.

— Au moins, il est pas trop violent, ajouta aussitôt Marco, conscient que c'était la mince ligne qui retenait Josée d'aller raconter l'histoire.

— Espérons que ça va rester comme ça. Je peux pas m'empêcher de sourire en imaginant le nombre de personnes qui s'est fait avoir dans tout ça, avoua-t-elle.

— Il y a une autre énigme, nota-t-il en regardant le verso de la lettre, alors sûrement un autre tube.

Je te raconte maintenant l'histoire de frères jumeaux qui ne s'entendaient pas à merveille. Peut-être leur histoire te conduira-t-elle à un endroit dans la région? Cela va comme suit :

UNE PETITE ÉNIGME: DES FRÈRES JUMEAUX

"Mon frère et moi ne sommes d'accord sur rien. Il est le blanc, je suis le noir. Il est d'un côté, je suis de l'autre.
Une fois, il voulait que l'on s'attarde à Stockholm, pour les îles. Moi je voulais voir Falun, pour la beauté de la Dalécarlie.
Il a osé offrir 100 dirhams pour un tour de chameau à Abou Dabi, alors que je n'aurais même pas grimpé sur cette sale bête si l'on m'avait payé pour le faire.
De passage en Mongolie, il a voulu visiter la maison de Galsan Tschinag, alors que j'aurais grandement préféré m'attarder dans les steppes.
À New Delhi, nous avons passé une nuit entière à la belle étoile parce que nous n'avions pu nous entendre sur le choix d'un hôtel.
Rendu à Katmandou, voilà qu'il refuse de manger la nourriture locale, alors que je la trouve délicieuse.
En visite dans la région de Buenos Aires, il s'intéresse soudainement aux musées, alors qu'il sait que je préfère de loin les églises.
Même lors de notre séjour à Dublin, en Irlande, il a prétexté un terrible mal de tête pour ne pas m'accompagner à un match de foot local.
Le comble a été de traverser Kigali, Addis-Abeba, Khartoum et la moitié de la Tanzanie sans aller voir le Kilimandjaro parce que monsieur n'aimait pas les montagnes.

En Jordanie, il voulait visiter Amman,
la capitale, alors que je n'y voyais que peu
d'intérêt.
À Mascate, en Somalie et en Érythrée, il
voulait voir la mer et les côtes, alors que
tout le monde sait à quel point cette région
est dangereuse et remplie de pirates.
Varsovie méritait un séjour dans les anciens
camps nazis, mais mon frère s'en moquait
éperdument et il est demeuré à l'hôtel.
Finalement, nous avons marché la moitié
de Budapest parce qu'il ne voulait pas que
l'on loue de voiture dans la capitale.
Mon frère et moi ne sommes d'accord sur
rien. En fait, peut-être sur une seule
chose."

Drôle de famille, n'est-ce pas? Je t'invite
à scruter la cour arrière de l'endroit en
question, si tu le trouves. La gouttière
sud-est contient un cadeau.
Bonne chance.

— C'est reparti, annonça Marco.
— As-tu vérifié si y'avait pas autre chose dans le tube?
Il prit le cylindre de plastique et regarda à l'intérieur.
— Vide.
— Bon, passe-moi ça, demanda-t-elle. Je m'attaque à l'énigme.
— Je pense que je vais aller faire un tour au club de golf, proposa-t-il.

POSTE DE POLICE
– Mardi après-midi, 7 juin

L'enquêteur Héroux entra dans la pièce, bon dernier. Fidèle à lui-même, Jérôme fit un signe de tête en guise de salutations.

— J'espère que vous avez pris un peu de repos, on a du travail en masse, déclara-t-il. Le but du *meeting* est de mettre à jour les pistes qu'on a testées dans les quarante-huit dernières heures et d'expliquer la présence de certains indices qui m'achalent. Vous avez eu toute la matinée pour faire avancer les choses, je sais que vous aviez hâte de m'en parler, eh ben c'est le temps ! Alors je vous laisse y aller, je compléterai au besoin. Bridge ! À toi.

— O.K., répondit-elle. Premièrement, j'ai donné la revue des appels des témoins à Stéphane pour qu'on aille un œil nouveau ; moi je voyais pus rien. Bon. J'ai eu une rencontre ce matin. Le chauffeur de l'autobus qui a déposé Mélodie devant l'école jeudi matin est catégorique : il a rien remarqué de suspect ce jour-là, pas plus que de camion noir dans les environs de l'école. Un aspect important dans sa déposition, c'est qu'il parcourt le quadrilatère qui comprend la rue de l'école, la Côte Richelieu, le boulevard Jean-XXIII puis la Côte de Verdun tous les matins. Des affaires anormales, il les verrait vite.

— Il avait l'air d'un gars assez solide dès le départ, précisa Héroux.

— J'ai le même *feeling*. Le labo qui a examiné les cheveux trouvés sur l'élastique est convaincu qu'il s'agit de ceux de Mélodie. Ils ont comparé avec un échantillon de la brosse à cheveux qui vient de la maison et ils sont identiques. Cependant, juste l'ADN pourrait être valide en cour pour une identification formelle. Ça va prendre à peu près deux semaines, je leur ai demandé de le faire quand même. Les gars m'ont dit d'y aller à fond, ils ont confiance au résultat.

— Excellente idée, approuva Héroux. Ça m'énerve, l'élastique.

— Même chose pour moi, admit Jérôme. Jusqu'à maintenant, il me semble qu'on aurait dû retrouver la fille, ou ben quelque chose d'autre qui prouve qu'elle était là.

— Je vois pas l'intérêt de l'emmener à Saint-Louis, sinon pour la changer de char ou pour la laisser là, précisa Stéphane.

— Et pourquoi la changer de véhicule à cet endroit-là? demanda Héroux. Ça exigerait un complice, au moins. C'est plein de maisons juste à côté; tant qu'à s'isoler, il aurait pu faire ça plus simple. Bridge, tu avais fini?

— Oui, c'est bon pour moi.

— Merci, Bridge. Jay, tant qu'à y être, as-tu travaillé sur le profil de Cormier?

— J'ai passé mon temps là-dessus. Je dois avouer que je suis perplexe. J'ai repassé les enregistrements, les dépositions et tout ce qui pèse contre lui.

L'enquêteur bougeait la tête sans s'en apercevoir.

— Qu'est-ce qui t'achale? demanda Héroux.

— Je le sais pas. Le gars n'est pas *clean*, ça saute aux yeux mais, en même temps, il a l'air correct. Je sais pas trop comment exprimer c'que je ressens.

— Corrige-moi si je me trompe, mais l'histoire du gars de Pepsi, ça te semblait aussi niaiseux que pour moi. Et la cohérence provient de tout le reste, quand il parle de la danseuse.

Jérôme approuva aussitôt.

— C'est ça.

— Même si c'est tiré par les cheveux.

— Voilà, approuva Landry.

Le chef croisa les bras.

— Penses-tu qu'il pourrait faire du mal à sa propre fille? demanda-t-il.

Landry hésita avant de répondre.

— Sincèrement, non. Je pense pas. Ça a plutôt l'air d'un gros égocentrique, un genre de gars qui se fait pas souvent dire non, mais je le sens pas violent.

— Si Cormier est le mauvais gars, il est le plus malchanceux de la planète, déclara Brigitte.

— La malchance c'est pas assez pour condamner quelqu'un, heureusement, affirma Héroux. Steph, t'as repassé les témoins?

— Oui, et y'a un certain nombre de choses intéressantes.

— On t'écoute.

— L'enseignante qui était de garde dans la cour d'école jeudi matin a l'habitude de se tenir près de la grille, sur la droite. Elle attend les élèves quand ils sortent de l'autobus et elle a déclaré avoir une belle relation avec la jeune Mélodie; elle est sa titulaire en quatrième année.

— Et? interrogea Héroux.

— Ben elle n'a pas vu Mélodie ce matin-là.

— Donc, le chauffeur du bus déclare l'avoir débarquée et la surveillante dit ne pas l'avoir vue.

— C'est ça, confirma Larivière.

— C'est quoi la fenêtre de temps entre les deux événements?

— Ouf… peut-être quinze mètres entre l'endroit où les élèves débarquent de l'autobus puis la clôture sur le côté de l'école. Je dirais une trentaine de secondes, une minute ça serait déjà trop.

— Ça laisse pas grand temps pour un kidnapping, observa Brigitte.

— Quelqu'un doit avoir vu quelque chose d'anormal, ajouta Landry.

— Sauf si c'est quelqu'un qui la connaît, suggéra Stéphane.

Les quatre enquêteurs échangèrent des regards : le propos était pertinent.

— Mais si c'est pas le père, qui ça peut être ? risqua Brigitte.

— La mère a pas bougé de chez elle, et la jeune est enfant unique, rappela Jérôme.

— Et dans la famille éloignée ? ajouta le détective.

— Pas de parenté dans le coin, mais je peux repasser les alibis des oncles, des tantes puis des cousins, proposa Jérôme. On les a vérifiés sommairement le jour de la disparition, conformément à la procédure.

— Bonne idée, approuva Héroux. Ça va nous prendre des nouvelles pistes au plus vite. Les recherches au chemin Masse sont finies ; pas d'autres traces de Mélodie dans le secteur. Pas d'autre indice, rien ! Pas d'explication logique à la présence de l'élastique là-bas ! Si c'est Mélodie qui l'a laissé tomber, c'est toujours ben parce qu'elle était là ! Mais où est-elle ? Est-ce que son père aurait vraiment perdu l'élastique là-bas ? Puis si c'est pas lui, c'est qui ? Et dans quel but ?

— On sait qu'il était là, rappela Brigitte.

— C'est incriminant, admit Héroux, mais ça reste circonstanciel. Personne ne l'a vu avec sa fille !

— Sauf le premier appel, souleva Landry.

— J'y arrivais justement, souligna Stéphane en prenant ses notes. C'est un appel qui a été effectué par une femme, elle a entendu la nouvelle de la disparition et elle a appelé du premier téléphone public qu'elle a trouvé. Elle sortait du Tim Hortons, jeudi matin de bonne heure, quand elle a emprunté le viaduc Jean-XXIII en direction ouest pour aller prendre l'autoroute 55 Sud, de l'autre côté. Au feu, au coin de Côte de Verdun puis de Jean-XXIII, elle a vu un *pick-up* noir à sa droite qui venait de la Côte de Verdun, la rue qui mène à l'école. Il y avait une « fillette apeurée à l'intérieur », pour reprendre ses mots exacts. J'ai repassé les bandes en long puis en large, et puis deux *pick-up* noirs correspondent dans la fenêtre de temps. Ça monte à cinq occurrences si on rajoute dix minutes de plus avant puis après. Le seul point qui me chicote avec son témoignage, c'est que pas *un seul pick-up* noir vient de la Côte de Verdun, tous viennent de Jean-XXIII. Mais j'ai peut-être trouvé une explication qui a du sens.

— Raconte, dit Héroux.

— Quand on est dans la voie de gauche, au feu de circulation, tous les chars qui roulent dans la voie de droite semblent venir de la Côte de Verdun. Mais ben du monde prend cette voie-là juste pour passer la file de voitures dans la rangée de gauche et éviter d'attendre la lumière deux fois avant de monter sur le viaduc.

— Ils peuvent donc arriver de Jean-XXIII, conclut Brigitte.

— Exactement. Surtout s'il était en train de se sauver avec quelqu'un. Ben des chances que le témoin ait pas remarqué ça.

— C'est assez logique, approuva le détective. Et faut pas oublier que le *pick-up* en question a par la suite été rapporté plusieurs fois.

— Jusqu'au chemin Masse, confirma Landry.

Il y eut un silence qui dura quelques instants.

— Bon. Jay, tu t'occupes de la famille éloignée. Bridge, j'aimerais que tu me sortes un plan détaillé des heures où Cormier a reçu des messages. Essaye de trouver un *pattern,* quelque chose de louche. Faut vérifier son emploi du temps à ces moments-là. Steph, identifie les cinq *pick-up* dont tu parlais tantôt et trouve-moi une caméra au Cap qui aurait pogné le même *truck* s'il s'était rendu directement au chemin Masse. *Good job,* on lâche pas.

AU GOLF
– Mardi après-midi, 7 juin

Marco arriva au club de golf vers le début de l'après-midi. Il prit le temps de faire le tour du stationnement pour jeter un regard sur l'entrée côté nord, ainsi que sur la bâtisse en général. Il gara sa voiture près du champ de pratique et se dirigea vers la boutique. Dans sa tête, il pouvait revivre l'histoire et imaginait un garçon accroupi près des sacs de golf, en train de glisser une bouteille ouverte dans celui de M. Torres.

— C'est pour un départ? demanda la femme derrière le comptoir.

— Non merci, répondit Marco, je suis à la recherche de quelqu'un qui a déjà travaillé ici, mais je ne connais pas son nom.

— Il travaillait ici, à la boutique?

— Je ne sais pas, je suis désolé, avoua-t-il. Ça a l'air un peu fou, mais faut absolument que je retrouve c'te gars-là et le club de golf est ma seule piste, jusqu'à maintenant.

— Vous savez que les renseignements touchant les employés sont confidentiels. Je ne peux pas vous révéler ces choses-là, déclara la dame.

— Je comprends. Pouvez-vous quand même me donner les noms?

— Je n'ai pas d'objection à vous donner les noms.

— Vous seriez bien gentille.

Elle sortit un cartable sous le comptoir.

— Attendez un peu, dit-elle, voici les horaires.

Elle feuilleta pendant un moment et marqua du doigt une page vers le début du livre.

— Savez-vous quand il a travaillé ici? demanda-t-elle.

— Ça doit faire un ou deux ans, au maximum.

— Et son âge?

— Adolescent. Entre quatorze et dix-huit ans.

— Régis Saurel, répondit-elle tout de go. Il était préposé aux départs pendant un été il y a quatre ans de ça.

— Je note.

Il sortit un calepin et écrivit le nom du jeune homme.

— Alexandre Michaud, poursuivit la femme. Il est responsable des *karts* et des sacs des membres. Il travaille encore ici et il finit son secondaire. Martin Marineau, il a remplacé Régis aux départs et travaille toujours ici lui aussi. Charles Duquette, ajouta-t-elle encore, il a été préposé au champ de pratique pendant un été, il y a trois ans. Mais il était un peu plus vieux que les autres, si je me souviens bien.

Au son de ces mots, Marco leva les yeux vers la femme.

— Préposé au champ de pratique?

— Oui, il ramassait les balles et les nettoyait, expliqua-t-elle. Il faisait aussi la surveillance du terrain en *kart* pour ouvrir et fermer les gicleurs. Voilà, ça fait le tour. Les autres sont plus vieux ou bien ils ont travaillé au restaurant.

— Le jeune Duquette, vous le connaissiez bien?

— Pas vraiment, beaucoup d'étudiants passent par ici et restent pas très longtemps, vous savez ce que c'est. Je me souviens qu'il parlait tout le temps, ajouta-t-elle en riant.

— Merci pour les renseignements, je pense que ça va m'aider.

— Il n'y a pas de quoi. Passez nous voir si vous avez envie d'une partie de golf!

— Je n'y manquerai pas. Au revoir, dit-il.

Il retourna à sa voiture et sortit son cellulaire.

— Jo, c'est Marco.

— *Hey*, salut.

— Ça va, l'énigme ?

— Rien encore, mais je suis sur une nouvelle piste. Je prends un peu la même démarche que l'autre, avança-t-elle. Et toi, t'as réussi à avoir des noms ?

— Oui, c'est pour ça que j'appelle. As-tu l'album de finissants pas loin ?

— Oui, une seconde.

Elle s'étira pour ramasser le livre sur la table.

— Voilà, qui est-ce que je cherche ?

— Charles Duquette.

— Duquette, Duquette, Duquette... Charles Duquette. Là !

— De quoi y'a l'air ?

— Euh ! ben normal, je peux pas te dire, avoua-t-elle. Cheveux foncés, courts.

— O.K. Il a travaillé y'a trois ans. Son nom me dit rien, mais j'ai appris qu'il travaillait au champ de pratique, comme dans le journal de notre gars, souligna-t-il.

— C'était sa mise en scène pour parler au monsieur de l'autre terrain de golf, si je me souviens bien. Je sais pas si la piste est solide, mais ça coûte rien de regarder. Il était à Chavigny en même temps que Sabrina, ça vient appuyer la démarche.

— Pourrais-tu me trouver l'adresse de M. Torres ?

— Je peux essayer. As-tu l'intention d'aller le voir ? s'enquit-elle.

— Je sais pas encore, mais j'aimerais au moins valider qu'il demeure pas loin d'ici.

— Il y a un Torres au 1320 rue Mélançon, pas loin des Forges. La rue donne aussi sur la Saint-Maurice.

— Je l'ai vue en arrivant. Merci, je retourne à l'appartement tout de suite après avoir jeté un coup d'œil.

— O.K., sois prudent.

Il quitta le club de golf et tourna à droite sur le boulevard des Forges. À moins de deux cents mètres à sa gauche, la rue Mélançon partait vers l'est, longeant le coude de la rivière Saint-Maurice, au-dessus de la falaise. Marco roula jusqu'au cul-de-sac et fit demi-tour, passant tranquillement devant le 1320, à sa droite. C'était une maison éloignée de la rue, avec une longue entrée. On apercevait difficilement un cabanon entouré d'arbres à gauche de la maison.

— Ouain… murmura-t-il. Soit il dit la vérité, soit il travaille vraiment fort pour me mêler.

Il continua son chemin, songeur.

SÉMINAIRE SAINT-JOSEPH – Mardi après-midi, 7 juin

À peine Marco était-il hors de la voiture, devant chez lui, que Josée sortit en trombe par la porte de devant.

— As-tu envie de prendre une marche ? demanda-t-elle en enfilant une veste.

— Hum… ouais, O.K., répondit-il, étonné. On va où ?

— Juste à côté.

— Toi t'as trouvé quelque chose ! lança-t-il. Allez, parle-moi !

Ils prirent à gauche, sur la rue Saint-Martin, en direction de Saint-François-Xavier.

— Comme je le pensais, la réponse était plus simple que celle d'avant. C'était peut-être parce qu'on vient d'en faire une.

— Les jumeaux s'entendaient sur quoi ? demanda-t-il.

— Sur l'itinéraire, leur voyage. Il fallait écrire les pays dans l'ordre puis on trouvait l'endroit en prenant la première lettre de chaque.

— Ça donnait quoi ?

Elle fit un signe de tête vers l'avant.

— Le Séminaire Saint-Joseph.

— Ah ouain ? Eh ben ! s'écria-t-il, étonné, en accélérant le pas pour la suivre. T'as fait ça vite !

— On va en profiter !

Ils arrivèrent à l'entrée arrière du vieil immeuble. Ils poursuivirent leur chemin le long des murs et s'approchèrent de la cour clôturée, sur le côté sud.

— Ça, ça devrait être la gouttière, indiqua-t-elle, côté sud-est.

Marco se pencha et inséra sa main à l'intérieur du coude métallique qui touchait le sol.

— Le voilà, dit-il en tâtant le tube de ses doigts. On a une journée productive !

Il retira le morceau de plastique et l'essuya sur le bord de son chandail.

— Je me demande combien de bidules de ce genre-là sont cachés un peu partout en ville, lança-t-elle.

— En tout cas, faut vouloir, pour prendre le temps de faire ça.

Ils revinrent en marchant vers l'appartement de Marco, sur la rue Sainte-Cécile.

— Toi, t'as réussi à voir la maison de Torres ? demanda-t-elle.

— Oui, je suis passé devant. Ça concorde ! Il y a une grande entrée, l'arrière qui donne sur la rivière et pis la remise sur le côté de la maison. Le secteur est tranquille, plein d'arbres, on peut sûrement aller là sans se faire voir quand il fait noir. J'ai pas de peine à croire ce qu'il raconte.

— Faudra penser à la piste de Charles Duquette et à celle de M. Ariel.

— Ouais. Avec un peu de chance, les deux vont se recouper.

— Et pas oublier Daniel Godbout !

Alors que les deux amis tournaient le coin de la rue Saint-Martin, ils ne virent pas la voiture immobilisée dans la ruelle, tout près.

À leur insu, ils étaient épiés.

Ils pénétrèrent dans l'appartement sans se méfier. L'excitation d'avoir un autre tube à ouvrir était intense et, déjà, ils anticipaient le moment. De retour au salon, Josée referma l'album des finissants, toujours ouvert à la page de Charles Duquette.

— On va essayer de le retrouver demain. Je vais prendre en note les choses qu'il faut faire, question de pas se perdre dans les idées.

— Et celui-là va nous en donner d'autres, ajouta Marco en soulevant le couvercle.

— Attends un peu, demanda-t-elle.

— Quoi ?

— Quelque chose me gosse.

— Que veux-tu dire ? demanda-t-il en reposant le morceau de plastique sur le dessus du tube.

— Je sais pas. Je trouve qu'on fait *exactement* ce qu'il veut. Et j'aime pas ça. On n'a même pas le temps de réfléchir à ce qui nous arrive, les renseignements arrivent vite, mais on sait rien sur lui. Ça fait deux jours qu'on court et je vois pas le bout ! C'est quoi, il pourrait nous faire ça pendant un mois ? O.K., j'aime ben les énigmes puis c'est *cool*, mais ça me fait un peu peur. Théoriquement, il peut avoir caché des *dizaines* de tubes de même ! Je te le dis, j'aime pas ça.

— Alors on fait quoi ? On arrête tout ?

Elle se rassit de côté sur le divan, pour lui faire face.

— Non. Mais je dis que peu importe ce qu'il y a là-dedans, on essaye de trouver qui est le gars *avant* de chercher comme des débiles. On a pas mal de pistes à suivre puis j'suis certaine que ça va finir par nous mener quelque part. Au moins, j'vais avoir le sentiment qu'on a une petite longueur d'avance sur lui. Il a peut-être des renseignements au sujet de ta famille, mais il est dérangé, faut en convenir.

— J'suis d'accord, approuva-t-il. Veux-tu qu'on parle à M. Ariel ? Au sujet de ses anciens locataires ? Il pourrait nous donner son nom direct, on sait jamais !

— Oui, entre autres. Je voudrais aussi qu'on essaye de retrouver Charles Duquette puis Daniel Godbout. Le premier pour la coïncidence entre le terrain de golf puis l'album de finissants, le deuxième parce qu'il restait dans la même rue que Cédric. De toute façon, sûrement que M. Ariel va pouvoir nous aider, alors je pense que c'est la meilleure affaire.

— Bon. On est mardi, il est 14 h, annonça-t-il en regardant sa montre. On l'appelle ?

— O.K. Peut-être qu'on va avoir le temps de prendre un café avec lui avant la fin de la journée. Je trouve son numéro et je l'appelle tout de suite.

— J'vais à mon auto, j'ai laissé mon cartable pis mes notes dedans.

Marco se leva et sortit par devant. À l'instant même où il arrivait sur le palier, il aperçut quelqu'un à la porte de sa voiture.

— *HEY!* cria-t-il en descendant les marches au pas de course.

L'inconnu sursauta et courut de l'autre côté de la rue jusqu'à une voiture blanche. La porte du conducteur étant déjà ouverte, il sauta dans le véhicule et démarra à toute vitesse, faisant crier les pneus sur l'asphalte. Marco essaya tant bien que mal de distinguer la plaque ou un indice quelconque, mais il était trop tard.

— Calvaire ! s'exclama-t-il en revenant à son véhicule. C'est quoi la connerie ?

Il regarda la serrure pour s'assurer qu'elle n'avait pas été forcée. Il ouvrit la portière à l'aide de ses clés pour saisir ses documents sur le siège avant. En moins d'une minute, il était de retour dans l'appartement.

— Josée ! s'écria-t-il en entrant. Tu me croiras pas !

— Qu'est-ce qui se passe ? demanda-t-elle en arrivant dans la cuisine.

— Quelqu'un vient d'ouvrir mon char !

— Hein ? Tu l'as vu ?

— Ouais, je l'ai surpris pendant qu'il regardait dedans !

— As-tu pu voir sa face ?

— Non, j'ai pas eu le temps ! Il avait une capuche et pis sa voiture était stationnée juste à côté. Il s'est sauvé en deux secondes quand il m'a entendu lui gueuler dessus !

— Puis son auto ?

— Blanche, assez grosse. Un char ben normal. Calvaire !

— Mais mettons qu'on jase, là, s'enquit-elle en prenant les documents qu'il venait de déposer sur la table, c'est quoi que t'as de si important dans ton auto ?

— Mais je l'sais pas ! fulmina-t-il. Mes feuilles, les noms que j'ai notés au club de golf, la carte de l'île hier matin, l'adresse de Torres, des affaires du genre…

— C'était peut-être un hasard, supposa-t-elle.

— Arrête… C'est clair que non ! S'il avait voulu voler mon auto, il aurait pas stationné la sienne juste à côté ! Il cherchait de quoi, c'est sûr que ça a rapport avec c't'histoire-là. J'suis prêt à gager que c'est lui ! Il est venu déposer la première lettre, souviens-toi ! Il sait où je reste !

Elle le regardait, songeuse.

— Bah, c'est sûr que t'as raison, acquiesça-t-elle. Au fond de moi, je sais que ça peut pas être une coïncidence. J'essaye juste de me convaincre du contraire. Mais qu'est-ce qu'y veut ? As-tu autre chose dans ton auto ?

— Non, je pense pas. Peut-être qu'il veut savoir où j'suis rendu dans mon enquête sur lui ? supposa-t-il.

Elle hochait la tête de gauche à droite.

— S'il était ici cet après-midi, précisément, c'est qu'il doit déjà savoir pour le Séminaire, déduisit-elle.

— Et donc pour les autres tubes aussi.

— Oui. Alors c'est pas ça qu'il cherche.

— Il a peut-être vu mon cartable sur le banc avant ?

— D'une façon ou d'une autre, ça me surprendrait qu'il revienne aujourd'hui, coupa Josée. En plus, on a une rencontre avec Ariel, annonça-t-elle en retournant dans le salon.

— Tu lui as parlé ?

— Ouaip, il nous attend à l'heure du souper. Il avait l'air bien content de pouvoir nous aider.

— Bon, O.K. Qu'est-ce-tu fais ? Pourquoi tu prends mon ordi ?

— Avec ce qui vient d'arriver, on laisse rien traîner ici.

— Ouain, approuva-t-il en ramassant le tube sur le divan et les deux qui se trouvaient sur la table basse. Je commence à trouver ça moins drôle !

Ils scrutèrent longuement la rue et les environs de l'appartement avant de démarrer la voiture.

M. ARIEL
- Mardi soir, 7 juin

— C'est ici, indiqua-t-elle alors qu'il s'engageait dans le rond-point.

Marco gara son véhicule dans l'entrée du bungalow de couleur pâle.

— Intéressant, remarqua-t-il en fermant la porte. D'ici, on voit bien la maison de Cédric…

Ils frappèrent et un homme d'une soixantaine d'années vint leur ouvrir. Il était habillé de façon sobre et imposait le respect. Il portait de petites lunettes qui accentuaient son regard. Malgré tout, il leur fit un grand sourire.

Ils se saluèrent et l'homme les invita à entrer.

Ils pénétrèrent dans un salon décoré avec goût. Deux divans propres, malgré leur âge, étaient positionnés en forme de L. Une table sur laquelle étaient posées trois tasses de thé et un buffet ancien complétaient l'ameublement de façon parfaite.

— Prenez place, proposa M. Ariel.

— C'est gentil de prendre ces quelques minutes pour nous, le remercia Josée.

— C'est avec plaisir, je reçois peu de visite, avoua-t-il.

Ils s'assirent sur le canapé, de manière à faire face à leur hôte.

— Donc, commença-t-il, vous êtes à la recherche des adolescents que j'ai hébergés ici il y a quelques années, c'est bien cela ?

— En fait, nous recherchons les jeunes qui ont habité le secteur, expliqua-t-elle. Nous avons reçu quelques renseignements des voisins, mais rien en ce qui concerne vos anciens pensionnaires.

— Avant de vous faire perdre votre temps, coupa leur hôte, sachez que je ne peux pas divulguer quoi que ce soit si je ne sais pas pourquoi vous êtes ici. Ceci dit, si je le peux je vous aiderai volontiers.

Josée et Marco échangèrent un regard perplexe.

— Nous ne leur voulons pas de mal, si c'est ce qui vous inquiète, lança Josée.

M. Ariel conservait son sourire, mais il était méfiant.

— Vous êtes de la famille de l'un d'entre eux ? demanda-t-il. Ou bien des services sociaux ?

— Hein ? Mais pas du tout ! répliqua Marco sans se soucier de son intonation.

Josée lui posa une main sur la cuisse pour reprendre la parole.

— Nous connaissons Cédric Malosse, mentit-elle à moitié.

Ariel leva les sourcils.

— Mais Cédric n'a jamais habité ici ! Ses parents sont encore à quelques maisons sur la rue !

— Nous le savons, rétorqua poliment Josée, mais nous sommes à la recherche de quelqu'un qui le connaissait. Nous pensons qu'il est peut-être resté chez vous pendant quelque temps.

Cette fois, Ariel fronça les sourcils avant de prendre une grande respiration et d'avaler une gorgée de thé.

— Il faut me pardonner, dit-il, j'ai vraiment aimé ces jeunes-là. Je les protège encore aujourd'hui, comme vous pouvez le constater.

— Avez-vous eu beaucoup de locataires ? s'enquit Marco.

— Ma foi… quelques-uns. Je sentais qu'il me manquait quelque chose à accomplir, je ne sais pas, peut-être le fait de ne pas avoir eu d'enfant moi-même. Je me suis inscrit à ce programme peu de temps après mon divorce. Au fil des années, ils m'ont envoyé des jeunes à plusieurs reprises.

— Vous souvenez-vous de l'année où cela a commencé ? s'enquit Josée.

Il chercha pendant quelques secondes dans sa mémoire.

— Je me suis séparé en 1999, j'ai donc hébergé Marie-Claude en 2000.

— Marie-Claude ? interrogea-t-elle.

— Oui, Marie-Claude Lanteigne, ma première pensionnaire. Elle a vécu ici environ dix mois, le temps d'une année scolaire. Elle avait fait la navette entre quelques familles d'accueil et elle s'est retrouvée ici. Au cours de la même année, un jeune homme est venu nous rejoindre, mais il n'est pas demeuré longtemps avec nous.

— Vous vous souvenez de son nom ? demanda Marco, son calepin en main.

— Greg. Grégoire Dauteuil-quelque chose, je ne me souviens pas de son nom entier. Il avait pris celui de ses deux parents décédés. Il était orphelin, tout comme Marie-Claude.

Josée sortit l'album de la polyvalente pendant qu'ils discutaient. Elle se mit à le feuilleter discrètement.

— Pardonnez ma question, dit poliment Marco, mais pourquoi n'a-t-il pas vécu longtemps avec vous ? Il y avait une raison ?

— Oh vous savez… Greg était tourmenté. Il était intelligent, mais il ne supportait pas l'autorité, sous aucune forme. J'ai bien essayé différentes méthodes, mais rien n'y faisait. Il sortait la nuit, ne respectait pas les consignes de la maison et se mettait continuellement en colère. C'était un cas difficile à gérer.

— Il a habité ici combien de temps ?

— Hum… je dirais environ six mois, de janvier à juin. Il y avait une évaluation trimestrielle pour tous les candidats, et il a survécu à celle de mars par un fil très mince. Je lui ai donné sa chance, mais il l'a ratée.

— Avez-vous eu vent de querelles entre voisins ?

— Entre les gens qui demeurent ici ? s'enquit-il en faisant un cercle avec son doigt.

— Oui, à cause des adolescents du quartier, de ceux que vous hébergiez.

Ariel réfléchit un moment.

— Pas que je me souvienne, dit-il. Il y a eu quelques vagues, comme dans tous les endroits où il y a des ados, mais rien de sérieux, à mon souvenir.

— Vous avez connu Mme Fay ? risqua Marco.

— Ma foi ! s'exclama-t-il. Vous avez fait vos devoirs ! Bien sûr, que j'ai connu Irène. Elle est décédée, je suis désolé de vous l'apprendre. Irène… elle n'aimait pas beaucoup mes locataires. Je crois qu'elle avait une dent contre tous les jeunes.

— Était-ce ce jeune homme ? coupa Josée en lui montrant l'album de finissants.

Il repositionna ses lunettes pour mieux voir les images.

— Dauteuil-Sirois. C'est bien lui.

Elle jeta un regard vers son ami, songeuse.

— Connaissiez-vous Daniel Godbout ? poursuivit-elle.

— Le jeune Godbout ? Il habitait juste à côté, indiqua-t-il. Un bon petit gars, Daniel. D'ailleurs, il ne s'entendait pas du tout avec Greg.

— Avez-vous eu d'autres résidents ici, avec vous ? enchaîna Marco.

— Oui, l'année scolaire suivante. Ils sont arrivés à la fin de l'été. Ils étaient deux, des frères.

— Des frères ? demanda Marco, surpris.

— Oui, ils avaient demandé d'habiter ensemble, mais ce genre de requête était rarement accepté. Comme je n'y voyais pas d'inconvénient, le centre jeunesse les a envoyés ici.

— Et ils ont passé l'année avec vous ? demanda Marco.

— Oui, toute l'année. Je n'ai rien eu à redire sur leur comportement.

— Vous avez leurs noms ? demanda-t-il encore.

— Les frères Béliveau, Jérémy et Frédéric. Fred était le plus vieux des deux, et l'autre avait environ deux ans de moins. Mais ils étaient plus jeunes que Grégoire et que Daniel Godbout.

— Allaient-ils à la polyvalente Chavigny eux aussi ?

— Non, ils étaient à l'école secondaire De-La-Salle. La jeune Lanteigne aussi, l'année suivante.

— Êtes-vous toujours en contact avec vos anciens locataires ? s'enquit Josée.

— Oh, parfois je les recroise, quelque part en ville. Nous sommes en bons termes, avec la plupart. Ils s'en sortent souvent, vous savez ! L'adolescence est une période difficile quand vous n'êtes pas encadré par une famille. Mais comme pour tout, le temps passe son chemin.

Il était songeur. Visiblement, il se remémorait plusieurs moments qui avaient marqué sa vie.

— Avez-vous eu des réponses à vos questions ? demanda-t-il.

— Vous nous avez beaucoup aidés, répondit Josée. Nous avons rajouté plusieurs noms à notre liste.

— C'est très aimable de votre part, d'avoir aidé ces jeunes gens, ajouta Marco.

— Je crois qu'un enfant sans repère, ça peut devenir dangereux, rétorqua Ariel. C'était ma façon de faire avancer l'humanité, j'imagine.

— J'aurais une dernière question, osa demander Josée.

— Allez-y.

— Si nous nous adressions aux gens du centre jeunesse, vous croyez qu'ils nous aideraient à retrouver vos anciens pensionnaires ?

Il eut une expression incertaine.

— J'en doute, jeune fille. La plupart du temps, les renseignements sur ces enfants-là sont extrêmement confidentiels. Triste réalité, c'est généralement pour les protéger de leur propre famille…

— Je comprends, dit-elle en se levant. Merci beaucoup, monsieur Ariel.

Il se mit debout également, en même temps que Marco.

— Ça m'a fait grand plaisir, déclara-t-il en lui serrant la main. Vous m'avez rappelé de bons souvenirs !

— On va essayer de les retrouver, ajouta le jeune homme. Même si c'est pas facile !

— Je vous souhaite bonne chance. Rien ne vous empêche de demander au centre jeunesse, à tout hasard.

Ils se saluèrent une dernière fois et retournèrent à la voiture. Rue de Lausanne, des gamins s'amusaient dans le rond-point, en cette fin d'après-midi.

CHEZ MARCO
- Mardi soir, 7 juin

— Tu penses la même chose que moi? demanda Josée en prenant la sortie d'autoroute.

— Grégoire a le profil, affirma Marco.

— Exactement. C'est le genre de comportement que j'ai ressenti en lisant son journal. Un enfant qui écoute pas beaucoup les consignes, une petite tête de cochon.

— Il faut le retrouver.

— C'est devenu un homme, oublie pas ça, prévint-elle.

Dès qu'ils furent arrivés près de l'appartement, Marco sut que quelque chose ne tournait pas rond.

— Ça sent la meeeerde… annonça-t-il.

— Pourquoi?

Il gara en hâte la voiture devant le duplex.

— Parce que la porte de mon appart est ouverte! tonna-t-il en sortant de la voiture à toute vitesse.

Ils coururent jusque dans le portique et durent se rendre à l'évidence: l'appartement avait été cambriolé.

— Calvaire! s'exclama-t-il en apercevant tout ce qui traînait sur le sol. C'est quoi le rapport?

— Ta serrure a été défoncée, remarqua-t-elle.

— J'te gage cent piastres que c'est le même con qui gossait après mon char tantôt!

— Si c'est comme tu penses, ben j'aime vraiment pas ça. Deux fois dans la même soirée, c'est plus du harcèlement qu'autre chose !

— Qu'est-ce qu'y veut ? J'ai rien !

Marco traversa l'appartement en inspectant chaque recoin. Le sol de la chambre était parsemé d'objets.

— C'est bizarre, indiqua-t-elle en sortant de la salle de bain. Le désordre semble... ordonné.

— Du désordre ordonné ? répéta-t-il. Ça sonne pas un peu contradictoire, non ?

— C'est comme s'il avait cherché à des endroits ben précis. Regarde, les armoires de la cuisine ont même pas été touchées, ni la bibliothèque du salon. Mais il a vidé la garde-robe du portique puis celle de ta chambre !

— Je comprends rien, déplora-t-il. Des patins, des manteaux, des foulards, du linge ! Quant à moi, il aurait ben pu partir avec !

— C'est évident que c'est pas ça qui voulait. Il te manque quelque chose ?

— Je pense pas, dit-il en ramassant une paire de chaussures. J'vais peut-être m'en rendre compte plus tard.

— Si j'avais été une voleuse, affirma-t-elle, moi j'aurais pris ça !

Elle faisait référence au téléviseur à écran plat qui était dans le salon, intact.

— C'est vraiment bizarre, approuva-t-il, c'est vrai que ça vaut pas mal cher.

— Quelqu'un que tu connais ? s'enquit-elle.

Il s'avança dans le salon, hébété.

— Tu... tu penses ?

— S'il cherche vraiment quelque chose de précis, c'est peut-être parce qu'il sait que tu l'as, suggéra-t-elle en s'asseyant.

— Ben qu'il le trouve pis me crisse patience !

Marco se calma et finit par s'asseoir également, à côté d'elle.

— Jo… je pense qu'il va falloir aller à la police.

— J'suis d'accord, répondit-elle. Ça dépasse les bornes. Je ramasse les documents que t'as reçus depuis dimanche matin puis je vais les classer.

— Moi j'vais ranger mes notes pis sortir tous les noms suspects.

— Bonne idée.

— Qu'est-ce qu'on fait avec lui ? demanda-t-il en saisissant le quatrième tube.

Elle lui jeta un regard et pinça les lèvres.

— J'ai vraiment envie de le lire tout de suite, avoua-t-elle.

— Ouain, moi aussi, s'empressa-t-il de répondre. On regarde s'il n'y a pas quelque chose sur mes parents et après on apporte tout ça au poste !

— O.K. c'est bon.

D'un coup de pouce, il fit sauter le couvercle en plastique du cylindre. À l'intérieur se trouvaient les mêmes feuilles manuscrites, toujours accompagnées d'une lettre propre, écrite à l'ordinateur. Josée s'approcha de Marco et ils se mirent à la tâche.

Mais tu es infaillible ! Je vais devoir me forcer un peu plus dans mes devinettes. Sincèrement, je voulais que tu trouves les tubes assez rapidement. Je vais hausser la barre d'un cran maintenant. Il ne reste qu'un seul cylindre, mon cher. Tu vas finalement mettre la main sur les renseignements qui te manquent. Je me dois de te mettre en garde, Marco. À partir de maintenant, tu vas vouloir briser notre accord. Le cas échéant, je te rappelle que je ne pourrai pas t'aider. Bon, voici la première partie d'une petite histoire. Reviens au verso de cette page quand tu auras terminé de me lire.

Marco déposa la lettre sur la table et prit la pile de feuilles manuscrites.

— Regarde la date ! s'écria Josée.

— Hein… ça fait même pas deux mois !

Ils échangèrent un regard inquiet et commencèrent à lire.

Mardi 19 avril 2011

Les événements ne se passent pas toujours comme prévu. J'ai, pour la première fois en des années, récemment douté de mon projet. La vérité, c'est que je suis rendu bien trop loin pour reculer. J'ai décidé de modifier légèrement les plans pour inclure un nouvel accessoire. Mesures extrêmes pour situation extrême.

Je n'aime pas les clichés, mais j'ai eu une enfance vraiment merdique. Je ne sais plus combien de fois j'aurais voulu me sauver quelque part pour ne pas avoir à subir… C'est pas facile de me revoir dans tout ça, mais ça fait juste me rappeler que je fais la bonne chose. J'ai dit que mon père me battait ? Non, je n'ai pas dit ça. Parce qu'il ne me battait pas. Il frappait de la bonne façon pour ne pas me battre. Mais j'avais mal. Assez pour ne pas savoir quoi faire. J'aurais aimé qu'on m'aide. Je me suis rendu compte qu'on pouvait pas m'aider, pas de la manière conventionnelle. Moi je peux. Moi je peux aider. Maintenant je sais. Maintenant je peux.

J'approche du point culminant de mon art. Je vais tenter quelque chose de gros, de différent. Quelque chose qui frappe. Ça m'a pris un bout de temps avant de trouver qui allait être l'acteur principal de mon long-métrage, mais, la vie étant bien faite, le signe que j'attendais est finalement arrivé.

J'ai décidé d'appeler cette mission « L'amour, le Vrai ».

Je suis à la recherche d'une petite fille. Une belle petite fille fragile, innocente et pure.

— Crisse de sale ! cria Josée.

— Attends, attends ! s'écria-t-il pour la calmer, sans aucune conviction dans la voix.

Une famille me tente au plus haut point. Ce sont des habitués du centre commercial où je flâne parfois. Je ne les connais pas, mais je les connais bien. Un enfant, deux parents : banal au premier coup d'œil. Bien sûr, je pourrais tenter d'expliquer pourquoi je sais que c'est la famille idéale, mais personne ne comprendrait. C'est juste que le père, ben c'est mon père. Pas génétiquement, là, mais il est pareil. Les mêmes attitudes, les mêmes remarques. Heureusement, maintenant je peux comprendre et déceler. Tout à l'heure, au centre commercial justement, j'ai été témoin d'une situation qui a retenu mon attention. La jeune fille et sa famille, celle dont je parle, étaient en train de manger dans le secteur des restaurants et, je ne sais pas trop pour quelle raison, la petite a renversé un verre qui s'est répandu sur la table et a éclaboussé ses parents. Cet événement aurait pu rester banal, mais son père qui était assis devant elle est devenu furieux. Pas de coups, pas de claques, comme le mien au début. Il s'est levé en panique en vérifiant que ses vêtements n'étaient pas tachés, sans oublier de sacrer après la petite. La mère a tenté de sauver le moment en calmant monsieur, mais le mal était déjà fait. J'ai assisté à la descente aux enfers de l'amour-propre d'une enfant, encore une fois... Son corps s'est recroquevillé pour encaisser les regards et la hargne de son père, comme celui d'un prisonnier avant de recevoir une volée. La mère s'est levée pour aller chercher de quoi essuyer la table et le gars en a rajouté. C'était le moment. L'émotion est montée en moi comme un geyser et j'ai reconfirmé à ce moment-là la chose que je savais déjà au fond de moi : c'était lui ma cible. Exactement le genre de gars que je cherchais pour mon rôle principal.

J'ai suivi cette famille à plusieurs reprises pour avoir une meilleure idée de l'attitude du père. Je cherche une fillette, mais je cherche également un homme. Un mâle qui a perdu la notion de l'amour, de l'écoute. Qui manque l'attention, le petit bonheur du moment.

Il a besoin d'aide. Et elle a besoin de moi. Ils ont besoin de moi.

Mon candidat a finalement mérité son poste haut la main, comme je le pensais. Une fois, près de sa voiture, j'ai réussi à entendre le nom de la jeune et j'ai noté la plaque d'immatriculation du véhicule. Maintenant, je sais où tu habites, chéri. Et dès demain, on va apprendre à se connaître un peu plus.

Notre homme s'appelle [redacted], et sa fille se nomme [redacted] Il travaille dans une entreprise de la région, [redacted] Prochaine étape, en apprendre un peu plus sur ses habitudes et celles de sa famille.

— Mais pourquoi il cache des affaires? s'indigna Marco.

— Il veut pas qu'on sache de qui il parle dans son histoire… Qu'est-ce qu'il veut lui faire, à cet homme-là?

Dimanche 24 avril 2011
Après deux mois à jouer les détectives de façon incognito, voici le topo: Le gars conduit un modèle [redacted] de couleur [redacted] et il le prend chaque matin pour se rendre à son travail, à quatre kilomètres de chez lui. Je connais sa vie et son horaire par cœur, mieux que sa femme!
Car notre ami possède également des petits secrets… Il arrête souvent prendre un verre en vitesse après le travail, dans un petit bar de danseuses du centre-ville. Il est assez connu dans l'endroit pour ne pas avoir besoin de commander sa bière, et la plupart des filles l'appellent par son prénom. Il passe son temps à répondre à des messages textes sur son cellulaire et semble entretenir plus d'une relation. Quelque chose me dit que sa femme ignore tout de cette petite habitude.
Note à moi-même: trouver son numéro de téléphone.

Josée mit un doigt sur la feuille, en guise de repère.

— J'ai un maudit mauvais *feeling*, Marco, confia-t-elle. J'espère de tout cœur que je me trompe, mais j'aime vraiment pas ça.

— À quoi tu penses? s'enquit-il.

— On va continuer un peu, je veux pas capoter pour rien.

Lundi 25 avril 2011
Numéro de téléphone en main. Cette arme me servira au moment opportun. Ça n'a pas été très compliqué de trouver des renseignements sur lui, je n'ai eu qu'à appeler à son travail et demander à le joindre d'urgence. Demain soir, petite rencontre.

Mardi 26 avril 2011
Ce matin, je suis allé me procurer un téléphone cellulaire d'occasion et j'ai enregistré le compte au nom de [redacted]

J'ai passé l'après-midi à chercher un endroit boisé tranquille dans les environs. Pas trop loin de Trois-Rivières, dans la campagne, j'ai déniché un chalet abandonné au fond d'un rang. À voir l'état des lieux, il y a belle lurette que personne n'y a mis les pieds. Il y aura bien sûr quelques petites rénovations à faire pour le rendre fonctionnel, mais j'ai le temps.
Moi qui ai toujours rêvé d'avoir un chalet.

Jeudi 19 mai 2011
Je suis allé faire un petit tour au bar que fréquente ma cible. Aucun signe de lui là aujourd'hui. Mais ce n'est pas grave, je ne m'y suis pas rendu pour le voir ou pour l'épier. J'ai plutôt réussi à repérer une employée qui travaille là. Je viens d'envoyer un premier message texte à notre ami, à partir de mon nouvel appareil :

Tu ne passes pas prendre un verre comme d'habitude ce soir ?

Qui êtes-vous ?

Est-ce que je dérange ?

Non.
Allo ?
Qui est-ce ?

Ah ! Laisser un homme en plan, comme ça. Parfois, il faut laisser mijoter les aliments.
Ça en augmente la saveur.
Il a essayé d'appeler à mon numéro quelques minutes après, mais je n'ai pas répondu.
Deux heures plus tard, dans la soirée, j'ai récidivé.

Dommage.

Dommage quoi ?
C Cindy ?

Non.

Tu fais exprès.

J'adore ça.

Allez dis-moi…

Ça t'embête si je te fais chercher un peu?

... O.K.

Dois filer, clients.

O.K.

Je serai aux premières loges demain pour voir mon pantin se précipiter sur place pour prendre un verre après le travail.
Du moins, je l'espère.

Vendredi 20 mai 2011
Ah, [redacted], tu ne me déçois pas. Je dois confesser que j'ai eu un plaisir intense à te voir te casser le cou durant les trente minutes où tu as bu ta bière. Des sourires ici, des yeux par là. Même un regard pour moi?! Tu n'es vraiment pas dans ma ligue, si tu penses à des trucs comme ça.
Immédiatement après son départ, j'ai poussé la note un peu plus.

Déjà parti.

Ah tu étais là...

Bien sûr.
Je t'énerve?

Non.
J'arrive à maison, je reviens plus tard.

O.K.

On dirait que le brochet commence à mordre tranquillement. Je ne sais pas s'il va oser se rendre plus loin, mais une chose est certaine, il aime ça. Durant la même soirée, il semblait avoir hâte de s'y remettre.

Encore là.

Minute, client. De retour dans 10.

O.K.
Fini.

J'avais hâte.

Un bizarre?

Ouais
Y'en a pas mal.

Hé hé.

Ta femme est pas là?

T.V.

O.K.

Tu vas me dire qui tu es?

Tu vas devoir chercher un peu plus.

Longtemps?

Ça dépend de toi.

Ha ha.

Je file, boulot.

O.K., à plus.
Inconnue.

☺

Oh que j'aime ça. L'hameçon bien enfoncé dans le palais, le poisson est plus facile à ramener.

Mardi 24 mai 2011
Je viens de donner un petit coup sur la ligne, pour m'assurer que la prise y était encore bien attachée.

Petite bière après le travail?

Peut-être.
Dépend à quelle heure je finis.
C'est une invitation?

Peut-être.

Je sais même pas qui tu es.

Oui, tu le sais. J'aime seulement jouer avec toi un peu.

Oui, ça j'ai remarqué.

Tu penses que tu accepterais l'invitation?

Ça se peut. Mais je suis du genre discret.

Je comprends.
Suis discrète aussi.

Ta job est pas la meilleure place.

La ville est grande.

Très.

Tu as des dispos des fois dans l'avant-midi?

Ça peut s'arranger.

Je connais peut-être un endroit cool.

Quand?

Bientôt. Je t'écrirai.
Je dois filer, à+

Et si j'y vais pour la bière,
tout à l'heure.
Tu es là ?

Tout fonctionne à merveille. Il va se pointer à n'importe quel rendez-vous sans se questionner. Donnons-nous deux semaines !
Plus tard, j'ai acheté quelques articles qui pourraient m'être utiles. De la nourriture sèche, de la corde, du ruban adhésif, des élastiques de couleur, etc. On ne sait jamais ce qui peut arriver, il faut être bien préparé.
Il ne reste que quelques détails à régler et je pourrai mettre le plan en marche. J'en connais un qui va être surpris.

Josée se leva d'un trait du divan.

— Je le savais ! s'écria-t-elle. Hostie ! Il a kidnappé Mélodie ! C'est le gars qui a enlevé Mélodie ! *Oh my God !*

— La jeune qui est disparue depuis quelques jours ? T'es sûre ?

— Certaine ! C'est son père le suspect ! Mais lui a tout manigancé ! Il a fourré tout le monde !

Marco se leva. Il était moins convaincu que son amie.

— J'suis pas sûr, Josée, avoua-t-il.

— Marco ! Réveille, crime ! Ça peut pas être une coïncidence ! Les dates concordent toutes !

Elle paraissait hystérique.

— Je m'en vais directement au poste, déclara-t-elle d'un ton sans équivoque.

— Attends ! *Please*, laisse-moi au moins finir la lettre ! Je veux savoir si je peux apprendre quelque chose sur mes parents !

— Marco Genest, t'as cinq minutes ! Je ramasse tout ça puis je m'en vais voir un enquêteur ! Si Mélodie est vivante quelque part, y'a pas une maudite minute à perdre !

Il ramassa la feuille sur la table et la retourna.

Eh oui, Marco. Le nouvel accessoire, c'est *toi*. Quand on veut faire avancer les choses, il faut prendre les grands moyens. Il te manque encore pas mal de renseignements, mais tu auras compris que cette histoire est sérieuse. Tu vas devoir travailler pas mal fort pour en voir le bout, mon ami. Voici la quatrième énigme, elle te mènera à la fin de ton périple.

UNE PETITE ÉNIGME: QUI ES-TU?
Tu emprunteras la pièce à celui venu de Mortagne-au-Perche et l'utiliseras comme tienne.
Pour ne pas oublier tes origines, tu la chargeras d'un des meubles les plus anciens.
Les corégones te rappelleront l'illusion, vue du fleuve; et protégeront l'esprit des premiers venus.
Tu citeras les Saintes Écritures, pour montrer ta foi.
Pour ne pas oublier où tu es, tu feras usage de deux branches à feuilles vertes.
Mais toi, oh esprit industrieux qui nous surmonte, qui es-tu?
Quand tu auras répondu à cette question, tu lui donneras un facteur de vingt.
Cela devrait te diriger vers un magasin quelconque. Cherche un clown, un pauvre clown qui ne pourra jamais accompagner d'enfants à une fête. Une torture infinie.

— Il y a quelque chose d'ajouté à la main ! s'écria Marco avec étonnement.

P.-S. C'était une bonne idée d'aller au club de golf, tout à l'heure. Je t'ai laissé un souvenir dans la boîte aux lettres de la maison de tes parents.

— Il nous suit ! cria-t-il.

— Il est allé au Séminaire juste avant nous... ajouta-t-elle. Là j'ai plus de fun, je pars pour le poste de police.

— Faut que j'aille à l'ancienne maison de mes parents. Je veux savoir ce qu'il y a là !

— Ils avaient déménagé où ? demanda-t-elle en ramassant les documents.

— Sur le boulevard Saint-Jean, près de l'aéroport. Ils ont habité là un an, jusqu'à l'accident. Je te rejoins tout de suite après.

— Sois prudent, le supplia-t-elle. Et laisse ton cellulaire ouvert !

— D'accord, toi itou.

Marco prit son manteau et courut jusqu'à sa voiture. Josée mit les quatre tubes dans un sac plastique et se dirigea vers son véhicule, garé dans la ruelle.

Il était 18 h 30, mardi soir.

DES DOUTES - Mardi soir, 7 juin

Les enquêteurs Héroux et Jérôme Landry se dirigèrent près du mur de la salle de réunion. Ils laissèrent Brigitte et Stéphane quitter la pièce et Héroux ferma la porte.

— Qu'est-ce qui se passe, Jay? dit-il d'emblée.

— Je peux vous poser une question?

— Tout ce que tu veux.

— Pourquoi vous voulez continuer à mettre de l'énergie ailleurs que sur Cormier? Ça a beau être juste circonstanciel, le gars est vraiment dans le trouble!

Héroux regardait son enquêteur droit dans les yeux.

— Parce que je pense pas qu'il ait pu inventer tout ça, admit-il. S'il avait voulu cacher un crime aussi grave que l'enlèvement de sa propre fille, l'excuse du rendez-vous avec le gars de Pepsi serait passée à l'histoire comme étant la plus niaiseuse jamais inventée. Par contre, pour pas que sa femme sache qu'il s'en va rencontrer une danseuse, ça a pas mal plus de sens. Il est dépassé par les événements, comme nous autres. Mes années d'expérience ont détecté son premier mensonge.

— De la même manière que maintenant, vous savez qu'il dit sans doute la vérité.

— Exactement.

Jérôme acquiesça de la tête.

— Et si c'était de la *bullshit*, tout ça ? demanda-t-il, incertain.

— Explique-toi, demanda Héroux.

Landry se déplaça et prit un feutre. Il approcha un chevalet et déchira la page du dessus pour en afficher une vierge.

— Voilà les faits, tels qu'on les connaît. L'école, la 55, la 40.

Il traçait un plan sommaire de la ville pendant qu'il livrait sa théorie.

— Voilà la rue Thibeau, des Prairies, et le chemin Masse. Au bout, ici, c'est Saint-Alexis. Le premier appel arrive quelques minutes seulement après que la disparition de Mélodie soit signalée, soit vers midi et cinq. Quelqu'un affirme qu'un *pick-up* noir passe sur le viaduc, ici, en direction ouest, et qu'une fillette apeurée se trouve à l'intérieur, en compagnie d'un homme. Le témoin parle de 8 h 35 environ, soit exactement cinq minutes après que Mélodie soit débarquée de l'autobus, devant son école ; c'est confirmé par le chauffeur. Le viaduc est situé à juste 200 mètres de l'école Marguerite-Bourgeois, indiqua-t-il en encerclant l'établissement d'un coup de crayon. Dans les heures et les jours qui suivent, plusieurs appels font état d'un camion noir, mais on *sait* maintenant que Cormier s'est bel et bien rendu dans le secteur du chemin Masse avec son *pick-up* noir.

— Ça rend légitimes tous les témoignages qui le situent là jeudi matin, conclut Héroux.

— Exact. Mais *personne* ne mentionne Mélodie après ce moment-là, souligna-t-il en pointant le viaduc avec son crayon. Pourquoi il se serait rendu là, tout seul, s'il venait d'enlever sa propre fille ? demanda Jérôme.

— Ça n'a pas beaucoup de sens, je suis d'accord.

— Mais si tu *sais* que Cormier va être là, à cet instant ben précis, et que tu veux le fourrer en lui faisant porter le chapeau, t'as rien qu'à faire un appel dur à retracer, d'un téléphone public, qui le place près de l'école, pas longtemps après que l'enlèvement ait été diffusé !

— La maudite ! s'exclama Héroux, comprenant où son policier voulait en venir.

— Bingo ! Supposons qu'elle existe vraiment, et puis qu'elle ait donné rendez-vous à Cormier au coin du chemin Masse et de Saint-Alexis, le reste devient évident. Tous les chemins mènent à Gilbert Cormier !

— Attends, attends ! J'ai suivi la piste des danseuses, y'en a pas une qui a joint Cormier.

— Rien ne dit que ça vient d'une danseuse, ou encore même d'une fille ! Le seul lien avec Cormier vient des messages textes qu'il a reçus. Il sait pas de qui ça vient !

— Calvaire ! On se fait avoir depuis le début ?

— Ça semble être ça.

Héroux se leva et prit un autre crayon. Il se mit à gribouiller sur le croquis de Landry.

— L'élastique de Mélodie ? Puis le sac d'école dans le *pick-up* de Cormier ? Il va falloir trouver une façon d'expliquer ça !

— Le fait que l'élastique ait été retrouvé dans le même secteur, ça prouve rien, surtout si quelqu'un *savait* que Cormier allait se rendre là, raisonna Jérôme. Il peut avoir été déposé là avant ou après.

— C'est vrai, mais c'est quand même un élastique avec des cheveux à Mélodie dessus, y'a bien fallu le prendre à la p'tite !

— Quelqu'un qui la connaît ? suggéra Landry.

— C'est clair. Puis le sac d'école ? Elle l'avait quand elle est sortie de l'autobus ! Comment le sac peut se retrouver coincé dans la boîte du *pick-up* de Cormier ? Il faut que quelqu'un aille eu accès au *truck* entre huit heures et demie puis midi, le jeudi. Et on sait qu'il était à son travail dans les environs de 10 h et, à midi, on avait déjà l'info sur le *pick-up* noir. Impossible que quelqu'un ait déposé quelque chose dedans après, expliqua Héroux.

— Et s'il avait laissé son *truck* sans surveillance, au point de rendez-vous du chemin Masse ?

— Hum… trop risqué, objecta Héroux. Ça a dû se passer à sa job. Depuis le début, on a déduit que le sac se trouvait dans le coffre dans le but de le cacher, mais si ta théorie de la mise en scène est vraie, ça change tout ! C'est le seul endroit où tu peux cacher quelque chose dans le *pick-up sans avoir besoin des clés.* En deux secondes, le tour est joué.

— Incroyable, murmura Jérôme.

— O.K., on va se battre d'une autre façon, décida Héroux en lançant le crayon sur la table. Je veux avoir la liste de tout le monde qui a parlé à Mélodie dans la dernière année !

Il quitta la salle en vitesse, Landry sur ses talons. Il se dirigeait maintenant vers son bureau.

— Et je veux qu'on vérifie si des caméras de surveillance auraient pu capter quelqu'un qui s'approche du *pick-up* de Cormier, à sa job. Mylène ! s'époumona-t-il en voyant sa secrétaire qui arrivait dans le couloir.

Cette dernière sursauta.

— Monsieur Héroux ! Je vous cherchais.

— Mylène, je veux que tu m'envoies Brigitte puis Stéphane dans mon bureau ! Ils sont encore là ?

— Monsieur Héroux ! coupa l'adjointe. Une jeune dame demande à vous voir.

— J'ai pas le temps de parler aux journalistes ! gronda-t-il.

— Elle dit qu'elle a des renseignements sur l'enlèvement de Mélodie.

UNE RENCONTRE
– Mardi soir, 7 juin

Sitôt la sortie Saint-Michel empruntée, Marco se remémora les fois où il était venu chez ses parents, l'année avant leur tragique destin, quelques semaines plus tôt. Ils avaient choisi le secteur du boulevard Saint-Jean pour la profondeur des cadastres et la quantité d'arbres matures. Il tourna à droite après le viaduc et roula environ un kilomètre vers le nord, à l'ouest de l'autoroute 55. Il s'arrêta devant une longue entrée qui menait à une modeste maison, à sa gauche. La demeure était toujours inoccupée ; il n'avait pas osé y remettre les pieds depuis qu'il avait vidé l'intérieur avec son oncle et sa tante. À la vue de la pancarte « à vendre », il eut un pincement au cœur.

Dans cette rue, les boîtes aux lettres étaient situées au bout des terrains, près de l'asphalte. Curieusement, l'ancienne maison de ses parents avait perdu la sienne. Il gara la voiture dans l'entrée et tenta de distinguer s'il y avait un autre endroit pour recevoir le courrier. Soudainement, il l'aperçut. La boîte avait été enlevée du bord du chemin et déposée contre le mur de la maison, à droite. Elle était bien visible de la rue, même s'il s'agissait d'un endroit plutôt singulier pour mettre une boîte aux lettres...

Il débarqua du véhicule et traversa le terrain. Il avança d'un pas hâtif et coupa dans le gazon lorsqu'il arriva à la bonne hauteur. Il regarda autour de lui et ouvrit la boîte de plastique pour tâter l'intérieur de sa main.

Rien.

Étonné, il l'examina de façon plus attentive: elle était bel et bien vide.

— Tu cherches quelque chose?

Il sursauta comme un voleur pris la main dans le sac.

— Je... non. En fait, oui, balbutia-t-il. Je pensais que la boîte pouvait... mes parents ont déjà habité... je suis un peu confus, excusez-moi. Vous êtes ici pour visiter la maison?

— Non, Marco.

Il écarquilla les yeux, bouche bée.

— Vous... vous connaissez mon nom?

— En effet. T'as l'air surpris.

— Je... un peu. Vous êtes pas à l'origine des lettres, quand même?

— C'est ton auto, qui est stationnée là?

Il jeta un regard vers l'entrée.

— Oui, admit-il.

— As-tu envie d'aller faire un p'tit tour?

Il recula d'un pas, son instinct lui disant de prendre ses jambes à son cou.

— Je pense que j'vais y aller. Désolé du dérangement, s'excusa-t-il.

— J'ai vraiment envie d'un p'tit tour. Qu'est-ce que t'en penses?

Marco figea. Directement sur sa poitrine, un revolver était pointé.

✦

Marco roulait vers le nord, les yeux fixés sur la route. La proximité d'une arme à feu lui était totalement nouvelle et le rendait nerveux. Son premier réflexe avait été de se faire tout petit, obéissant comme un gamin chez le directeur de l'école.

— Je continue tout droit? demanda-t-il.

— Oh, on va pas ben loin.

— Est-ce que tu vas me tuer? osa-t-il demander.

— Non, je pense pas.

Il était tenté de jeter un coup d'œil à sa droite, mais il avait trop peur.

— Je t'aime ben, Marco. Si tu savais comme le hasard fait bien les choses! Tu penses quand même pas que je t'en veuille pour quoi que ce soit, hein? Ça aurait pu arriver à n'importe qui, c'est parfaitement aléatoire. Même que, si j'avais pas gaffé, j'aurais jamais su que t'existais! Et vice-versa, bien sûr. Ah, j'avais hâte de te parler... Et tes parents! Tu sais, j'ai eu de la peine quand j'ai su la nouvelle. Tourne ici, à gauche, s'il te plaît. Voilà. Au bout de la rue, tu suivras le sentier. Oui, tes parents. Ça m'a pris pas mal de temps avant de comprendre ce qui était arrivé. Je pouvais pas le croire, c'était un après-midi tellement banal! Qui pouvait prévoir ça? Je te le répète, le hasard est plus fort que toutes les planifications. Mais une chance que t'es prévisible, tu sais! J'espérais que tu viennes vite ce soir, j'ai un horaire assez chargé. J'avais ben peur que tu trouves pas le tube du Séminaire puis que je doive aller te le porter jusque chez vous, comme pour le premier.

— Pourquoi des énigmes?

— Pourquoi? Parce que j'adore les énigmes! Et que j'ai passé pas mal de temps à les inventer. C'était même pas pour toi en plus, au début.

— Ah non? Pour qui, alors?

— Pour la police. J'ai dû modifier mes plans en cours de route. Mais le dernier des tubes est pour eux, vu que tu pourras pas aller le chercher.

La petite voiture roulait maintenant dans un sentier boisé. Marco avait le cœur qui battait la chamade et n'avait aucune idée de l'endroit où il se trouvait. Il était retenu en otage et sentait qu'il n'avait pas le choix de faire ce qu'on lui demandait. S'il ne forçait pas la note, il allait éviter la violence. Du moins, c'est ce qu'il se disait pour garder la tête froide.

— Voilà. Stationne ton auto ici.

— Pis après ?

— Ben après tu débarques.

Marco sortit du véhicule et plaça nonchalamment les mains dans ses poches.

— Tu sais, Marco, je dois t'avouer quelque chose.

— Quoi ? s'enquit-il en posant sa main gauche sur le toit de sa voiture.

De sa main droite, il tâtait les touches de son téléphone cellulaire. Il essayait d'enlever le verrouillage, mais travaillait à l'aveuglette.

— Comment tu définirais l'intelligence ?

— Euh ! je sais pas ? C'est la capacité de déduire des choses, de retenir les informations…

Il répondait un peu n'importe quoi, sa concentration était ailleurs.

— Moi je pense que l'intelligence, c'est la science de la déduction. Tu prévois une action, tu déduis la réaction. De là, tu prévois les autres actions possibles. La méthode Sherlock Holmes à l'envers, en gros. De fil en aiguille, tu peux maîtriser une situation entière avant même d'être dedans.

— Pourquoi tu me dis ça ?

— Parce qu'avant de décider de t'amener ici, je me suis douté que t'avais un cellulaire.

Marco cessa de bouger.

— Pis ? demanda-t-il, nerveux.

— Eh ben, je me suis dit que t'aurais sûrement envie de raconter à quelqu'un ce que tu vis là, et que tu essayerais d'utiliser un cellulaire aussitôt que tu pourrais, si t'en avais un !

Cette fois, Marco retira la main droite de sa poche, question de montrer patte blanche.

— Tu vois, Marco, j'aurais pu essayer de calculer le moment précis où t'allais tenter le coup. D'attendre de te voir cacher tes mains, comme y'a quelques secondes. Mais je pense que c'est trop facile à rater, puis je manque d'attention des fois. Alors j'ai été au plus simple.

— Qui est ?

— De t'amener quelque part où il n'y a pas de signal.

Marco ne savait pas quoi dire. Il avait été surpris et essayait tant bien que mal de dissimuler sa gêne.

— Pis qu'est-ce qui te fait croire que j'ai pas réussi à signaler avant, hein ? demanda-t-il.

— Bah, je prends la chance. Action, réaction.

— Ça te fait pas peur ?

— Non, Marco. Me donnerais-tu ton cell, s'il te plaît ?

Le silence dura au moins dix secondes.

— Ah *come on* ! Demande-moi pas de pointer le *gun* sur toi ! J'ai vraiment l'air d'aimer ça ?

D'un geste hésitant, Marco sortit le téléphone de sa poche, le posa sur le toit de la voiture et le glissa de l'autre côté.

— J'vais l'éteindre, si ça te dérange pas. Je voudrais pas qu'on se fasse repérer.

— Tu viens de me dire qu'il y a pas de signal qui rentre ici, déclara-t-il.

— Et c'est la vérité. Mais les tours ont pas un rayon d'action parfait, et vu qu'on change de place, c'est pas impossible que ça pogne un peu. C'est pas fiable à 100 %.

— Pourquoi tu m'as amené ici, d'abord ? s'enquit-il.

— Parce que je voulais qu'on prenne mon auto, le curieux. La tienne va passer aux nouvelles dans pas longtemps.

Marco aperçut l'autre véhicule garé tout près, contre les buissons. Il reconnut celui qui était parti en trombe devant chez lui.

Il pinça les lèvres à la vue de son cellulaire qui lui filait entre les mains.

— As-tu l'intention de me garder longtemps comme ça ? demanda-t-il.

— Je pense pas. En fait, ça va dépendre de toi. Allez, embarque dans mon char. J'aimerais mieux arriver avant qu'il fasse trop noir. C'est toi qui chauffes.

Marco entra dans la voiture, côté conducteur.

— C'est toi qui as essayé de voler mon auto aujourd'hui, hein ?

— Recule ici. Au bout, tu reprendras par le nord, la même route que tantôt. J'ai pas essayé de te voler quoi que ce soit, Marco. J'ai déjà une voiture, au cas où t'aurais pas remarqué. Rendu là, fais-moi pas croire que tu sais pas encore pourquoi j'entre en contact avec toi ?

— Que tu me kidnappes, tu veux dire.

— Oh, soit pas dur comme ça ! Voir que tu serais venu à ma demande sans poser de question ! Arrête ça, on a passé cette étape-là. Je sais depuis longtemps que les moyens les plus simples donnent les résultats les plus simples. Tu me suis ?

Il réfléchit un moment, seulement pour confirmer qu'il n'y comprenait rien du tout.

— Non, j'te suis pas pantoute.

— C'est pas grave, on a du temps. Pas trop, mais assez.

— Je sais pas ce que tu veux, avoua-t-il.

— Ça, c'est toi qui le dis. T'as aucune idée de ce que je pourrais faire pour vérifier ça.

— Je pense pas que tu serais capable de m'tirer dessus, lança-t-il.

— Vraiment ? C'est vrai que c'est une bonne question. Je te laisse tester.

Marco ravala et décida qu'il valait mieux attendre une meilleure occasion pour jouer les héros.

— C'est ça, mon grand Marco. Crédible ou pas, la personne qui tient le *gun* a un argument pas trop mauvais ! Prends à gauche, ici. Roule encore un bon cinq minutes, on arrive bientôt.

La route n'était pas asphaltée et ne semblait pas avoir été empruntée souvent récemment. Elle se transforma bientôt en sentier ; ils s'enfonçaient littéralement dans les bois. Ils arrivèrent enfin à une clairière. La forêt était dense et le chemin s'arrêtait à quelques mètres devant eux.

— Voilà. Éteins-moi ça puis débarque. Bienvenue chez nous.

— Tu restes ici ?

— Temporairement, disons. C'est mon chalet d'été.

À sa droite se trouvait une petite bicoque blanche et noire, tout en bois. Il se fit indiquer le chemin et s'approcha de la porte.

— Tu peux ouvrir, c'est pas barré.

La porte fit grincer les pentures rouillées et dévoila un intérieur sombre et humide. Une odeur de renfermé monta aux narines de Marco. Le sol était placardé de vieilles planches pleines de trous. Hormis la pièce principale, il n'y avait qu'une seule chambre, située en face. Il perçut un bruit sur sa droite.

— Marco, je te présente Mélodie.

POSTE DE POLICE
- Mardi soir, 7 juin

— Vous savez qu'il y a une ligne spéciale pour les renseignements relatifs à ce dossier, indiqua le détective Héroux à la jeune femme qui se trouvait devant lui. Pourquoi venir me voir tard comme ça, en personne?

Josée jeta un bref coup d'œil à l'enquêteur Jérôme Landry, qui se tenait debout à ses côtés.

— Je... j'ai trop de choses à vous raconter pour le dire par téléphone, monsieur.

— Savez-vous où se trouve la fille?

— Non, avoua-t-elle.

— Mais vous croyez pouvoir nous aider à la retrouver?

— Oui. En fait, je pense que la personne responsable de sa disparition est entrée en contact avec nous quelques fois depuis dimanche matin.

— Nous?

— Oui, mon ami Marco Genest et moi.

— Et il est où, votre ami? s'enquit Héroux.

— Il... il est allé chercher quelque chose d'important. Il va venir nous rejoindre aussitôt qu'il aura terminé.

Héroux croisa le regard de Jérôme et il revint à son interlocutrice.

— Vous êtes mystérieuse, mademoiselle, constata-t-il.

— Je sais. Tout ce qui nous est arrivé depuis deux jours est vraiment dur à croire !

Héroux savait que son enquêteur pensait à la même chose que lui. Des années de travail en équipe leur avaient permis de développer des réflexes d'une synchronicité parfois impressionnante. De nouveau, il lui envoya un bref coup d'œil.

— Vous savez que je vais devoir vérifier votre emploi du temps, à toi et à ton ami, pour jeudi dernier, n'est-ce pas ? annonça-t-il à Josée.

— Je comprends, mais croyez-moi, on a rien à voir avec ça, dit-elle, implorante. Vous trouverez certainement des alibis pour le confirmer.

Il hocha la tête silencieusement, se laissant guider par son instinct.

— Très bien. Et pourquoi pensez-vous que le responsable de la disparition de Mélodie Cormier essaye de vous joindre ? demanda-t-il.

— À cause de ça.

Elle sortit de son sac les quatre tubes de plastique qu'ils avaient retrouvés.

— Qu'est-ce que c'est ? demanda Héroux, étonné.

— Il y a des lettres dedans, adressées à Marco. Elles contiennent un paquet de renseignements sur un inconnu qui a commis divers crimes dans la région et qui les raconte dans une espèce de journal. On savait pas si c'était un jeu ou ben la vérité, mais maintenant je peux vous dire que ce qui est là-dedans est vraiment réel !

— Est-ce que Marco pourrait les avoir écrites lui-même ? demanda Héroux, toujours méfiant.

Cette fois, Josée perdit un peu de sa patience.

— Monsieur, mon ami est pas mêlé à la disparition de Mélodie Cormier ! affirma-t-elle sur un ton sans équivoque.

Elle se sentait scrutée par les deux hommes.

— Pourquoi ne pas avoir communiqué avec nous plus tôt ? demanda Jérôme.

Elle remit les cylindres dans le sac et inspira avant de répondre.

— Parce que les éléments sont pas arrivés en même temps. Certaines énigmes nous ont permis de retrouver les cylindres. Je viens juste de lire une série de lettres qui m'a jetée à terre, j'ai décidé de venir vous voir tout de suite.

L'enquêteur Héroux se leva.

— Bon. Jay, tu prends l'information là-dedans. Je veux que tu épluches les lettres et que tu en retires tout ce que tu peux. Pendant ce temps-là, ajouta-t-il en regardant Josée, vous allez me raconter ce que vous savez et ce que vous avez fait. On va avancer plus rapidement comme ça. Si y'a moyen d'identifier le ravisseur, je veux que ça soit fait au plus vite.

Josée donna son sac à Landry et ce dernier partit vers son bureau.

— Veux-tu un café ? lui demanda Héroux.

— Oui, merci.

— Bien. Je vais chercher ça. Attends-moi dans la première salle à gauche, ici.

Pendant que l'enquêteur Héroux faisait un aller-retour à la cuisine, Josée entra dans la salle de réunion et prit place à la grande table. Elle frotta ses paumes sur ses cuisses, nerveuse.

Discrètement, le chef fit un détour par le bureau de son enquêteur.

— T'en penses quoi ? demanda-t-il d'emblée en passant la tête par la porte.

— Elle a l'air *clean*, estima Landry.

— J'ai le même *feeling*. On garde l'œil ouvert, ça serait pas la première fois que quelqu'un essaye de nous avoir en influençant l'enquête de façon directe.

— On validera les alibis au besoin, suggéra Jérôme. Faudrait qu'elle soit sûre d'elle en maudit pour oser venir ici nous inventer une histoire !

Héroux ne tarda pas à revenir dans la pièce où se trouvait la jeune femme, muni de deux tasses.

Il s'assit de façon à lui faire face et déposa son café sur la table. Il s'étira le bras pour agripper une tablette de feuilles lignées qu'il plaça devant lui et sortit un crayon de son veston. Il appuya sur le dessus pour faire sortir la mine. De son sac, il retira un petit enregistreur.

— Comment vous appelez-vous ?

— Josée Dusseault.

— Très bien, Josée. Je suis l'enquêteur Héroux, de la police de Trois-Rivières. Cette conversation sera enregistrée. Je vous demande de me dire la vérité, je n'ai pas de temps à perdre avec les fabulations, les théories ou les histoires fantastiques. Je veux des faits. Si j'ai besoin de votre opinion, je vous le dirai.

— C'est compris, acquiesça-t-elle.

Il démarra l'enregistrement.

— Enquêteur Héroux, mardi 7 juin 2011, 20 h 25. En compagnie de Josée Dusseault. Ceci n'est pas un interrogatoire, mais une déposition volontaire sur la récente disparition de Mélodie Cormier. Vous êtes prête ?

DANS LES BOIS I – Mardi soir, 7 juin

Marco était figé. Devant lui, assise sur une chaise en bois, une petite fille aux cheveux blonds le regardait avec de grands yeux inquiets mais, bizarrement, elle hésitait à parler. Il remarqua qu'elle avait une attache en fer à l'une de ses chevilles, reliée à une chaîne elle-même soudée à un grand poteau de métal au milieu de la pièce. Il avait visiblement été planté dans le plancher dans le sinistre dessein de retenir quelqu'un prisonnier. Curieusement, la fille ne semblait pas apeurée comme il aurait imaginé, compte tenu des circonstances.

— Mélodie, voici Marco. Vous êtes ici pour des raisons ben différentes, mais je pense que vous allez bien vous entendre. Comme tu peux remarquer, j'ai enseigné à Mélodie à ne pas parler. Elle est obéissante, hein Mélodie? Ah, c'est vrai, tu peux pas répondre! Excuse-moi! C'était pas pour te piéger! Avec toi, Marco, j'aime mieux pas prendre de chance. On se connaît pas beaucoup encore, et je pense que t'es un p'tit vite. De toute façon, j'aime ben jaser; alors je ferai la conversation pour vous deux, au besoin.

Marco eut un regard pour le revolver et se résigna à prendre le morceau de ruban gris qui lui était présenté.

— C'est ça, mon grand, sur la bouche.

Il couvrit le bas de son visage, juste au-dessous du nez.

— Puis respire ! Fais-moi pas le coup du gars qui manque d'air, je te trouverais pas drôle ! Tu vois, je te fais assez confiance pour pas t'attacher les mains. Maintenant, tu vas avoir les consignes de la maison. Tu peux t'asseoir.

Il s'assit sur une des chaises près de lui.

— Premièrement, je veux pas que t'enlèves le *tape*, sauf si c'est moi qui te l'demande, bien entendu.

Il y eut quelques secondes de silence. Marco comprit ce que l'on attendait de lui et il approuva de la tête.

— Super. Deuxièmement, je n'ai pas envie de me servir du *gun*. Mais j'suis déjà pas mal dans marde, alors j'hésiterai pas une seconde à le faire. Pas de gestes brusques qui pourraient me faire croire que tu m'attaques, O.K. ? J'suis comme sur la défensive de c'temps-là, je sais pas ça serait quoi mon réflexe.

Nouvelle approbation.

— Suuuuu-per. Les toilettes sont juste là, derrière le rideau. Tu fais comme chez vous, sauf que tu peux pas sortir. Je t'attache juste pour t'empêcher d'aller dehors, mais tu peux circuler dedans, comme Mélodie.

Marco sentit les morceaux de métal serrer sa cheville. Au même moment, il aperçut la montre de son père au poignet de la main qui s'affairait à le retenir prisonnier. Plus de doute possible : c'était la raison du cambriolage dans son appartement, plus tôt.

— Hum ! marmonna-t-il.

— Non, pas de droit de réplique pour l'instant ! J'ai la seule clé qui permet de déverrouiller les deux cadenas. Vous avez vraiment pas l'intention de rester seuls ici sans cette clé-là, croyez-moi ! Personne peut vous entendre puis y'a de la bouffe rien que pour une semaine, pas plus. Après ça, ça serait poche d'imaginer lequel de vous deux mangerait l'autre en premier.

Mélodie ravala. Cette fois, elle était terrorisée.

— Mais non, je niaise ! Pauvre p'tite, personne va te manger ! Je travaille pour toi, je laisserais pas ça arriver ! C'est encore un peu flou dans ta tête, mais tu vas me remercier quand ça va être fini. Bon. Marco, si t'as faim, tu te sers dans le placard, juste là. Tu vas excuser le manque de choix, mais pas d'électricité ici, alors pas de *fridge*. Il y a deux lampes à l'huile avec une lampe de poche. Il va bientôt faire noir, tu peux les prendre si tu veux. Je te conseille de pas mettre le feu, la situation pourrait devenir délicate : le métal de ta chaîne fond pas mal plus lentement que ta p'tite peau. Ton lit est là, à côté de celui de mademoiselle. Je t'expliquerai demain ce que j'attends de toi.

Devant lui, à la droite de Mélodie, deux lits de camp étaient posés sur le sol, près du mur du fond.

— Là, on va faire une p'tite répétition. Vous allez voir, c'est simple comme tout. J'aime ça pouvoir m'en aller sans me stresser de ce qui pourrait arriver quand j'suis pas là. Disons que c'est un test de confiance. Maintenant que vous êtes deux, la dynamique va être pas mal *cool*. On se revoit tantôt.

La porte se referma et on entendit des pas s'éloigner dans la forêt. Dans le silence du bois, il y eut le bruit d'une portière qui ferme et d'un moteur qui démarre. La voiture s'éloigna dans le sentier. Marco n'en croyait pas ses yeux et ses oreilles. Ils étaient seuls, déjà ! Il commença à soulever le ruban doucement, pour ne pas se faire mal.

Mélodie s'approcha de lui, apeurée, et hocha la tête négativement avec vigueur. Cela étonna Marco. Même s'ils se faisaient surprendre, on entendrait sûrement le bruit de la voiture, ou de quelqu'un qui marche, se dit-il. La fillette pointa le côté gauche de la bicoque, près de la fenêtre, et plaça son doigt sur ses lèvres, pour l'inciter au silence.

— Je ne comprends pas, murmura-t-il de façon totalement incompréhensible à travers son bâillon.

Elle remit aussitôt le doigt sur ses lèvres et lui fit de gros yeux. Elle s'approcha de son oreille et plaça ses mains autour de sa propre bouche, pour couper le son.

— Chut, souffla-t-elle.

Marco lui lança un regard impuissant. Il décida qu'il valait mieux ne pas aller à l'encontre de ce que sa compagne de fortune lui disait, pour le moment. Elle passa devant lui en traînant sa chaîne et prit une des lampes à l'huile. Elle utilisa le briquet et alluma le bout de tissu. La pièce s'éclaira et créa un festival d'ombres. De nouveau, elle désigna la fenêtre en le regardant. Il essayait de distinguer ce qu'elle voulait lui montrer, mais il ne voyait rien. Elle avança le plus loin possible et se rendit jusqu'au bout de sa laisse. Malheureusement, elle ne pouvait pas atteindre l'autre côté de la table. Elle lui faisait des signes avec sa bouche, comme si elle expliquait silencieusement son comportement. Il fit une expression désolée, il ne comprenait pas ce qu'elle voulait dire. Il pointa la fenêtre de sa main droite, et elle acquiesça. Il se dit qu'ils devaient être épiés, et que c'était sans doute la raison pour laquelle Mélodie lui demandait de rester tranquille. Il lui montra la lampe à l'huile et fit un signe de couperet sur sa gorge, pour lui indiquer qu'il était sans doute plus judicieux de l'éteindre. S'ils étaient effectivement sous surveillance, il serait plus facile de se dissimuler dans le noir. Elle comprit exactement ce à quoi il pensait et lui fit comprendre de ne pas souffler la flamme.

Décidément, il ne pigeait pas.

Le bruit de la voiture résonna dans le lointain et Mélodie courut tant bien que mal se rasseoir sur sa chaise. On entendit quelqu'un débarquer et approcher de la petite maison. Le cœur de Marco accélérait rapidement. La porte ouvrit sous le grincement singulier du vieux métal.

— *Hey !* C'était pas trop long ? Ça s'est bien passé ? Je vois que vous êtes encore ici, quelle joie ! C'était juste un petit jeu pour voir si vous pouviez vous entendre comme colocataires. Ma pauvre Mélodie ! J'ai bien hâte de voir comment tu t'en es sortie pour empêcher Marco de parler !

Marco fronça les sourcils : il essayait toujours de comprendre.

Tu vois, Marco, j'ai une superbe vue de la fenêtre, de l'autre côté de la table. Mais ce qui est encore plus intéressant, c'est que j'ai aussi une excellente oreille. Regarde ça !

Mélodie pinça les lèvres en voyant son nouveau compagnon. Ce dernier comprit finalement de quoi il s'agissait. Sur le rebord de la fenêtre, il aperçut un petit objet noir.

— Oh, tu viens de le voir, hein ? J'vais te montrer. C'est un p'tit enregistreur numérique. Avec ça, je peux entendre tout ce qui se passe ici ! Écoute, c'est vraiment *cool*.

Le son qui sortait du petit appareil était clair.

— Bon, là c'est moi qui placote et qui te présente Mélodie, j'vais avancer un peu. Ah, voilà. Là je sors.

On entendit des bruits éloignés, ainsi que la voiture qui démarre.

— C'est pas mal, la techno. Calvasse, t'as pas mis de temps ! On va revenir ici, pour réécouter. Ça, c'est un bruit de chaînes, et un autre de quelqu'un qui parle tout bas. Pas facile de se faire comprendre avec le *tape*, hein ? Encore des chaînes, ça c'est Mélodie qui se déplace.

La fillette était cramoisie. Marco fixait l'enregistreur sans bouger un muscle.

— Mais je dois avouer, c'est vraiment pas si mal. Vous m'épatez, les amis. Maintenant que ton *chum* est au parfum des règles de la maison, Mélodie, il va être sous ta responsabilité. Je vais aller dormir dans mon auto. Bien sûr, je replace la techno à sa place, même si je m'en sers pas la nuit, surtout quand je suis juste à côté.

Marco n'en croyait pas un mot.

— J'aimerais que vous soyez corrects, tous les deux. Demain, on a pas mal de choses à se dire, cher Marco. Et toi, ma belle, ton calvaire va se finir ben vite, fais-toi en pas trop. Bientôt, tu vas recevoir plus d'amour que t'en as jamais eu ! Puis c'est là que tu pourras me dire un gros merci. Bonne nuit à vous.

La porte se referma et les pas s'éloignèrent à nouveau. Marco regarda la petite fille, résolu.

Ils étaient prisonniers.

Au moins, ils étaient ensemble.

POSTE DE POLICE
– Mardi dans la nuit, 7 juin

Héroux avait le dos appuyé sur sa chaise, les bras croisés. Son café était vide depuis une bonne demi-heure, et il avait cessé de griffonner sur sa tablette de feuilles. Il fixait Josée, hébété.

— Donc, selon ce que vous me dites, Gilbert Cormier aurait rien à voir là-dedans.

— J'imagine que votre enquêteur va pouvoir le déduire lui aussi après avoir fini de lire les lettres, supposa-t-elle.

— Si ce que vous racontez est vrai, notre enquête pourrait prendre une tournure différente. Je dois vous avouer qu'on avait déjà des doutes sur la culpabilité de Cormier, nous aussi. Vous êtes en train de confirmer les soupçons.

— Quelqu'un a passé sa vie à faire porter le chapeau à tout le monde !

— As-tu ton téléphone avec toi ? demanda-t-il.

Elle sortit son cellulaire de sa poche.

— J'aimerais que tu appelles Marco et que tu lui demandes de venir nous rejoindre tout de suite. Sais-tu où ses parents habitaient ?

— J'ai une idée de l'endroit, mais j'y suis jamais allée.

— C'est pas grave, ça sera pas difficile de trouver l'adresse. Appelle-le, s'il te plaît. Je vais demander à Brigitte de nous aider pour la maison.

Il se leva et prit le combiné qui était fixé au bord de la porte. Pendant ce temps, Josée signalait le numéro de son ami.

— Bridge ? C'est Héroux. Excuse-moi de te déranger aussi tard, mais on a une urgence. Oui, j'aimerais que tu me trouves une adresse. Les parents d'un jeune du nom de Marco Genest. Les deux promeneurs qui sont décédés, dans le parc. Ils habitaient dans le secteur du boulevard Saint-Jean. Merci, Bridge. Je suis dans la salle de réunion.

Il raccrocha et se tourna vers Josée.

— Alors ?

— Pas de réponse, c'est pas normal, répondit-elle, inquiète.

— Tu penses qu'il pourrait avoir des ennuis ?

— Ça se peut. On sait pas qui a envoyé les lettres ! J'ai cherché de tous les côtés, je pense à rien du tout, admit-elle. Marco n'est pas riche, je vois pas ce qu'on pourrait vouloir lui voler. Toutes les affaires qui valent quelque chose sont restées chez eux !

— Je vais envoyer une patrouille à son appartement pour vérifier. Dis-moi… Cet héritage, que Marco doit avoir, dit-il.

— Oui ?

— Quelqu'un voudrait-il le faire chanter pour en avoir une part ?

Josée ne savait pas trop quoi penser de la question.

— Ben… qui peut savoir ça ? demanda-t-elle. Même moi je sais pas combien d'argent il va avoir. Puis rien dans les lettres mentionne ça !

— J'essaye de faire des liens, je vois mal pourquoi ton ami est lié à tout ça. Un simple geste de gratitude pour donner des renseignements sur la mort de ses parents ? Je crois pas à ça. Il y a autre chose qu'on sait pas, puis l'argent c'est souvent un bon début quand on cherche des raisons. Le seul lien entre lui et cet homme semble venir de ses parents, si je ne me trompe pas.

— Les lettres disent ça.

— Et ils sont morts en faisant une randonnée en forêt dans le parc de la Mauricie, ce qui n'est pas banal, souleva le détective.

— Marco croit pas à cette théorie-là. Il pense que la conclusion de l'enquête est mauvaise.

L'enquêteur Héroux reprit ses notes et réfléchit quelques instants.

— Vous avez reçu la montre de son père ?

— Oui, elle était dans…

Elle arrêta au milieu de sa phrase, comme si elle venait de se rendre compte de quelque chose de très important.

— Quoi ? demanda Héroux.

— Ben la montre ! s'exclama-t-elle.

— Quoi, la montre ?

— Elle était pus la ! Après le cambriolage !

— Tu es certaine ?

— Quasiment sûre ! On l'avait laissée sur la table dans le salon, puis me semble qu'elle était pus là quand on est revenus de chez M. Ariel.

— Quelqu'un aurait risqué une effraction pour prendre la montre qu'il venait presque tout juste de vous donner ? Je trouve ça un peu prématuré comme théorie, tu penses pas ?

Elle le regardait, tout à fait d'accord avec son argument.

— Monsieur, ma première idée, c'était qu'il avait rien trouvé. Rien ne manquait dans l'appartement !

— La montre nous ramène encore aux parents de Marco. D'ailleurs, il serait intéressant de savoir comment quelqu'un est entré en sa possession à la base.

Sur ces entrefaites, Jérôme entra dans la pièce.

Il prit place aux côtés de Josée et déposa un paquet de documents sur la table.

— Il y a pas mal de stock dans tout ça, annonça-t-il. Ça m'a pris une bonne heure pour passer au travers.

— Tu penses que c'est le gars qui a enlevé la petite ? demanda Héroux.

— Oui.

— Puis le mobile ?

Landry jeta un coup d'œil vers Josée.

— Ça va, le rassura Héroux. Elle peut entendre ce que t'as à dire, on a besoin de toutes les têtes pour trouver Mélodie.

La présence d'un civil était rarissime, quoique laissée à la discrétion de celui qui dirigeait les opérations, en l'occurrence Héroux. Jérôme reprit, plus à l'aise.

— Ça tourne pas ben rond dans sa tête. On dirait qu'il veut punir le père de la fille, mais le motif reste vague. On a affaire à quelqu'un de pas mal bizarre.

— Une demande de rançon ?

— Pas jusqu'à maintenant. Et presque tout ce dont on a parlé après-midi se retrouve là-dedans, poursuivit Landry. Il a eu Gilbert Cormier ben solide ! Et y'a autre chose...

— Dis-moi ?

— On a la liste des textos. Ceux que Cormier a reçus !

— Wow ! s'exclama Héroux.

— Exact ! Si on peut la comparer avec celle que Brigitte a fait imprimer de la compagnie de téléphone, c'est du béton armé.

— Et ça raye définitivement Gilbert Cormier de la liste des suspects.

Landry hocha la tête en approuvant.

— As-tu une idée de qui il est, ou ben de l'endroit où est Mélodie ? s'enquit Héroux.

— Non, malheureusement, admit Landry. Il y a des suggestions à propos d'un chalet, quelque part dans la région de Trois-Rivières, mais ça peut être n'importe quoi. Il y a une autre énigme à la fin de la quatrième lettre.

— Et nous avons une liste de noms potentiels, coupa poliment Josée.

Les enquêteurs froncèrent les sourcils en même temps.

— On a fait des recherches, précisa-t-elle. Au début, Marco focalisait vraiment sur l'histoire de ses parents puis il voulait qu'on trouve le gars pour avoir des réponses. Mais après avoir interviewé une ou deux personnes depuis deux jours, le champ de recherche s'est rétréci. On a validé les premières histoires et soulevé quelques noms.

— Plusieurs des personnes dont tu m'as parlé tout à l'heure, nota Héroux.

— Vous pouvez nous les nommer ? demanda Landry.

— Bien sûr. Au début, on a cherché sur la rue de Lausanne, c'est là que le premier événement rapporté dans les lettres s'est déroulé. Ça nous a permis d'apprendre les noms de quelques personnes qui ont habité le quartier au même moment que Cédric, la première victime.

Pendant qu'elle énumérait sa liste, le téléphone sonna.

— Héroux.

— Salut boss, c'est Brigitte. 4230 boulevard Saint-Jean, près de l'aéroport.

— Bridge, je peux te demander de revenir au bureau ? Des ulcères vont te pousser quand tu vas entendre ça. J'ai besoin de tes compétences.

— O.K. Je m'habille puis j'arrive. J'appelle Stéphane et Jérôme ?

— Steph, oui. Jay est déjà ici.

Héroux retourna s'asseoir.

— Bon. Continue, Josée. Les renforts arrivent.

— O.K. Alors rue de Lausanne, on a Daniel Godbout. Il habitait dans le rond-point près de chez Cédric et il se retrouve dans le même album de finissants que Sabrina Chouinard.

— La fille de la polyvalente, précisa Landry.

— C'est ça. Et à la suite d'une seconde visite, on sait que M. Ariel a hébergé plusieurs garçons à la même époque. Le seul qui concorde avec les dates mentionnées dans le journal est Grégoire Dauteuil-Sirois. Son profil pourrait même correspondre à l'auteur des lettres, suggéra-t-elle, générant un sourire sur les lèvres des enquêteurs. Marco est allé au club de golf, après avoir pris connaissance de la magouille contre Torres. Il a retrouvé quelques anciens employés, mais on a aucun détail sur eux. Le seul qui pouvait avoir travaillé là pendant l'histoire est Charles Duquette. Curieusement, les trois noms que je viens de vous donner sont dans la même année que celle de Sabrina Chouinard.

Elle sortit l'album du sac que Jérôme avait rapporté.

— Ils ont tous fini leur secondaire l'année où le scandale de Morin a eu lieu. Il y a de fortes chances que l'un des trois soit l'auteur des lettres.

— On va vérifier ça, promit Héroux. Aussitôt que Bridge et Steph seront là, je ferai un plan de match. Pendant ce temps-là, j'aimerais que tu me parles de l'accident des parents de Marco, s'il te plaît. Si c'est le fil conducteur avec le gars qui a enlevé Mélodie, je veux en savoir le plus possible. Jay, peux-tu trouver quelques infos là-dessus en attendant ?

— Sur la mort des parents ?

— Oui, regarde le dossier. C'est la sûreté qui était là-dessus, à cause du parc national.

Jérôme quitta la pièce rapidement.

— Tout ce que j'en sais, affirma Josée, c'est Marco lui-même qui me l'a raconté. Ses parents étaient des adeptes de randonnée. Ils étaient vraiment prudents. Son père avait pas le sens de l'orientation et avait appris à se diriger avec sa montre. Il traînait aussi une boussole quand il allait marcher. Les deux prévoyaient tout le temps des vêtements chauds puis de la nourriture supplémentaire, au cas où quelque chose arriverait.

— Sa mère s'est blessée, si je me souviens bien ?

— Oui, elle s'est fracturé une cheville. M. Genest est parti chercher de l'aide, mais il s'est perdu. La mère de Marco est morte de froid, sûrement pas mal vite. Ils pensent que lui serait mort à peu près deux jours plus tard.

— Ils avaient pas leur équipement ?

— Non. C'est là que l'histoire devient particulièrement louche. Son père avait ni sa montre, ni son téléphone, ni sa boussole, expliqua-t-elle.

— Montre qui s'est retrouvée entre vos mains dimanche soir.

— Oui. Et qui a sans doute été volée de nouveau tout à l'heure.

— Donc, quelqu'un est en possession des articles que les parents de Marco auraient dû avoir, en forêt. Ça pourrait expliquer leur décès. Il s'agit de savoir comment ça s'est retrouvé entre les mains de quelqu'un d'autre.

Jérôme revint dans la pièce avec un dossier.

— Voici une copie du rapport, déclara-t-il.

— Quelque chose peut nous aider là-dedans ?

— L'autopsie a pas révélé de traumatisme qui pouvait suggérer une mort autre que naturelle pour les deux victimes.

— Même la toxico ?

— Idem.

— Des effets personnels ? s'enquit le sergent.

— En plus de leurs vêtements, juste un sac à dos, dit-il en tournant une des pages. Il a été remis à la famille.

— Marco est enfant unique ? demanda Héroux.

— Oui, confirma Josée.

Une intuition surgit des réflexions du détective.

— Penses-tu que Marco aurait le sac que ses parents avaient apporté dans le bois ?

Josée fut surprise par la question.

— Je sais pas. Je l'ai pas vu dans son appartement, en tout cas.

— La logique voudrait que ce dont ils avaient besoin *aurait* dû se trouver dans ce sac-là. L'enquête avait pas de raison de creuser là-dessus, mais là c'est pus pareil ! Les gars de la sûreté vont sûrement vouloir rouvrir le dossier. Il faut absolument joindre ton ami !

Brigitte et Stéphane arrivèrent dans la salle de réunion, un café à la main.

— Bonsoir tout le monde, lança l'enquêteuse en jetant un regard surpris à la jeune femme qui lui était inconnue.

— Salut Bridge, salut Steph. Je vous présente Josée Dusseault.

— Salut, dit-elle pendant qu'ils prenaient place devant eux.

— Cette jeune femme vient de nous raconter une histoire surprenante qui a un lien direct avec la personne qui a enlevé Mélodie Cormier, raconta Héroux. Elle pourrait nous aider dans notre enquête, je vous prie de l'accueillir parmi nous. J'ai pas le temps de vous expliquer tous les détails maintenant, c'est urgent. Je vais séparer les tâches, j'ai peur que la nuit soit pas mal longue...

— J'avais rien d'autre à faire, rétorqua Brigitte, qui adorait son travail.

— Et ma femme arrête pas de penser à la pauvre enfant, ajouta Stéphane en s'adressant à Josée. Elle est ben contente que je puisse aider.

— O.K., le temps presse, coupa Héroux. Vous laissez tomber tout ce que vous êtes en train de faire. Ça sera reporté à demain, si c'est encore pertinent. Bridge, il y a une énigme à résoudre là-dedans, dit-il en désignant le paquet de feuilles devant Jérôme. Le gars qui l'a écrit est suspecté d'avoir enlevé la jeune Cormier. Il cache des renseignements dans des tubes de plastique comme ceux-là, dit-il en pointant lesdits objets.

Josée essayait tant bien que mal de suivre la rencontre. Elle se sentait privilégiée de pouvoir y assister.

— C'est un jeu? demanda Brigitte, étonnée.

— On dirait, faut creuser plus, rétorqua Héroux.

— Et le père?

— Il semble qu'il se soit fait avoir. Je vais le faire relâcher demain matin. Mais avant, vois ce que tu peux faire avec ça, dit-il en faisant signe à Jérôme de lui remettre le document. Tu vas aussi trouver une liste des messages textes reçus par Cormier, je voudrais que tu la compares avec celle que tu m'as donnée hier après-midi. Tu regardes absolument tout: les mots, les dates, les heures.

— Une idée d'où se trouve Mélodie? s'enquit-elle.

— Quelques bribes de renseignements, selon Jay, mais rien de précis. Faut démêler ça au plus vite.

— Bonne chance, ajouta Landry. Le gars est pas mal tordu.

— On les aime comme ça, tu le sais bien, lança-t-elle.

— Et oublie pas l'énigme, rappela Héroux, ça l'air d'être ça qui fait trouver les indices.

Elle se leva et partit dans son bureau.

— Steph, je voudrais envoyer une patrouille à l'appartement d'un jeune homme du nom de Marco Genest, un ami de Josée. Ils ont été cambriolés plus tôt ce soir et je pense que c'est lié à la disparition de Mélodie. Penses-tu que tu pourrais aller faire un tour toi aussi ?

L'enquêteur leva les sourcils.

— Quelque chose me dit que le voleur cherchait un sac à dos, du genre qu'on utilise pour marcher dans le bois, poursuivit Héroux. Josée pense qu'il était pas dans l'appart. J'aimerais que tu regardes alentour, voir si y'a pas un compartiment dehors, une remise.

— Je pense que Marco a accès à un espace de rangement, dans la ruelle, se souvint Josée.

— Fouille-moi ça, Steph. Je veux qu'on trouve le sac. As-tu les clés de chez ton ami ? demanda-t-il à la jeune femme.

— Oui, les voici.

Elle remit un trousseau à Stéphane.

— C'est au 425 Sainte-Cécile, l'appartement d'en bas, précisa-t-elle.

— Je pars tout de suite.

— Tu m'appelles aussitôt que t'as quelque chose, lança le chef.

Larivière se leva.

— Steph ! l'interrompit Héroux.

— Oui ?

— Quand tu vas être dans l'appart, regarde à terre, dans le salon. Ils ont laissé une montre sur la table avant de partir.

— O.K., c'est noté.

Il partit en toute hâte.

— Jay, tu vas m'éplucher la piste des trois jeunes hommes. Je veux tout savoir sur ces gars-là ! Tu hésites pas à les joindre et tu me trouves un alibi en béton pour toute la gang. Je veux savoir ce qu'ils faisaient ce soir à l'heure du souper puis jeudi matin, la semaine passée. Si t'as le moindre doute que l'un d'entre eux est suspect, tu m'appelles. Je veux pas qu'on compromette la sécurité de la jeune en agissant sur un coup de tête.

— O.K., acquiesça-t-il en se levant. C'est possible que je puisse pas les retrouver ce soir, je donnerai un coup de main à Brigitte au besoin.

— Bonne idée. J'appelle le capitaine, il va se métamorphoser en machine de guerre quand je vais lui dire que je veux relâcher Cormier. Ensuite, Josée et moi, on va chercher Marco.

DANS LES BOIS II
- Mardi dans la nuit, 7 juin

Marco avait de la difficulté à dormir. Il se retournait sans cesse dans son lit de fortune et avait mal à la bouche à cause du ruban adhésif. La chaîne qui lui retenait la cheville n'aidait en rien. Chaque mouvement faisait résonner les maillons et perturbait la quiétude de la forêt, imitant le bruit d'un carillon qui aurait été activé par une porte. Il faisait tellement noir dans la petite maison qu'il ne pouvait même pas distinguer Mélodie, qui se trouvait pourtant tout près de lui, sur l'autre matelas. Alors qu'il avait encore les yeux ouverts et qu'il réfléchissait à ce qui lui arrivait, il entendit le bruit du loquet de la jeune fille.

— Est-ce que tu dors ? chuchota-t-elle.

Il sursauta au son de sa voix.

— Enlève pas le *scotch tape*, dit-elle tout bas, suppliante. Je sais pas si l'enregistreur marche encore ! Il y a un téléphone cellulaire dans le sac à côté de la chambre. Il est là depuis le jour que j'suis arrivée ici, mais je sais pas comment le faire marcher. J'suis pas supposée pouvoir me rendre avec la chaîne mais quand je me couche, je peux toucher le sac ! Toi t'es vraiment grand, es-tu capable d'aller voir, tu penses ?

— Hum hum, acquiesça-t-il.

— O.K., j'vais te dire où chercher. Les fenêtres de son auto sont ouvertes ; faut pas faire de bruit avec les chaînes ! Tu dois ramper pour aller jusque-là. Faut que tu longes le mur avec tes mains jusqu'à la porte de la chambre. Tu peux pas y aller debout, mais si t'es couché tu vas toucher le sac ! Il est de l'autre côté du mur. Le cellulaire est dans la petite poche en avant. Je sais pas comment il marche ! Je touche à tous les boutons, mais il reste noir.

D'un geste de la main, il la rassura. Il rassembla son courage et se retourna pour se positionner contre le mur.

— Fais attention, faut pas se faire prendre, supplia-t-elle.

Marco eut la bonne idée d'utiliser le petit drap qui lui servait de couverture pour amortir le bruit du métal sur le plancher. Il le plaça sous ses pieds et commença à avancer, tranquillement. Centimètre par centimètre, il tâtait le mur de sa main droite, dans la noirceur totale. À intervalles réguliers, il cessait tout mouvement pour écouter le silence de la nuit. Au bout de quelques minutes, il put toucher la porte du bout des doigts. Il s'étira un peu plus et plia le bras pour atteindre le sac, posé dans l'entrée de la chambre. Il trouva la pochette et tâtonna l'intérieur. Avec soulagement, il mit la main sur le téléphone. Il le sortit en vitesse et essaya d'en reconnaître le modèle dans la pénombre. Il comprit rapidement pourquoi Mélodie n'avait pu l'ouvrir ; il s'agissait d'un modèle assez ancien qui demandait de laisser une touche enfoncée quelques secondes pour l'activer. Il appuya sur la touche en question et pria pour que les piles ne soient pas mortes.

À sa grande joie, elles étaient bien pleines.

Une musique d'ouverture résonna dans la nuit.

Marco figea de stupeur. Il enfonça l'appareil dans son chandail en maudissant sa nonchalance. La minute qui suivit dura une éternité. Il se prépara à remettre le téléphone à sa place s'il entendait le moindre bruit suspect de l'extérieur. La minute passée, il respira un peu mieux – il n'y avait pas de dommages immédiats. Il ressortit l'engin et s'empressa de mettre le volume à zéro. L'antenne de réception n'indiquait aucune colonne sur une possibilité de quatre. Il leva le cellulaire le plus haut possible et le déplaça dans tous les sens. Il pouvait apercevoir une barre qui apparaissait et disparaissait aussitôt. Il lui serait impossible de faire un appel de cet endroit. Soit il se déplaçait, ou bien l'idée tombait à l'eau. Il ne savait pas quelle distance il avait à parcourir pour trouver une réception adéquate, et il était hors de question de traîner le cellulaire dans la maison ; c'était beaucoup trop risqué.

Soudainement, il eut une idée.

Un message texte pourrait certainement réussir à passer malgré un signal aussi faible. Il chercha nerveusement la fonction des messages dans le menu et s'empressa d'entrer le numéro de Josée sur les touches. Il réfléchit quelques secondes et écrivit :

Suis avec Mélodie. C'est une fille!
Suis retenu prisonnier dans un sen

Et la portière de la voiture s'ouvrit.

Marco cessa brusquement de taper son message et appuya en panique sur la fonction « envoyer ». Il n'avait pas le temps de remettre l'engin dans la pochette et il ne pouvait pas courir le risque que le texte ne se rende pas. Il replia le téléphone et le mit dans ses poches en toute hâte. Il retourna le plus rapidement possible vers son lit en rampant de reculons, sans masquer le frottement des chaînes, alors que les bruits de pas s'intensifiaient. La porte ouvrit avec fracas et une lampe de poche balaya frénétiquement l'intérieur de la pièce.

— Qu'est-ce que tu faisais là ? lança une voix.

— Hum ! marmonna-t-il à travers son ruban.

Son cœur battait à tout rompre. Tout près de lui, Mélodie faisait semblant qu'elle venait juste de se réveiller.

— J'ai vu une lumière ! Ça venait de quoi ? C'était pas une lampe ! C'était...

Marco serra les dents en entendant les pas se diriger vers la porte de la chambre.

— C'était la lumière d'un téléphone ! Calvaire ! Vous êtes pas supposés vous rendre jusqu'à la chambre ! Estie de grand jack ! Où est mon cell ? Marco !

La lumière lui aveugla les yeux et une ombre s'approcha de lui.

— Debout !

Il fut soulevé par une main ferme qui le poussa contre le mur. Les pas s'éloignèrent de nouveau et il entendit un bruit. Soudainement, une des lampes à l'huile s'alluma. Toute la maison fut éclairée de la flamme dansante.

— O.K. J'vais pas le demander deux fois. Où est le cell qui était dans le sac ?

Marco avait les yeux plissés à cause de la lumière soudaine. Il mit la main dans sa poche et sortit tranquillement le cellulaire.

— Donne ! Estie de cave ! Qu'est-ce que t'as fait ? À qui t'as texté ? Allez, enlève le *tape* pis réponds !

Il retira l'adhésif d'un coup sec et leva les yeux.

— À la police, espèce de folle, dit-il d'un ton hésitant.

NORD DE TROIS-RIVIÈRES
- Mardi dans la nuit, 7 juin

— 4210… 4220… c'est ici, 4230.

L'enquêteur Héroux tourna à gauche et se gara dans l'entrée de la modeste demeure. La nuit était tombée depuis quelques heures, et seule la lumière des rares lampadaires du boulevard Saint-Jean leur permettait d'y voir quelque chose.

— Je vois pas de boîte aux lettres, nota-t-il.

— Ouin, c'est bizarre, reconnut Josée.

Le policier ouvrit la boîte à gants et prit une lampe de poche.

— Que fait-on ? demanda-t-elle.

— On attend les renforts, une patrouille vient nous rejoindre. Dans des cas comme celui-là, pas de chance à prendre. C'est d'ailleurs la raison pour laquelle je te demanderais de demeurer dans la voiture. Si tu as des nouvelles de Marco ou bien si tu vois quelque chose, tu me fais signe.

Il débarqua de la voiture et alla discuter avec les deux policiers qui venaient de se garer derrière lui. Ils se rendirent sous l'abri jouxtant la maison et commencèrent à explorer les lieux, sous le regard attentif de Josée. Une porte sur la droite permettait d'entrer dans le portique du bungalow, au rez-de-chaussée. Héroux balaya l'endroit de sa torche, tant les fenêtres que le sol environnant.

— C'est vraiment un secteur éloigné, pensa-t-il.

Pendant que les agents faisaient le tour par en arrière, Héroux revint vers l'avant. Un tas de bûches non cordées était placé au bout de l'entrée, comme si un travail avait été interrompu de façon soudaine. Héroux passa près des marches en béton qui menaient à la porte avant et poursuivit son chemin jusque de l'autre côté du bungalow. En tournant le coin, il aperçut la boîte aux lettres, appuyée sur le bord de la maison. Il l'ouvrit prudemment et constata qu'elle était vide.

Il revint à la voiture en repassant devant la demeure. Il ouvrit la portière et, alors qu'il s'apprêtait à se pencher pour prendre son téléphone, il aperçut une carte blanche par terre, sur l'asphalte.

— Josée, je pense que ton ami nous a laissé quelque chose, déclara-t-il.

— C'est quoi ?

— Sa carte d'étudiant.

Elle la prit et la reconnut immédiatement.

— Mais qu'est-ce qu'elle fait par terre ? J'aime pas ça ! On avait convenu de laisser nos cells ouverts. Je suis inquiète, monsieur Héroux.

— Ça me dit rien de bon à moi non plus. Je vais lâcher un coup de fil à Brigitte. Il l'a laissée là de façon volontaire, supposa Héroux en sortant son cellulaire. Peut-être qu'il est retourné chez lui, tout simplement ?

— Sans m'appeler ? Non, je crois pas ça, répondit Josée. Il savait que j'allais au poste ! Je suis sûre qu'il est dans le trouble ! Je vais réessayer son cell.

Elle signala et attendit en vain que quelqu'un décroche.

— Toujours pas de réponse ? demanda-t-il.

Elle hocha la tête.

— Dis-moi, quel type de véhicule conduit ton ami ?

— Une petite Mazda 3 rouge, elle est neuve de l'an passé.

— Je vais passer le message aux patrouilleurs avant qu'ils partent, dit-il en refermant la portière.

Il signala le numéro de Brigitte Soucy.

— Et alors ? Des nouvelles ?

— C'est lui, aucun doute. Tous les messages sont identiques. La seule personne qui a pu les écrire comme ça les a envoyés elle-même ou bien a eu accès au cellulaire.

— Ou à la base de données de la compagnie de téléphone.

— Non, j'ai vérifié et y'a jamais eu de requête sur ce numéro-là. Ils gardent toutes les archives là-dessus.

— O.K. Et l'énigme ?

— Ouf… c'est corsé. C'est pas impossible que je demande de l'aide.

— Qui est en patrouille à part le Doc et Sylvie, ce soir ?

— Quenneville et Roxy, Martin et J-C.

— Pourrais-tu leur demander de garder l'œil ouvert pour une Mazda 3 rouge, récente ? Elle a probablement été dans le secteur de l'aéroport au coucher du soleil ce soir.

— O.K.

— Merci, et prends quelques heures de sommeil, Bridge. Je veux que tu sois en forme demain, ça va débouler.

— C'est d'accord.

Héroux raccrocha et s'adressa à Josée.

— Il faudrait que tu dormes un peu, proposa-t-il. Brigitte va sûrement avoir besoin de ton aide demain.

— Et pour Marco ?

Il soupira.

— On peut pas faire grand-chose pour le moment, à part nous perdre nous aussi. Les patrouilleurs sont avertis et on va avoir plus d'effectifs à l'aube. Il est presque minuit et demi déjà.

— Vous avez raison, reconnut-elle. Je m'inquiète pour lui, ça me fait peur ! Je trouvais ça amusant au début, mais maintenant je tripe plus du tout !

— Vous pouviez pas savoir. C'est quand même assez inusité, faut l'avouer.

Après s'être adressé aux deux patrouilleurs venus le rejoindre et qui repartirent aussitôt, il démarra sa voiture. La sonnerie de son téléphone retentit.

— Héroux.

— Boss, c'est encore Brigitte.

— Qu'y a-t-il, Bridge ?

— Le cellulaire qui a envoyé les messages à Cormier.

— Oui ?

— Il vient d'émettre un signal, il y a quelques minutes.

JOUR 4

UN PETIT FEU DE CAMP I
– Nuit de mardi à mercredi, 8 juin

Marco ne lâchait pas sa ravisseuse des yeux.

— Pis je veux savoir ce qui est arrivé à mes parents ! hurla-t-il.

Elle sortit le revolver de sa poche et s'avança rapidement vers lui.

— Bon, je pense que t'as pas compris ce que j'essaye de faire ici, déclara-t-elle. On va accélérer le processus. Couche-toi. Sur le ventre !

Il obéit à contrecœur.

— Je voulais te donner une chance d'être correct avec moi, poursuivit-elle, mais je vois ben que la bonne foi, ça fait pas partie de tes principales qualités.

— T'es malade ! reprit Marco. T'as kidnappé une enfant ! Tu vas passer le reste de ta vie en prison !

Elle retira le loquet qui entourait sa cheville.

— T'as pas PANTOUTE la grandeur d'esprit nécessaire pour comprendre ce que j'suis en train de faire, le cave. Debout ! Pis niaise-moi pas ! Remets le *tape* !

Étendue sur son lit de camp, Mélodie sanglotait.

— Ils vont venir te chercher, Mélodie ! lança Marco avant de replacer l'adhésif. J'ai averti la police !

— Ta gueule ! coupa celle qui tenait l'arme. T'as pas encore compris que ça fait partie du plan, qu'ils la retrouvent ? Tu vas encore me forcer à tout changer ! C'est toi qui la mets en danger, épais !

Il roula les yeux vers le ciel, comme s'il la traitait carrément de cinglée.

— Bon, Mélodie, reste ici, s'il te plaît. Il t'arrivera rien. J'en ai pour quelques minutes avec monsieur le héros.

Elle se dirigea vers le fond de la pièce et ouvrit une armoire murale. Elle y prit une boîte de conserve et le briquet qui traînait à côté de la lampe, sur la table.

— Je te laisse la lumière, chère ?

La fillette hocha vigoureusement la tête en signe d'approbation.

— O.K. À tout de suite.

Elle étira de nouveau le bras et appuya sur une des touches de l'enregistreur.

— Dehors, le *ranger*.

Elle poussa Marco dans le dos et il ouvrit la porte.

— À droite. Tu suis le sentier où j'éclaire.

Ils avancèrent dans la nuit à la lueur de la lampe de poche. Marco ouvrait la marche d'un pas hésitant. Ils aboutirent dans une seconde clairière où se trouvait un petit tas de bois avec du papier au milieu. Un poteau de métal semblable à celui dans la maison était planté juste à côté du foyer de fortune.

— Assis, ordonna-t-elle. Accote-toi sur le poteau. Puis mets tes mains derrière ton dos !

Alors qu'il s'exécutait, elle lui prit les poignets et les enferma dans le même type de loquets qu'il avait eus au pied. Le poteau se trouvant entre son dos et ses mains, il ne pouvait pas bouger. Elle sortit le briquet et alluma un petit feu avec les matériaux sur place. Elle se leva et mit quelques bûches supplémentaires dans un tas à côté d'eux.

— Bon, ça devrait être correct pour un petit bout de temps. Maintenant, j'vais enlever le *tape*, Marco. Action, réaction. Crie pas, O.K.? Et teste-moi pas, je me sens d'attaque, mon pitou.

Elle arracha le morceau d'un coup sec.

— Aïe!

— Ça va, ça va. Quand c'est pour me traiter de folle, ça te fait moins mal!

Il ne répliqua pas. Elle s'assit en face de lui, directement sur le sol.

— Romantique, hein? dit-elle avec ironie. Il doit être passé minuit. Je devrais être en train de dormir, mais là tu me fais chier pas à peu près!

Marco la dévisageait avec hébétude.

— T'as vraiment fourré tout le monde, hein? affirma-t-il en la narguant.

— Je suis *experte* dans mon domaine, mon cher. C'est juste une science qui est pas encore acceptée. Heureusement que t'as pas eu plus de temps pour écrire ton maudit message, ça aurait vraiment pas été *cool*! Maudit grand jack, t'étais pas supposé pouvoir te rendre jusque-là! De toute façon, t'as rien qu'accéléré un peu leur enquête. Ça t'a pris du temps avant de savoir qui j'étais, hein? J'te gage que tu le sais même pas encore! Ils se doutent pas que j'suis une fille, hein?

Elle souriait, fière de son coup.

— Maintenant, ils le savent, rappela-t-il en faisant allusion à son texto.

— Ça, c'est juste si ton message s'est rendu.

Il soupira.

— Pourquoi ça t'a fâchée de même, j'ai même pas eu le temps d'écrire où on est!

— À cause du signal, Colombo! Pas grave, Mélodie et moi on s'en va jeudi. Ils nous auront pas trouvés d'ici là, j'ai étudié toutes les tours. En plus, tu vas être ben chanceux si la tour la plus proche a réussi à te capter, on est loin de la ville. Mais la vraie raison pourquoi j'suis en crisse, c'est parce que là ils pourraient savoir que Mélodie est vivante!

— Pourquoi ça te dérange ?

— *Faut* qu'y pensent qu'elle est morte, c'est ça le plan ! *Surtout* son père !

— Hein ? T'es une folle. J'peux pas croire que t'aies essayé de le faire accuser, ça a pas de sens !

Elle fronça les sourcils.

— C'est mérité en masse ! glapit-elle. D'ailleurs, j'ai pas *essayé,* j'ai *réussi.* Son *pick-up* noir est partout sur les télés. J'ai vraiment du fun quand je l'imagine se fourrer lui-même sur un alibi pour jeudi passé ! Mais ça durera pas ben longtemps, il va s'en remettre. Y pourront pas se rendre bien loin avec son cas, ils vont finir par le laisser partir pour se concentrer sur moi.

— On dirait que c'est ça que tu veux, dit-il.

— C'est inévitable. Qu'est-ce que tu crois ? répondit-elle, étonnée. J'aurais pas laissé des indices si j'avais voulu rester invisible !

— Sans vouloir t'insulter, je te répète que t'es complètement folle. Pourquoi les énigmes ? demanda-t-il après un court moment.

Elle hésita un instant et sourit à pleines dents.

— J'aime ça faire courir le monde... t'as pas aimé ça ? C'était même pas pour toi au début, je voulais faire patiner la police.

— Je pense pas que la police aime ben ça se faire niaiser... Tu te magasines un paquet de troubles !

— T'as aucune idée de la grandeur de ce que je suis en train de faire ! Je fais le plus grand sacrifice de tous : celui de ma *propre* liberté.

— Dans quel but ? Si tu penses que tu vas être adulée pour ça, moi j'dis que t'es dans le champ. Ils vont vouloir te crucifier.

Le regard de la jeune femme se perdit dans la pénombre.

— Je m'attends à rien en retour, Marco, précisa-t-elle en reportant les yeux sur lui. Je fais un travail ingrat, j'suis consciente de ça. Et t'en fais pas pour mon avenir, il est bien préparé. J'ai pas prévu de laisser ma tête ici juste parce que la société est pas rendue à même place que moé.

Marco décida de ne pas pousser l'argument plus loin.

— Qu'est-ce que tu veux de moi? lui demanda-t-il. J'ai rien à voir avec toutes tes affaires!

— T'as quelque chose qui est à moi, Marco. T'as à voir *directement* avec mes affaires.

Il fronça les sourcils.

— Moi? Je sais même pas de quoi tu parles!

— Si tu savais pas de quoi je parle, j'aurais trouvé ce que je cherchais chez vous! rétorqua-t-elle avec vigueur. Tu l'as caché quelque part ailleurs!

— Hein? Écoute, je comprends rien. T'as défoncé mon appart pour reprendre la montre de mon père, celle que tu venais juste de me redonner avant? J'avoue que j'ai ben de la difficulté à te suivre!

Elle regarda son poignet et dévoila l'objet doré.

— J'ai repris la montre juste parce qu'elle traînait sur ta table. Je me suis dit que ça pourrait être utile de l'utiliser contre toi, au besoin. J'suis pas folle, je sais ben que tu veux ravoir les affaires de tes parents!

— Ça me dit toujours pas ce que tu cherchais chez nous.

— Je veux le sac, Marco. Je sais que c'est toi qui l'as.

— Le sac? Quel sac?

— Le sac que tes parents ont apporté dans le bois, quand ils sont allés marcher pour la dernière fois.

Marco était incrédule. Son premier réflexe fut de pouffer de rire.

— Mais pourquoi tu veux avoir ça?

— Ça, c'est pas de tes affaires, déclara-t-elle. Contente-toi de me dire où il est, puis je te laisse tranquille.

— Pis moi, j'vais croire ça.

— T'as pas le choix.

— Et tu vas relâcher Mélodie?

Elle soupira, irritée.

— C'est *déjà* prévu que je la relâche! grogna-t-elle. T'écoutes pas quand je te parle? Je devrais te *taper* la bouche comme tantôt, t'aurais rien que ça à faire, m'écouter!

— Mais pourquoi la kidnapper si c'est pour la relâcher? Tu l'as agressée?

— Ouah, t'es vraiment dégueulasse, *man*! J'suis quand même pas déviante!

Il se garda bien de dévoiler le fond de sa pensée à ce propos.

— T'as quand même enlevé une enfant! Et moé après!

— Tranquille, toutou. Elle est ben correcte, puis j'en ai pris ben soin, voir que je voudrais lui faire mal. Ça va changer sa vie! déclara-t-elle en le pointant avec son index. J'aurais tout donné pour que ça m'arrive! Mais ça, tu peux pas comprendre ça, toi; un p'tit gars aimé puis ben élevé.

— Je te ferai remarquer que mes parents sont morts! Pis peut-être même à cause de toi!

— Wooo! J'ai jamais voulu ça! Puis mes parents itou sont pus là, en passant! On est pas si différents que ça! Mais si tu penses que je trouve ça *cool* d'être ici à jaser avec toi, tu te trompes en calvasse! C'est triste à dire, mais c'est leur faute, s'ils sont morts.

Marco serra les dents et testa la solidité des chaînes qui le retenaient.

— Comment tu peux dire ça? protesta-t-il. C'est toi qui avais les affaires de mon père! Ils sont morts à cause de ça! Où t'as pris sa montre?

— Tu comprends vraiment, *vraiment* rien.

— Pis en plus, tu veux voler leur sac à dos!

Elle prit le revolver et se leva.

— Bon, *over*.

Elle s'approcha de lui, se pencha et colla l'arme sur sa poitrine. Le jeune homme était soudainement moins sûr de lui.

— C'était pas *leur* sac, le cave, grinça-t-elle. C'était *mon* sac! Pis t'as cinq secondes pour me dire où il est!

SAC À DOS I
– Nuit de mardi à mercredi, 8 juin

L'enquêteur Stéphane Larivière stationna sa voiture non banalisée dans la rue, à quelques blocs de l'appartement de Marco. Il sortit et se dirigea vers le logement. Il était environ 1 h, dans la nuit de mardi à mercredi. Il trouva l'adresse qu'il cherchait et jeta un œil à la façade, question de prendre connaissance des lieux. Il poursuivit son chemin vers le nord et tourna à gauche sur Saint-Martin. Il atteignit la ruelle qui séparait les rues Sainte-Cécile et Sainte-Angèle et revint sur ses pas vers l'arrière de la bâtisse. Une série de compartiments en bois séparait les immeubles et servait de remisage pour les résidents. Il s'en approcha et sortit sa lampe de poche. L'un d'entre eux était identifié au numéro 425, celui de Marco. L'espace de rangement était cependant verrouillé avec un solide cadenas. Le policier décida de ne pas forcer la remise immédiatement et s'en alla plutôt vers la porte dont il possédait la clé – celle du logement. Il gravit les quelques marches en bois de la galerie et éclaira brièvement l'intérieur de l'appartement, avant de sortir une paire de gants de sa poche et de les enfiler : il ne voulait surtout pas contaminer les lieux. Si l'identité judiciaire avait besoin de relever des empreintes, il était crucial de laisser l'endroit dans son état d'origine. Larivière déverrouilla doucement la serrure et pénétra dans un genre de solarium qui composait la partie arrière de l'appartement. Il ouvrit une deuxième porte donnant sur le salon et trouva le commutateur sur le mur.

L'endroit s'éclaira, dévoilant quelques objets sur le plancher, ici et là. L'enquêteur regarda sur la table basse, au milieu du salon, pour trouver la montre dont Héroux avait parlé. Il se pencha et examina attentivement sous les deux divans – aucune trace de l'objet. Il passa une porte et aboutit dans la cuisine. Sur le bord de la porte principale, un porte-clés en bois était accroché au mur. Malheureusement, il n'en contenait aucune. Stéphane scruta tout de même le dessus des électroménagers et l'intérieur des armoires, à tout hasard. Il se rendit ensuite dans la seule chambre et constata que la garde-robe avait été complètement vidée. Son attention fut attirée par un petit plat en verre posé sur un meuble, face au lit.

Il contenait des clés.

Stéphane saisit le trousseau et en examina les clés attentivement. Il sourit et retourna vers l'arrière dans l'intention de tester sa trouvaille sur le cadenas qu'il avait vu précédemment.

Une fois à l'extérieur, il éclaira le compartiment et inséra la clé. Comme il l'avait supposé, c'était bien la bonne. Il tassa la penture et ouvrit la porte de la remise.

L'intérieur était à hauteur d'homme. Peu profond, ce box en cèdre contenait quatre pneus, une paire de skis et… un sac à dos de marque North Face.

L'enquêteur examina le sac de sa torche. Il le souleva et constata qu'il n'était pas vide. Il le reposa et saisit son cellulaire.

— Héroux.

— Patron ? C'est Stéphane.

— Salut Steph.

— J'ai trouvé le sac à dos.

— Super ! Tu l'apportes au poste et tu me le passes à la loupe. De quoi a l'air l'appartement ?

— En désordre. C'est le bordel là-dedans…

— Personne ?

— Non, c'est vide.

— Bon, on envoie Alex et son équipe pour les empreintes. Je veux savoir qui a mis les pieds là !

— Parfait, patron.

— Je suis avec Josée, on est pas loin de l'aéroport.

— Des nouvelles de son ami ?

— Non, rien. Je te tiens au courant.

Stéphane raccrocha et prit prudemment le sac. Il pénétra de nouveau dans le logement pour prendre quelques photos et ressortit par la porte de devant. Il n'eut pas le temps de se rendre à sa voiture qu'un autre véhicule arrivait sur la rue Sainte-Cécile, au nord. Pendant que l'enquêteur déposait le sac dans le coffre et ouvrait la portière du conducteur, une jeune femme fermait la sienne, deux cents mètres plus loin. Elle ne prêta aucune attention à la voiture non banalisée de Larivière qui s'éloignait.

Elle était concentrée et, dans sa main, elle tenait une barre à clous.

D'un pas rapide, elle tourna le coin de la rue Saint-Martin et emprunta aussitôt la ruelle vers le sud. De toute évidence, elle savait où elle se dirigeait. Une fois arrivée devant la série de hangars, elle alluma une torche et chercha quelques instants parmi les adresses. Soudainement, elle posa sa lampe et souleva son outil. Elle en inséra une extrémité entre la penture et le cadenas et donna un solide coup vers le haut. Le mécanisme se détacha avec fracas et elle ouvrit la porte en toute hâte. Avec l'aide de sa lampe, elle balaya l'intérieur de haut en bas en prenant bien soin de déplacer les objets pour être certaine de ne rien manquer. D'un air furieux, elle recula à l'extérieur et examina de nouveau le numéro du compartiment. Elle referma la porte de bois d'un coup de pied et rebroussa chemin vers son véhicule en jurant.

UN PETIT FEU DE CAMP II – Nuit de mardi à mercredi, 8 juin

Marco avait un mauvais pressentiment. Depuis que sa ravisseuse était revenue de chez lui, elle agissait de façon encore plus bizarre. Elle avait une lueur inquiétante dans le regard. Il se demandait bien ce qu'elle avait pu trouver dans le sac pour être dans cet état-là. Le mystère s'épaississait.

— Bon, écoute-moi, demanda-t-elle avec une politesse exagérée. Je vais mettre une boîte de conserve dans le feu. Comme tu as sans doute très faim en ce moment, tu te dis que c'est aimable, qu'on va finalement grignoter quelque chose ! Malheureusement, si tu jettes un coup d'œil dedans…

Elle lui montra l'intérieur de la boîte en plissant les yeux et en faisant la moue.

— Checke ça : des balles de calibre .22 dans une boîte de conserve ; c'est *très* indigeste.

— Hum ! Hum ! marmonna-t-il à travers son ruban.

Attaché à son poteau, Marco gesticulait de son mieux. Il avait peur alors qu'elle ne le regardait même pas. Pour la première fois depuis qu'elle avait pointé son revolver sur lui, hier après-midi, il la sentait capable du pire. Et cette lueur dans les yeux… Elle déposa la boîte dans le feu en prenant soin de bien serrer la braise autour.

— Maintenant, tu te demandes si ce sont des vraies balles. Pertinent. D'ailleurs, si ce sont des vraies balles, qu'est-ce que cette folle, comme tu dis, fait encore à côté du feu ? Mais comme tu es intelligent, mon cher Marco, tu raisonnes et tu conclus que les douilles prendront un certain temps à chauffer, ce qui me donne le temps de te parler en toute quiétude.

Elle agissait comme une prof à l'école primaire, utilisant un tableau imaginaire pour expliquer ses propos.

— T'es *cute* quand tu fais aller tes yeux comme ça. Là, ta raison essaye de te convaincre que la chaleur du feu déclenchera pas l'amorce après que je sois partie, mais qui sait ? poursuivit-elle. Puis si on pousse le raisonnement encore un peu, c'est quoi la chance qu'une des balles arrive sur toi ? Y'en a, hum… une bonne trentaine ? Oui, je te comprends, tu as tout à fait raison. Il faudrait prendre un échantillon identique, retrouver avec précision la trajectoire de chacune des balles dans un espace tridimensionnel, analyser tout ça dans un contexte aléatoire réaliste et calculer la probabilité que tu en reçoives une quelque part…

Pendant qu'elle discutait toute seule, elle ajoutait du bois dans le feu.

— Comment ? Qu'est-ce que tu dis ? Ah oui, les organes vitaux. *Hey*, tu soulèves un bon point ! Il faudrait rajouter à mon analyse, l'espace qu'occupent ces importantes parties de ton toi-même dans un plan par rapport à la portion de ton corps qui est exposée au danger. Une clavicule, ça passe toujours… mais je pense pas que ta tête soit du même avis. En plus, tout le monde sait qu'une balle de .22 ça peut aller ben plus loin que mille mètres en sortant d'un canon, ajouta-t-elle en désignant la conserve, mais est-ce toujours le cas si elle explose dans un simple feu de camp ? Dans le pire des scénarios, Marco fera quand même avancer la science ce soir ! L'idéal, ça serait que tu sois toujours en vie pour prendre des notes, une fois l'expérience terminée. Marie Curie a pris le temps de documenter la radiation avant d'en crever, tu comprends le principe ?

Elle déplaça la braise à l'aide d'un bout de bois, s'assurant de bien toucher à la cannette dans son mouvement. Le bruit du métal résonna dans le crépitement du feu.

— Bon. Étant donné que je suis pas une *malade* mentale, j'vais quand même te laisser une chance de limiter les dégâts !

Elle se déplaça de quelques pas et prit un objet sur le sol. Marco essayait tant bien que mal de tourner la tête, mais il n'y voyait rien.

— Tiens, ça c'est pour toi. C'est une plaque de métal assez épaisse, j'imagine que ça pourrait faire dévier une balle de .22. Tu te souviens de *Retour vers le futur*? Ah, j'avais ben aimé cette scène-là. Bon, je la mets dans ton cou, allez, bouge la tête un peu, voilà. Selon la façon dont tu te places, ça peut faire une bonne différence ! C'est lourd ? Plains-toi pas, ça peut te sauver la vie !

Marco bougeait la nuque, il avait mal au cou sous le poids du métal.

— Ah ! Oui, j'oubliais, l'ambiance !

Elle fouilla dans sa poche et sortit un petit engin électronique qui ressemblait étrangement à celui qui se trouvait dans la cabane.

— Fais-toi en pas, dit-elle. J'ai pas l'intention de t'enregistrer. Je veux pas t'écœurer, mais tu parles vraiment pas gros ! J'vais te mettre une belle musique au lieu.

Elle se dirigea de l'autre côté du feu et déposa l'objet par terre, bien visible. Elle appuya ensuite sur un des boutons et une jolie musique classique se mit à résonner dans la nuit.

— Je t'avertis tout de suite, c'est pas le genre de symphonie que tu connais. Ce qui est bien, ajouta-t-elle en se rapprochant de lui, c'est que tu sais *exactement* ce que je veux. Le problème réside dans le fait que tu me fasses passer pour une estie de conne en m'envoyant dans ta remise où y'a *fuck all.*

— Hum !!! Hum !!!

— Tout doux, Einstein. Je ferai pas cinq allers-retours au centre-ville pour me faire niaiser, tu peux me croire.

Elle se déplaça et s'accroupit près de lui.

— Bon, là, même si tu voulais parler, tu pourrais pas. Faut pas que tu m'en veuilles, mais les petites pipes que t'as tendance à raconter commencent à me faire chier pas mal. Ça augmente la possibilité que la force et les menaces viennent s'incruster dans notre douce intimité, tu me suis ? C'est d'ailleurs la seule raison qui m'oblige à te traiter comme un bâton de hockey avec le *tape*, poursuivit-elle en lui caressant la joue.

Elle consulta sa montre.

— J'ai gaspillé une bonne heure à cause de toi, Marco. Mon plan est rodé au quart de tour, j'ai pas de place pour les p'tits détours. Penses-y un peu : si les amorces tiennent le coup puis que le contenu de la conserve est gaspillé, personne va entendre de bruit. Si, par contre, un heureux promeneur entendait le son des balles et décidait d'en chercher la provenance, que trouverait-il, une fois sur place ? Ah ! Dommage qu'il soit 2 h du matin et que la plupart des gens se promènent le jour.

Elle se leva et lui tapota la tête.

— Ce qui joue en ta faveur, c'est que tu sais où est mon sac à dos. Ça fait que je peux pas te tuer, je risquerais de perdre l'information. Ce qui joue en *ma* faveur, c'est que t'es pas le seul qui peut m'aider.

Elle sortit une photo de Josée de sa poche et la lui montra. Cette fois, Marco tenta d'hurler à travers le ruban.

— Mais je suis prête à jouer avec les statistiques un p'tit peu. Je te souhaite une bonne bouffe !

Elle s'éloigna rapidement dans les feuilles qui jonchaient le sol.

DANS LES BOIS III – Nuit de mardi à mercredi, 8 juin

De nouveau seul, Marco gesticulait dans tous les sens. Cela devait faire presque quinze minutes que les balles de fusil étaient dans le feu, et que la cannette de métal changeait de couleur et se tordait sous la chaleur. Sous une symphonie de Beethoven, le feu crépitait toujours. À tout moment, les amorces pouvaient déclencher et faire partir les projectiles dans n'importe quel sens. Il examina le poteau auquel il était attaché. De moins de deux mètres de hauteur, il devait être solidement enfoncé dans le sol parce que toute la force du monde ne le faisait même pas bouger.

Soudainement, une violente détonation retentit dans la nuit. Marco eut l'inutile réflexe de tourner la tête et de fermer les yeux pour se protéger. Il reprit peu à peu son souffle et regarda devant lui.

La musique !

Le bruit avait été enregistré de façon à faire croire qu'une véritable balle explosait ! À peine quelques secondes après, bang ! Une autre violente explosion. Le cœur battant à tout rompre, Marco se leva tant bien que mal, la tête et le cou ployant vers le bas sous le poids de la plaque de métal. Il comprenait maintenant l'utilité de ce cadeau empoisonné qui lui pendait au cou et lui ajoutait plusieurs kilos. S'il avait mesuré 30 centimètres de plus, il aurait pu tenter de faire passer ses chaînes par-dessus la tige.

Bang !

Il regarda vers le feu, horrifié. Cette fois, c'était bel et bien une des amorces qui venait de sauter. Il n'avait aucune idée de l'endroit où était partie la balle, et il n'avait nullement envie de rester sur place pour attendre la prochaine. Il parcourut le sol des yeux et eut soudainement une idée. Il se rassit et essaya de saisir une bûche avec ses pieds. Il la prit en serre entre ses souliers et la rapprocha le plus près possible de son corps.

Bang !

La musique, Dieu merci. Il réussit à traîner trois bûches près de lui. Il se leva et empila de son mieux les morceaux de bois près du poteau, à l'aide de ses pieds.

Bang ! Bang !

Deux balles sautèrent en même temps, faisant bondir la conserve. Il se hâta de grimper, tentant de garder son équilibre sur cet échafaudage précaire. Il leva les coudes au maximum, mais il lui était impossible d'atteindre le dessus du pieu. Il se repencha et tenta frénétiquement d'approcher d'autres bûches.

Bang !

Le rythme des explosions augmentait. Il ne cherchait même plus à savoir si elles étaient réelles ou simplement enregistrées. Il essaya de rajouter du bois sur sa construction mais, au-delà de trois morceaux, la pile s'écroulait aussitôt. Il se mit à paniquer et se coucha par terre. Même courbé, il réussit à limiter la zone d'impact qu'il présentait à la conserve. Il se cacha la tête derrière les bûches et ferma les yeux.

Bang !

Il s'attendait à recevoir une balle dans le dos à tout moment. Dans l'ambiance morbide de la situation, il eut l'impression de percevoir un bruit inhabituel. Il ouvrit les yeux et balaya les environs, à la hauteur du sol.

C'est alors qu'il l'aperçut.

Appuyée sur un arbre, à quelques mètres seulement devant lui, son agresseur souriait.

Bang !

Nullement intimidée par les détonations, elle le regardait, étendu sur la terre et tremblant de tous ses membres. Il se releva un peu, toujours sur le qui-vive. Il lui fallut quelques instants pour comprendre que le feu ne contenait sans doute pas de vrais projectiles. Il respira profondément et se rassit, les yeux rivés sur elle.

— Beau spectacle que tu donnes ! ricana-t-elle. À un certain moment, je me suis ben demandé si tu réussirais à tirer une autre bûche, t'étais pas loin de pouvoir te libérer ! Ça aurait fait deux fois dans la même soirée que tu me surprends, espèce de grand fouet !

Elle s'approcha du feu au milieu des explosions et éteignit la musique. Marco était en sueur ; il la dévisageait avec haine. À l'aide d'un bout de bois, elle donna un coup sur la conserve et cette dernière vola sur le sol, un peu plus loin.

— Tu pensais quand même pas que je voulais vraiment te tuer ? Si c'était le but, ça fait longtemps que ça serait fait. Oh ! Et regarde-moi pas avec ces yeux-là, comme si c'était de ma faute ! Je te pose une question simple, tu me donnes une réponse simple, mais c'est une menterie. Doucement, ça va tirer un peu.

Elle arracha le ruban sur sa bouche. Marco cracha par terre et poussa un juron.

— T'es une hostie de malade ! cria-t-il. Je t'ai dit où était le sac, je peux rien faire de plus !

Elle s'assit près de lui, en Indien, passablement calme.

— Écoute, dit-elle tranquillement. J'ai *vraiment* besoin de ce qu'il y a dans mon sac. Et le temps commence à manquer, je pars jeudi matin, ce qui me laisse tout juste…

Elle consulta la montre du père de Marco.

— ... un peu plus de vingt-quatre heures.

— Laisse Josée en dehors de ça, lança-t-il.

— Comment?

— J'ai dit: laisse Josée en dehors de ça!

— Ah, la fille! Oui, oui. Ben tu sais, j'ai pas besoin d'elle si je trouve mon sac. Hop, terminé puis je pars!

Il hochait la tête en dérision.

— T'as aucune chance d'aller où que ce soit, avança-t-il. Je pense que tu sous-estimes la volonté de la police dans les cas d'enlèvements!

Elle sourit et le regarda quelques instants.

— La police, comme tu dis, a aucune idée de ce que j'suis en train de faire. C'est triste, mais c'est nécessaire. Si la société était parfaite, j'aurais même pas à me cacher! Et pour ce qui est de mon départ, fais-toi en pas pour moi. J'aime les choses bien préparées. J'suis pas parfaite, mais j'suis capable de m'ajuster.

Marco la fixait dans la nuit. Seul le feu mourant laissait entrevoir le pourtour de son visage.

— J'ai placé le sac à dos dans la remise en arrière de mon appart, précisa-t-il de nouveau. Toutes tes menaces pis tes tortures changeront pas ça! S'il est pus là, c'est que quelqu'un est allé le chercher! C'est peut-être la police? J'ai quand même rapporté ton p'tit cambriolage d'hier, oublie pas ça! Ils ont sûrement pris tout ce qu'ils pouvaient chez nous, y compris les affaires intéressantes comme le sac à dos!

— Puis dis-moi ça, Watson, pourquoi est-ce que la police voudrait récupérer un sac à dos, hein? Elle a aucune raison de faire ça!

— Tu te trompes.

Elle plissa les yeux et lui jeta un regard perçant.

— Et pourquoi donc, maître?

Il s'appuya le dos à son poteau.

— Ils ont les tubes. Ils savent que tu me fais chanter à propos de mes parents!

— Et?

Il fit un signe de tête en direction de son bras.

— Quoi? dit-elle. La montre?

Il acquiesça tranquillement de la tête.

— C'est quelque chose qui aurait dû se trouver dans le sac de mes parents. Ça m'apparaît normal que la police veuille le récupérer pour essayer de comprendre comment t'as pu mettre la main dessus. T'avais pas pensé à ça, hein?

Elle sourit et approuva le raisonnement.

— T'es pas si bête que ça, Marco. Malheureusement, si t'as raison, ça va nous causer pas mal de troubles.

SAC À DOS II

– Nuit de mardi à mercredi, 8 juin

L'enquêteur Jérôme Landry terminait d'écrire son plan de match. S'il voulait circonscrire ses recherches de façon efficace, il devait trouver des connexions entre les événements. Selon son analyse préliminaire, et en supposant que tout ce qui était écrit dans les cylindres était vrai, l'auteur pouvait être retrouvé à plusieurs endroits différents. Il avait été étudiant à la polyvalente Chavigny et avait terminé son secondaire la même année que M. Morin perdait son emploi. Il avait travaillé pour M. Torres et au club de golf les Vieilles Forges, à un moment de son adolescence. Finalement, il avait probablement habité rue de Lausanne ou dans le même secteur. En recoupant toutes ces données, il y avait très peu de chances de trouver plus d'un nom qui satisfasse tous les critères.

Malgré l'heure tardive, il avait réveillé plusieurs personnes et une panoplie de rendez-vous l'attendaient à l'aube. Alors qu'il s'apprêtait à prendre quelques heures de sommeil, son partenaire Stéphane Larivière passa devant son bureau.

— Toujours debout, Jérôme ?

— Salut Stéphane. Ouais, on tient le coup ! J'allais me reposer un peu, as-tu du nouveau ?

— Oh oui ! Viens-tu voir ça ?

Larivière déposa le sac à dos de marque North Face sur la table de la salle de réunion. Jérôme entra dans la pièce quelques instants après.

— J'adore travailler la nuit, déclara Landry. Le bureau est vraiment plus calme !

Stéphane sourit à la remarque.

— Brigitte est encore dans le sien, elle est concentrée au max, dit-il. As-tu retrouvé les gars dont parlait le patron ?

— Ça avance, mais trop de monde dort, déplora Jérôme. J'imagine que ça va débouler demain matin. C'est le sac des parents ?

— Oui. Le boss pense que quelqu'un essaye de mettre la main dessus.

Stéphane enfila une paire de gants et ouvrit la fermeture éclair principale. Il regarda à l'intérieur et en sortit un t-shirt noir à manches courtes et une bouteille d'eau – vide. Le compartiment du bas contenait une paire de chaussettes et deux plats en plastique, vides également. Rien ne permettait d'identifier à qui appartenait le sac.

— Pas grand-chose d'intéressant là-dedans, admit Landry.

— Peut-être ici, tenta Stéphane.

Il ouvrit un petit espace de rangement sur le dessus du sac à dos ; l'intérieur était muni d'une poche étanche transparente. Malheureusement, il n'y avait rien, à l'exception d'une vieille carte professionnelle d'un camping de la région. L'enquêteur retourna le sac et le secoua.

Les deux hommes se regardèrent.

— As-tu entendu ça ? demanda Larivière.

— Ouaip, reconnut Landry. On aurait dit… des bonbons, ou des pilules !

Stéphane secoua le sac à nouveau et essaya d'identifier la provenance du son. Décidément, quelque chose faisait du bruit.

— Ça vient d'ici ! affirma Jérôme en désignant le compartiment du dessus.

— Mais c'est vide, je viens de regarder ! s'exclama Larivière.

Landry prit une paire de gants à son tour et ouvrit la section supérieure le plus grand possible. Il approcha l'oreille et bougea tranquillement le matériel imperméable, tout en le tâtant.

— C'est ici, près de la fermeture. Passe-moi un couteau, ou un ciseau, s'il te plaît.

— Voilà, dit Larivière en lui remettant son canif.

L'enquêteur se servit de la lame pour défaire la couture sur le côté.

— Ils ont manqué ça à l'enquête, remarqua-t-il en insérant sa main entre la bordure et le tissu.

— Qui aurait pu penser à vérifier là ? Ça a vraiment rien de suspect au premier coup d'œil, souligna Stéphane.

— Mais qu'est-ce que c'est que ça…

Jérôme retira délicatement de la cachette un sac plastique bien noué. Il contenait une petite boîte de médicaments avec une ordonnance affichée sur le devant ainsi qu'une bague. Elle semblait être en or, probablement une alliance. Landry essaya d'examiner le bijou sans enlever le scellé. Il lança un regard à Stéphane, abasourdi.

— *Jackpot* ? demanda-t-il, étonné.

— Je sais ben pas ! Qui voudrait cacher ça comme ça ? Les parents de Marco ?

— J'en doute… C'est fait pour que personne le trouve… mais dans quel but ? Il va falloir réveiller le labo, j'en ai ben peur.

— C'est déjà fait. Le boss voulait qu'on prenne les empreintes dans l'appartement, alors j'ai été obligé de sortir la bête de son lit.

— Houlà ! Elle a mordu ? se moqua Jérôme.

— Tu connais Alex… quand on la dérange en pleine nuit, faut pas s'attendre à recevoir des fleurs. Elle doit déjà être là-bas.

— Bon. Appelle-la, j'vais mettre le boss au courant de tout ça.

DES PREUVES I
- Mercredi matin, 8 juin

La technicienne en identité judiciaire, Alexandra Caron – une des deux civiles à travailler au poste de police de Trois-Rivières – était spécialisée dans le prélèvement et l'analyse scientifique des preuves. Elle entra dans la salle de réunion pour y retrouver son supérieur dans cette enquête, l'enquêteur Héroux. Quarante ans, sans enfant, elle avait la réputation d'être minutieuse dans son travail et de réagir avec force quand quelqu'un contaminait accidentellement ses scènes de crime. La sachant caractérielle, Héroux ne prenait jamais personnellement ses expressions colériques.

— Bon matin, lança Héroux. As-tu réussi à dormir un peu?

— Deux ou trois heures, au maximum, rétorqua-t-elle sans émotion.

— À peu près comme nous, ajouta l'enquêteur avec un rictus. Le capitaine m'a menacé de me transférer aux archives tard hier soir.

Elle prit place en face de lui sans réagir et posa une boîte de carton sur la table. Comme à son habitude, elle entra sans tarder dans le vif du sujet.

— Bon, voilà le topo: la plupart des empreintes relevées dans l'appartement cambriolé hier proviennent de deux personnes. On peut penser que ce sont celles de Josée puis de Marco : ils sont là pas mal souvent. La salle de bain a révélé d'autres séries d'empreintes, comme c'est souvent le cas à cause des amis qui sont passés dans l'appart à un moment ou à un autre. Là encore, une comparaison avec celles des principaux intéressés et celles de leurs amis va pouvoir valider tout ça. Par contre, une empreinte me dérange. Elle était sur le mur de la chambre à coucher, près de la porte de la garde-robe. Étant donné que c'est un des endroits qui a été fouillé pendant le cambriolage, on peut supposer que quelqu'un s'est appuyé là pour vider les lieux puis qu'il a laissé sa marque en même temps. Ça correspond pas aux autres séries que j'ai relevées ailleurs.

— Tu l'as mise dans la base de données ?

— Oui, pas de résultat, déplora-t-elle. La personne qui l'a laissée est pas dedans.

— On va la garder pour la comparer avec celle d'un suspect potentiel, dit Héroux.

— J'ai mieux encore, monsieur.

Le détective fronça les sourcils.

— Que veux-tu dire ?

— J'ai trouvé la même empreinte ici, là et là.

Elle lui montra le sac plastique qui contenait le médicament et la bague, ainsi que les plats et la bouteille qui se trouvaient tous dans les effets personnels des parents de Marco.

— Hein ? s'exclama-t-il, hébété. La personne qui a caché ça dans le sac à dos des parents a déjà mis les pieds dans l'appartement de Marco Genest ? Quand même intéressant... Ça complète un maudit morceau de casse-tête !

Alexandra souriait, malgré sa courte nuit de sommeil.

— Et ça, c'est la cerise sur le sundae, poursuivit-elle, fière de son travail.

Elle lui remit un des cylindres dans lesquels les lettres avaient été récupérées.

— Arrête ! s'écria Héroux, le sourire aux lèvres.

— Oh que oui, confirma-t-elle. La personne qui a manipulé

les tubes a dû faire vraiment attention de rien laisser dessus, j'ai quasiment *rien* trouvé comme empreintes, à part celles de Josée et de Marco que j'ai pu valider avec les séries que j'avais récupérées dans l'appartement. Mais sur le dessous du bouchon de celui-là, y'a une marque ben nette qui provient de la même mystérieuse personne.

— Et Josée a dit qu'elle a jamais touché au sac à dos de sa vie, encore moins à son contenu.

— Et ça provient pas de Marco non plus, j'ai toutes les siennes très nettes à plusieurs endroits comme le frigo, les armoires puis la table.

L'enquêteur était admiratif.

— Excellente job, Alex! Tu viens de donner la preuve scientifique que tout ça est lié.

— Les doigts mentent mal, déclara-t-elle.

— Et c'est bon pour nous! As-tu examiné les pilules puis le bijou?

— J'y arrivais justement.

Elle saisit le petit contenant de médicaments.

— C'est un somnifère puissant qui se vend pus aujourd'hui. Ben des gens s'en servaient comme drogue avant, à cause des effets hallucinogènes. L'ordonnance est au nom de Marcel Fontaine, elle a été émise en 1995 par une pharmacie du Cap.

— Ça fait un maudit bout de temps!

— En effet. Pas d'empreintes dessus, précisa-t-elle, le contenant a été nettoyé. Il contient encore une dizaine de pilules.

— Et la bague? s'enquit l'enquêteur.

— Elle a pas été portée depuis longtemps; plusieurs années, à vue de nez. J'ai rien trouvé d'intéressant dessus. J'imagine qu'en creusant un peu, vous pourrez retrouver le joaillier qui l'a faite et la personne qui l'a achetée. Elle est identifiée au nom de Marjorie et elle a encore la marque du bijoutier.

— Hum, marmonna Héroux. Il va falloir faire la lumière là-dessus. Je vais apporter ça à Steph en sortant d'ici. Merci Alex, t'as fait toute une job.

— C'est gentil, monsieur. Rappelez-moi si vous avez besoin de mes services... idéalement le jour, ajouta-t-elle en souriant.

— J'imagine que ça ne tardera pas. Je rencontre la presse à 9 h, ça va être infernal.

Elle se leva et s'apprêta à sortir de la salle.

— Des grosses révélations? demanda-t-elle.

L'enquêteur prit la petite boîte de médicaments et l'examina, songeur. Quel pouvait être le lien avec toute cette histoire? Il leva les yeux vers Alexandra.

— On a relâché Cormier il y a une demi-heure.

Elle comprit l'ampleur de la situation.

— La population va demander des comptes, dit-elle.

— Et mon boss aussi. Mais c'est pas lui, alors y'a rien à faire en dedans. J'vais me battre avant de condamner un innocent.

Elle hocha la tête en guise d'approbation. Le téléphone de la salle de réunion sonna au même moment.

— Héroux.

— Ici Mylène, monsieur. Vous avez Roxanne sur la deux.

— L'équipe de nuit?

— Oui.

— Je la prends, merci Mylène.

Il appuya sur la touche et fut transféré à la policière.

— Héroux.

— Bon matin monsieur, ici Roxanne, je suis avec Mathieu Quenneville. On est sur la fin du quart de nuit.

— Salut Roxy.

— Vous étiez à la recherche d'une petite Mazda 3 rouge?

Il se leva d'un bond.

— Oui!

— Je pense qu'on l'a. Un citoyen a lancé un appel après avoir trouvé une voiture abandonnée dans un sentier qu'il emprunte souvent avec son chien. Elle correspond à la description.

— Excellent! Vous êtes où, Roxy?

— Pas loin de l'aéroport, au bout d'un petit cul-de-sac qui part du boulevard Saint-Jean.

— Personne dans l'auto ?

— Non, elle est vide.

— Merde !

— Monsieur, est-ce que la voiture appartient à un homme du nom de Marco Genest ?

Il écarquilla les yeux, surpris.

— Oui ! Comment ça vous savez ça ?

— On a son permis de conduire. Il était par terre à côté de la portière du conducteur.

L'enquêteur Héroux carburait à cent à l'heure. Sa tête allait exploser sous le poids des nouvelles idées qui lui arrivaient à chaque instant.

— Et je veux que tous les appels d'objets perdus soient acheminés ici ! Spécialement ceux qui proviennent des secteurs que je viens de vous nommer ! Vous joignez les dépanneurs de villages, les bureaux de poste, je m'en fous ! Le jeune laisse des traces, je veux qu'on les retrouve !

Il partit en vitesse vers son bureau.

— Mylène ! Je veux Bridge en ligne, presto !

— Ça va être sur la un, monsieur.

— Merci, lança-t-il en fermant la porte de son bureau.

Il s'assit et positionna son casque d'écoute sur sa tête.

— Bridge !

— Salut boss.

— Des nouvelles de ce qu'ils ont capté cette nuit ?

— Pas d'appel et le signal a été trop bref pour pouvoir le situer avec précision. Il provient d'une tour avec un rayon d'une quinzaine de kilomètres, située au nord de Trois-Rivières et couvrant toute la ville.

— Peut-on nous donner une idée de l'endroit d'où ça vient, même si c'est pas précis ?

— Selon eux, le signal était tellement faible que ça vient sans doute de l'extérieur de la périphérie. Si vous aviez à choisir un endroit pour nous mettre des bâtons dans les roues, ça serait au nord-ouest de l'aéroport.

— On revient encore au même coin… Et pas d'appel?

— Non.

— Mais pourquoi ouvrir le maudit téléphone?

— Voulez-vous la carte de la région desservie par l'antenne?

— Oui, merci.

— Je vous envoie ça immédiatement.

— Merci, Bridge. Et l'énigme?

— Ça avance. Josée vient d'arriver, on va rencontrer quelqu'un qui va nous aider à 9 h.

— O.K. Tiens-moi au courant, je vois les journalistes à la même heure.

Le policier coupa la connexion et ouvrit son logiciel de courriel. Au bout de quelques secondes, il reçut une image envoyée par Brigitte et l'ouvrit dans son écran. C'était un plan assez large de la ville de Trois-Rivières et des environs. Un cercle rouge, dont le centre était la tour de réception de la compagnie de téléphone, couvrait la majeure partie de la carte. Le détective Héroux examina minutieusement la section nord-ouest, où était situé l'aéroport. Le périmètre encerclait tout juste cette région, ce qui confirmait les soupçons du policier.

Il fit imprimer l'image et composa le poste de Stéphane Larivière.

— Larivière.

— Salut Steph, ici Héroux. Es-tu toujours sur la bague?

— Oui, mais je pense qu'on va avoir un problème.

— Quoi donc?

— La bijouterie, qui a vendu l'alliance.

— Oui.

— Elle est fermée.

— Et? Retrouve les proprios, proposa-t-il.

— Depuis 1961.

— Et même si… hein? Depuis quand?

— 1961, répéta-t-il.

— Mais qu'est-ce que tu dis là ? Je suis né en 1973 !

— C'est invraisemblable, mais c'est confirmé. La bijouterie J.R. Michaud a fermé il y a plus de cinquante ans. La bague date de l'époque de Jean Lesage.

Le détective Héroux était une fois de plus estomaqué par les renseignements qu'il recevait.

— Bon, O.K. ! déclara-t-il. Et la propriétaire de la bague ?

— Je suis là-dessus. Je vais passer le registre des mariages dans la région avant les années 1960. Le prénom Marjorie était pas vraiment utilisé à cette époque-là ; avec un peu de chance on va pouvoir la retrouver sans trop d'efforts.

— O.K. Bon travail, Steph. Tiens-moi au courant de tout ce que tu trouves de nouveau !

Héroux raccrocha et prit la feuille qu'il venait d'imprimer. Il noircit d'un crayon à mine l'endroit qu'il jugeait le plus plausible comme étant celui d'où provenait le signal du cellulaire. C'était une région située un peu en dehors de la zone couverte par la tour. Il ne l'avait pas choisie au hasard : elle se trouvait à quelques kilomètres seulement de l'endroit où le véhicule de Marco avait été signalé par les patrouilleurs. Elle englobait le petit village de Saint-Thomas-de-Caxton à l'ouest jusqu'en bordure de Saint-Étienne-des-Grès, au nord. S'il ne faisait pas fausse route, le jeune homme se trouvait là, quelque part, en compagnie de la personne qui avait enlevé Mélodie.

Et avec la grâce d'un dieu quelconque, avec Mélodie elle-même ; vivante.

Son téléphone sonna : c'était sa secrétaire.

— Vous avez Jérôme sur la un, monsieur.

— Je le prends tout de suite, merci.

D'un geste automatique, il appuya sur la première ligne.

— Puis, mes suspects ?

— Le jeune Daniel Godbout, qui restait sur la rue de Lausanne, habite maintenant Québec. J'ai réussi à lui parler ce matin. Il n'a pas remis les pieds à Trois-Rivières depuis des années, sauf pour traverser la ville en se rendant à Montréal pour le travail. Il a des alibis vérifiables pour jeudi passé puis hier soir.

— Très bien.

— Charles Duquette, le jeune qui travaillait au club de golf, reste encore dans le coin. Il a jamais habité près de la rue de Cédric, puis jamais travaillé pour Torres non plus. Il était à l'université jeudi passé, toute la journée. Pas d'alibi solide pour hier, il était à la maison à l'heure du souper, tout seul.

— Puis l'autre? s'enquit-il.

— Lui, ça a été un peu plus facile, avoua Landry.

— Pourquoi ça?

— Grégoire Dauteuil-Sirois est en prison.

Il y eut un silence qui dura quelques secondes.

— Depuis le mois de janvier, poursuivit-il. Impossible qu'il soit mêlé à ça.

— Ouain, ça complique un peu les choses.

— Peut-être pas tant que ça, glissa Jérôme.

— Comment ça? Tous les suspects peuvent être éliminés!

— J'ai eu une idée. J'ai recoupé les étudiants de la polyvalente Chavigny qui ont terminé en 2002 avec les employés du club de golf les Vieilles Forges. J'ai appelé M. Torres et j'ai obtenu la liste de tous ceux qui ont travaillé pour lui quand il avait son dépanneur. J'ai ajouté les informations à la banque de données et, curieusement, un nom apparaît trois fois. Mais vous allez pas me croire.

— Comment ça?

— C'est une fille.

— Une fille? répéta Héroux, stupéfait.

— Oui. Elle s'appelle Marie-Claude Lanteigne. Je trouve que la chance qu'elle se retrouve aux trois endroits sans être mêlée à tout ça est plutôt mince.

— Et pour la rue de Lausanne?

— J'entre tout de suite en contact avec Cédric pour lui demander. Si elle a habité dans cette rue, il la connaît c'est sûr.

— Attends, répondit Héroux. J'ai peut-être une idée. Je te rappelle.

Il transféra la ligne au bureau de Brigitte.

— Bridge, est-ce que Josée est avec toi ?

— Oui, elle est à côté.

— O.K., passe-la-moi, s'il te plaît.

— Tout de suite. Josée, c'est Héroux.

— Oui ?

— Salut Josée. Si je te dis le nom de Marie-Claude Lanteigne, ça te rappelle quelque chose ?

Elle réfléchit quelques instants.

— Je pense que c'était la première pensionnaire de M. Ariel, sur la rue de Lausanne, pourquoi ?

DES PREUVES II

- Mercredi matin, 8 juin

— Vous repoussez, Mylène ! Je ferai le point de presse *après* le *meeting*. Contez-leur n'importe quoi, offrez-leur des beignes, du café, j'vais être en retard !

Il ferma la porte de la salle de réunion devant les yeux surpris de ses enquêteurs.

— Désolé, s'excusa-t-il. Les choses déboulent vite et vous connaissez mon amour pour les journalistes.

Il prit place devant eux et s'adressa à Josée.

— C'est exceptionnel que tu sois parmi nous en ce moment, on a pas l'habitude de laisser les civils participer à nos enquêtes. Mais là, tu m'aides, tu nous aides, tu connais le dossier, et tous les moyens sont bons pour retrouver Mélodie ! J'en assume les pleines conséquences. Si quelqu'un a de quoi à dire, faites-le maintenant !

Le silence était sans équivoque.

— Mon meilleur ami est mêlé à ça, je suis vraiment contente de vous donner un coup de main, confirma Josée.

— On va le retrouver, assura-t-il. Bon, le *meeting* est d'une importance capitale. On recherche une femme qui s'appelle Marie-Claude Lanteigne.

— Une femme ? demanda Brigitte avec étonnement.

— Surprenant, mais oui, confirma Héroux. Elle a utilisé le masculin dans les lettres pour nous tromper, chose qui n'est pas surprenante. Elle est jusqu'à nouvel ordre considérée comme reliée à la disparition de Mélodie Cormier. Personne parle à la presse ou la nomme en tant que suspecte, je veux surtout pas qu'elle sache qu'on l'a dans le radar. Je m'occupe des micros, vous démêlez les fils.

Tous approuvèrent de la tête.

— *Good!* Selon les derniers faits, voici une récapitulation qui contient les nouveaux éléments.

Il prit un crayon et accompagna ses dires de mots et de gribouillis sur le chevalet près de lui.

— Jeudi matin, Mélodie Cormier est enlevée devant son école primaire, on suppose par Marie-Claude Lanteigne. Si c'est ben elle, il va falloir trouver le lien qui les unit. Elle a déclaré dans les tubes qu'elle a épié et suivi la famille, mais on en sait pas plus. Il serait surprenant que la jeune ait été prise de force à une heure où tout le monde est dehors puis en mesure de l'entendre crier, mais il faut que quelqu'un ait réussi à mettre la main dessus. Bon, Marie-Claude passe ensuite au travail de Gilbert Cormier, le père, puis elle dépose le sac d'école dans la boîte du *pick-up*. Elle se rend dans le secteur du chemin Masse puis laisse tomber l'élastique de Mélodie dans un sentier où elle *savait* qu'on allait situer Cormier. Aux environs de midi, un appel anonyme sûrement placé par Lanteigne elle-même, prétend avoir vu Mélodie dans un *pick-up* noir, sur le viaduc à côté de l'école. On tombe dans le panneau puis on lâche les chiens sur le père. Dimanche matin, Josée puis Marco reçoivent une lettre de Marie-Claude qui les dirigera peu à peu vers toute une série de révélations, dont la plus importante est la preuve qu'on s'est fait avoir *ben raide*. Elle leur remet même la montre du père de Marco Genest, ce qui est troublant parce que c'est un objet que l'homme aurait dû avoir en sa possession quand il marchait dans le bois avec sa femme, l'automne passé. Ça fait un méchant détour, mais faire la lumière sur le lien entre les parents de Marco, leur accident puis Marie-Claude Lanteigne, ça va nous mener directement à elle.

Il inspira et tourna une des pages pour avoir de l'espace pour écrire.

— Hier soir, l'appartement de Marco est défoncé mais on pense que rien a été volé, sauf la montre qui avait été laissée là. Un renseignement dans une des lettres l'envoie chercher quelque chose à la maison de ses parents, et hop ! il disparaît lui aussi. Je gage comme vous que Marie-Claude a un rapport là-dedans. Stéphane retourne à l'appart dans la nuit et trouve le sac à dos des parents. Avec Jay, il trouve dedans une bague en or et un puissant médicament, aujourd'hui illégal.

Il appuya ses mains sur la table et regarda intensément l'équipe.

— Une empreinte trouvée dans l'appartement se trouve aussi sur un des tubes qui contenait les lettres ET sur les affaires qui se trouvaient dans le sac à dos des parents.

Tout le monde écoutait attentivement, épaté.

— Mes amis, je vous gage ma plaque que c'est celle à Marie-Claude Lanteigne. Vous lâchez tout ce que vous faites puis vous ouvrez les oreilles.

Une fois de plus, tous firent un signe de tête.

— *Good!* Bridge et Josée, vous me résolvez l'énigme au plus vite. Si une sociopathe a caché d'autres renseignements qui peuvent nous éclairer, ça nous les prend au plus vite !

— On a rendez-vous avec un des amis de Marco tout à l'heure, rappela Brigitte. Il a déjà aidé à résoudre une des énigmes et il peut sûrement nous aider.

— C'est bon, mais fais attention à ce que tu laisses sortir comme information !

— O.K.

— Steph, tu me trouves le rapport de l'alliance puis de l'ordonnance. Quelque chose me dit que c'est ça qu'elle cherche. Je veux savoir pourquoi !

— Je suis là-dessus !

— *Good!* Jérôme, tu dois savoir ce que je veux, hein ?

— Une petite recherche ?

— Une *grosse* recherche, corrigea-t-il. Je veux tout savoir sur elle ! D'où elle vient, ce qu'elle mange, qui sont ses amis, tout ! Si elle a eu un hamster quand elle était jeune, ben trouve son nom ! Puis je veux des empreintes !

— J'vais creuser jusqu'en Chine, affirma Landry.

— *Good !* J'vais envoyer des équipes dans le coin de l'aéroport, il va y avoir une présence policière constante dans le secteur. Des agents questionnent déjà les voisins de la maison des parents de Marco. D'ailleurs, son cellulaire est sous surveillance aussi, au cas où il serait utilisé. La Mazda rouge a été identifiée comme étant la sienne ; la zone limite où se rendent les signaux cellulaires passe juste à côté. J'vais divulguer ça à la presse, peut-être que quelqu'un a vu quelque chose de louche hier soir.

Il se redressa et lança le crayon sur la table, résolu.

— Vous me faites savoir tout ce que vous trouvez. Communication et rapidité ! Il y a du monde en danger puis ils comptent sur nous !

Tous sortirent et l'enquêteur Héroux se dirigea vers la salle qui se trouvait à l'entrée du poste de police. Cet endroit pouvait s'adapter de façon sommaire pour recevoir les gens de la presse. Toute la population locale – et sans doute la province entière – avait hâte de savoir où en était l'enquête sur la disparition de Mélodie.

Héroux eut l'occasion de s'entretenir quelques secondes avec le capitaine dans le corridor adjacent, le mettant ainsi au parfum des derniers développements. La brève conversation confirma toutefois à l'enquêteur ce qu'il redoutait déjà depuis un moment : des forces fraîches arrivaient en ville dès vendredi pour aider à faire avancer les choses.

Nerveux, résigné, il pénétra dans la pièce sous les murmures de la dizaine de journalistes.

— Bonjour à tous, commença-t-il en prenant place devant eux. Ce point de pr…

— Boss !

Il tourna la tête et vit Brigitte dans l'embrasure de la porte.

— Je suis désolée, boss, c'est vraiment important.

— Monsieur Héroux ! lança une journaliste.

— Nous voulons savoir ! ajouta une autre.

— Pardonnez-moi, dit-il en s'approchant de son enquêteuse. Je vous reviens tout de suite !

Il ferma la porte derrière lui sous les grondements et fronça les sourcils, curieux.

— Qu'est-ce qu'il y a, Bridge ?

— Josée a reçu un message de Marco, boss.

DES PREUVES III
- Mercredi matin, 8 juin

— Je suis désolée, dit-elle en sanglotant. J'utilise jamais les textos et je pense pas à vérifier si j'en reçois !

— Ça va, ça va, dit Héroux pour la calmer. Tu pouvais pas savoir et je t'en veux pas du tout. Au moins, on sait que Mélodie et Marco sont en vie. Ça explique le bref signal repéré cette nuit. Ton ami a dû avoir accès au cellulaire de Marie-Claude pendant un moment puis il a pensé à t'envoyer un message.

— Et il confirme que c'est bien une femme, indiqua Brigitte.

Josée s'essuya les yeux et tenta de se ressaisir.

— Si t'aimes mieux retourner chez toi, je comprends parfaitement, ajouta le détective.

— Je veux vous aider, déclara-t-elle.

— O.K. Dans ce cas, accompagne Brigitte et résolvez cette énigme. Sens-toi pas obligée de quoi que ce soit.

— C'est d'accord.

— Bien, je retourne à la presse. Bonne chance à vous deux.

Héroux revint d'un pas rapide vers la salle où attendaient les journalistes.

— Je sais, je sais, tout est ma faute ! s'excusa-t-il d'emblée en entrant dans le local. Je reçois beaucoup de renseignements et je dois prendre des décisions rapides. Désolé de vous avoir fait attendre, je vais maintenant vous faire une mise à jour. Merci de me laisser terminer, vous pourrez poser des questions par la suite.

Il s'installa à l'avant et prit une gorgée d'eau dans un verre qui se trouvait devant lui.

— Bon. Premièrement, nous avons relâché Gilbert Cormier ce matin.

Il y eut un chaos instantané dans l'assistance.

— S'il vous plaît! insista Héroux. Laissez-moi poursuivre.

Les médias se calmèrent un peu, mais la tension demeurait lourde dans la petite pièce.

— Nous avons de bonnes raisons de croire que cet homme n'est pas coupable. Il semblerait que quelqu'un ait essayé de faire miroiter qu'il était mêlé à toute cette histoire. La piste de la camionnette noire est fausse.

La salle s'anima de nouveau.

— Attendez, je vous en prie. J'ai d'autres renseignements. Un jeune homme est porté disparu depuis hier soir. Il se nomme Marco Genest. Nous croyons que la personne qui a enlevé Mélodie Cormier est également mêlée à sa disparition.

Pendant qu'il parlait, une image de Marco apparut sur l'écran derrière lui.

— Il a 23 ans, et vous pouvez voir son visage. Il a été aperçu dans le secteur du boulevard Saint-Jean hier soir, près de l'aéroport, un peu après l'heure du souper, et n'a pas été revu depuis. Il conduisait une petite Mazda 3 rouge assez récente qui a été retrouvée ce matin dans les environs. Toute personne qui possède des renseignements sur ce jeune homme, sa voiture ou ses activités est priée de joindre le service de police immédiatement.

Tout le monde essaya de parler au même moment. Ces nouvelles données allaient déferler dans les médias et inonder la population en un rien de temps.

— S'il vous plaît! Oui, Isabelle?

— Est-ce que ce jeune homme est un suspect dans la disparition de Mélodie?

— Aucunement, affirma-t-il.

— Monsieur Héroux, poursuivit la grande blonde devant lui. Qu'est-ce qui vous fait croire que les deux disparitions sont liées ?

— Je ne peux malheureusement pas divulguer ces détails à l'heure actuelle sans compromettre l'enquête. Je dirai simplement que certaines preuves matérielles corroborent ce fait. Oui, François ?

— Merci. Est-ce que la population court un danger ? Deux enlèvements en moins d'une semaine, c'est plutôt inusité à Trois-Rivières.

— À l'heure actuelle, rien n'indique que les gens soient en danger. Nos enquêteurs travaillent d'arrache-pied pour identifier l'auteur de ces crimes et mettre fin à tout ça. Oui, Lyne ?

— Avez-vous un suspect ?

L'enquêteur pinça les lèvres.

— Non, malheureusement. Je vous informe dès qu'il y a du nouveau.

Il quitta précipitamment l'endroit en dépit des demandes des journalistes. Il se rendit à son bureau, où sa secrétaire l'attendait.

— La mère de Mélodie a appelé, monsieur.

— Je la rappelle tout de suite. Merci Mylène.

Percevant quelque chose dans le comportement de son patron, l'adjointe se permit une indiscrétion.

— Tout va bien, monsieur Héroux ?

Il inspira et s'arrêta quelques secondes à l'entrée de son bureau.

— Le capitaine a appelé les renforts, dit-il en soupirant.

Mylène comprenait parfaitement les retombées de cette remarque. Elle était désolée pour cet homme qu'elle admirait.

— On vous garde une place de choix dans l'enquête ? demanda-t-elle.

— Je ne sais pas, avoua Héroux.

— Vous êtes le meilleur, monsieur, dit-elle avec empathie.

— Merci, Mylène, c'est toujours un plaisir de travailler avec vous. Et pas un mot de ce que je vous ai dit à personne, je ne veux pas décourager les troupes !

Il ferma la porte derrière lui et décrocha la ligne.

— Madame Duval, ici le détective Héroux.

— Bonjour monsieur Héroux. Merci d'avoir relâché mon mari !

— Il n'est pas responsable de l'enlèvement de votre fille, je n'ai aucune raison de le garder plus longtemps.

— J'ai appelé plus tôt pour vous parler.

— Oui, pardonnez-moi si je ne suis pas entré en contact avec vous avant. Les choses vont vite et ma tête est partout en même temps.

— Avez-vous des nouvelles de Mélodie ?

— Vous comprenez que nous ne pouvons pas divulguer ce renseignement aux médias, cela pourrait compromettre l'enquête. Et je ne veux surtout pas vous donner de faux espoirs.

— Je comprends cela. Dites-moi inspecteur ! Je dois savoir ! supplia-t-elle.

Il hésita avant de la rassurer.

— Dites-moi, madame Duval, connaissez-vous une fille du nom de Marie-Claude Lanteigne ? Elle a environ 25 ans.

— Ça ne me dit rien. Est-ce qu'elle sait où se trouve ma fille ?

— Je n'en sais rien, j'ai besoin de savoir s'il est possible qu'elle l'ait déjà rencontrée auparavant. Croyez-vous que Mélodie pourrait la connaître ?

— Ma fille a 10 ans, je vois mal où elle pourrait rencontrer des gens sans que je le sache.

— Fait-elle du sport, une activité quelconque à l'extérieur de l'école ?

— Elle danse. Elle suit des cours à l'école L'Astragale, sur des Forges, le mardi soir. Mais tous les élèves de son cours ont environ son âge.

— D'accord. Autre chose ?

— Non, rien qui me vient à l'esprit. Parlez-moi, monsieur Héroux ! Je sens que vous me cachez quelque chose !

— Je vous le répète, je ne veux pas vous donner de faux espoirs.

Il tourna la langue dans sa bouche et ne put résister à l'envie de rassurer la pauvre mère.

— Nous avons de bonnes raisons de croire qu'elle est bien en vie, déclara-t-il.

BAGUE ET ORDONNANCE I – Mercredi matin, 8 juin

L'enquêteur Stéphane Larivière arriva aux archives de la ville de Trois-Rivières. Il avait souvent fait des recherches dans ce large inventaire de données et connaissait bien Gabrielle, la dame qui gérait l'endroit.

— Bonjour monsieur Larivière ! s'écria-t-elle en l'accueillant. Quel plaisir de vous voir !

— Bonjour Gabrielle, content de vous voir également.

— Que puis-je faire pour vous ?

— J'ai besoin d'identifier la propriétaire d'une alliance. Je n'ai que le nom de Marjorie et la conviction qu'elle l'a reçue il y a plusieurs années.

— Vous parlez de quelle époque, environ ?

— Années 1950, sans doute. Pas après 1961, de source sûre.

— Elle vient de chez J.R. Michaud ?

— Dites donc ! s'exclama-t-il, étonné. Vous êtes forte !

— Oh, c'est l'habitude, vous savez. Il y a tellement longtemps que je travaille dans les archives que j'ai parfois l'impression d'en être une moi-même.

— Loin de là, Gabrielle !

— Vous êtes gentil, enquêteur. Je vais lancer une requête pour essayer de trouver une épouse du nom de Marjorie.

Elle entra quelques données dans son logiciel de recherche et reçut une réponse préliminaire.

— Il y a eu 31 mariages dont l'épouse portait le prénom Marjorie, au 20e siècle, dans le grand diocèse de Trois-Rivières. Ça inclut les mariages civils. Je vais maintenant limiter la date à 1962, sachant que l'alliance a été faite chez J.R. Michaud. Voyez, nous réduisons le lot à 11 seulement.

— Le bijoutier a ouvert ses portes en 1946, avec le boom des unions d'après-guerre. Vous pouvez éliminer toutes les dates avant ça, précisa Larivière.

— Donnez-moi une seconde. Voilà. Quatre cas seulement correspondent à vos critères.

— Vous avez les documents légaux ici, sans doute? demanda-t-il.

— Oui, je vais prendre en note les numéros d'identification.

Elle écrivit sur une feuille les quatre séries de lettres et chiffres et se leva.

— Suivez-moi, je vous en prie.

Elle se dirigea vers une rangée qui contenait des centaines de boîtes bien classées.

— Un jour, tout ceci sera informatisé, annonça-t-elle avec regret en passant sa main sur les étiquettes. Mon travail est en voie d'extinction.

— Heureusement que l'ordinateur existe, car vous seriez obligée de toutes les passer une par une, plaisanta-t-il.

Elle lui lança un regard empreint d'expérience.

— Si vous saviez ce que je peux accomplir sans l'aide de cette machine, vous seriez surpris, enquêteur. Ces bidules à touches n'ont pas toujours été là.

Il sourit à la réponse.

— Je n'en doute pas une seconde, Gabrielle.

— Par ici.

Elle s'arrêta devant une tablette qui contenait plusieurs fiches minutieusement identifiées.

— Je vais vous sortir les dossiers, vous êtes libre de faire des photocopies dans la salle juste à côté. Je vous demanderais de laisser les originaux ici.

— Sans problème, répondit Stéphane. Je connais la procédure.

Elle lui remit quatre chemises poussiéreuses.

— Voici les documents légaux qui entérinent les unions dont vous m'avez parlé. Il y a parfois de l'information au sujet des alliances, mais ce n'est pas courant. Prenez votre temps, je serai à l'entrée quand vous aurez besoin de moi.

Il la remercia et se dirigea vers un petit espace éclairé qui se trouvait au milieu des archives. Un numériseur et une photocopieuse étaient à la disposition des visiteurs. Il s'assit et commença à éplucher les chemises.

Les quatre mariages avaient eu lieu dans les années 1950, et toutes les épouses avaient bien le prénom Marjorie, mais aucune révélation sur les alliances. Il notait minutieusement les maris, témoins et célébrants lorsque, tout à coup, il aperçut un nom qui lui rappela quelque chose.

Une femme nommée Marjorie Lafleur avait épousé, en 1958, un homme du nom de Marcel Fontaine.

— *Oh boy !* s'exclama-t-il en fouillant dans ses poches.

Après avoir fait une copie de tout ce dont il avait besoin, il repartit rapidement vers l'entrée pour saluer Gabrielle.

De retour dans sa voiture, il parcourut quelques kilomètres vers l'est sur la rue Saint-Maurice, traversa le pont au-dessus de l'île Saint-Christophe et se gara dans le stationnement qui faisait le coin des rues Fusey et Duplessis, en bordure de la rivière Saint-Maurice. Il débarqua et chercha du regard le commerce qu'il était venu visiter : la pharmacie qui avait émis l'ordonnance de somnifères à un dénommé… Marcel Fontaine, en 1995.

Il entra dans le magasin et chercha l'endroit où étaient remis les médicaments. Il se dirigea vers l'arrière et s'adressa à un pharmacien qui se trouvait derrière un comptoir.

— Bonjour, je suis l'enquêteur Stéphane Larivière, de la police de Trois-Rivières.

— Bonjour, je peux vous aider ?

— Je suis à la recherche d'une personne qui a reçu une ordonnance de somnifères il y a plusieurs années, de votre pharmacie.

— Quel est son nom ?

— Marcel Fontaine.

— Attendez un instant, je vais consulter la base de données.

Il utilisa un terminal qui se trouvait près de lui et hocha la tête.

— C'est un client régulier.

L'enquêteur était stupéfait.

— Il est vivant ?

— Il est venu chercher une ordonnance pas plus tard que la semaine dernière, révéla le pharmacien.

— Et vous avez une adresse ?

— 70 Saint-Valère, c'est juste à côté.

Stéphane nota l'endroit et remercia le pharmacien.

Le policier sortit de la pharmacie et sentit l'adrénaline monter en lui. S'il pouvait rencontrer cet homme, il répondrait à plusieurs questions et ferait rapidement avancer l'enquête.

Il reprit la rue Fusey vers l'est et aperçut la rue Saint-Valère presque aussitôt. Il tourna à gauche et remonta les numéros jusqu'au 70. C'était l'un des plus anciens quartiers de la ville de Cap-de-la-Madeleine, avant qu'elle ne soit fusionnée avec Trois-Rivières, environ dix ans plus tôt. Il stationna sa voiture devant la modeste demeure et essaya de distinguer s'il y avait quelqu'un dans la maison. Il ne vit personne mais décida néanmoins de débarquer et de frapper.

À sa surprise, on vint répondre. Un homme âgé ouvrit la porte.

— Oui ?

— Bonjour monsieur, dit-il en lui montrant sa carte. Je suis Stéphane Larivière, enquêteur à la police de Trois-Rivières.

— Ça pourrait être écrit Stéphanie et Tupperware et je verrais quand même rien, mon garçon. Ma vue n'est plus ce qu'elle était.

L'homme sourit, ce qui détendit le policier.

— Sentez-vous bien à l'aise de vérifier mon identité, souligna-t-il. Êtes-vous monsieur Marcel Fontaine ?

— C'est moi. Que voulez-vous ?

— Accepteriez-vous que je vous pose quelques questions ? Je recherche une personne et je me demandais si vous pouviez m'aider à la retrouver.

— De qui s'agit-il ?

— Marie-Claude Lanteigne. Vous la connaissez ?

L'homme fronça les sourcils.

— C'est ma petite-fille, déclara-t-il.

UNIVERSITÉ DU QUÉBEC À TROIS-RIVIÈRES I – Mercredi matin, 8 juin

L'enquêteuse Brigitte Soucy marchait avec Josée sur le campus de l'Université du Québec à Trois-Rivières. Elles se dirigeaient vers l'entrée nord du pavillon Albert-Tessier, près du centre d'activité physique et sportive.

— Il nous a été utile quand on cherchait la première énigme, admit Josée. Je pense qu'il jouait pas mal avec ces affaires-là, plus jeune.

— Celle-là semble être une question de recherche plus que de déduction, expliqua Brigitte.

— Je pense que vous allez l'aimer, dit-elle.

Elles passèrent devant la coopérative et empruntèrent l'escalier qui menait au deuxième, près de la cafétéria.

— Voilà, c'est par ici, indiqua-t-elle, au bout de ce corridor.

Elles étaient maintenant dans le département de gestion informatique. Le bureau de Jean-François Wilson se trouvait sur la droite, au fond. Josée frappa doucement à la porte entrouverte.

— Salut, dit-elle.

— Ah, salut Josée ! Entre.

— Je te présente l'enquêteuse Brigitte Soucy.

Les deux femmes entrèrent dans le bureau. La policière examina l'homme. Sous une chemise élégante, au cou et aux poignets, on distinguait des tatouages. Elle s'arrêta sur ses yeux foncés et inspira : elle aimait le personnage.

— Enchantée.

— Idem pour moi, répondit Wilson. Asseyez-vous ! Puis, avez-vous trouvé la réponse de l'autre ? demanda-t-il en s'adressant à Josée. J'espère que je vous ai aidés un peu ?

— T'as mis le doigt direct dessus avec les dates de naissance, lui apprit-elle à son grand plaisir. Ça m'a pas pris de temps avant de faire le lien avec quelques lettres et trouver que la réponse était l'île Saint-Quentin.

— Super, super ! Comme ça vous avez de la difficulté avec une autre p'tite devinette ?

Brigitte sortit quelques feuilles de son porte-document.

— En effet, avoua Brigitte. Monsieur Wilson, je vous suis très reconnaissante de votre aide. Je me dois cependant de vous dire que tout ceci fait maintenant partie d'une enquête criminelle et qu'il ne faut en aucun cas discuter de votre collaboration avec quiconque en dehors des enquêteurs. Ça s'applique également à Josée, bien sûr, ajouta-t-elle en regardant la jeune dame.

— Ne vous en faites pas, déclara-t-il. Ça va rester entre nous.

De nouveau, elle soutint son regard quelques instants.

— Merci, monsieur Wilson.

Il se contenta de sourire poliment.

— Voilà la bête, lança-t-elle en lui remettant une feuille.

Il la prit et recula sur sa chaise pour l'examiner.

Tu emprunteras la pièce à celui venu de Mortagne-au-Perche et l'utiliseras comme tienne.
Pour ne pas oublier tes origines, tu la chargeras d'un des meubles les plus anciens.

Les corégones te rappelleront l'illusion,
vue du fleuve; et protégeront l'esprit des
premiers venus.
Tu citeras les Saintes Écritures, pour
montrer ta foi.
Pour ne pas oublier où tu es, tu feras
usage de deux branches à feuilles vertes.
Mais toi, oh esprit industrieux qui nous
surmonte, qui es-tu?
Quand tu auras répondu à cette question,
tu lui donneras un facteur de vingt.
Cela devrait te diriger vers un magasin
quelconque. Cherche un clown, un pauvre
clown qui ne pourra jamais accompagner
d'enfants à une fête. Une torture infinie.

— Hum, marmonna-t-il. C'est pas comme l'autre. Ça vient de la même personne? s'enquit-il en relevant la tête.

La policière hésita un instant avant de répondre. Elle soupesait la quantité de renseignements qu'elle voulait dévoiler.

— Oui, finit-elle par admettre, c'est ce qu'on pense.

— Hum, fit-il encore, retournant à la feuille. Et avez-vous trouvé quelque chose jusqu'à maintenant?

Elle sortit une feuille couverte de gribouillis.

— J'ai noté des pistes, mais rien qui ait du sens dans l'ensemble. L'esprit industrieux me faisait penser à la Wayagamack, sur l'île Caron, à côté du fleuve. J'ai fait des recherches sur Mortagne-au-Perche, c'est un p'tit village en France. J'ai supposé qu'elle faisait allusion à la maison ou à l'appartement de quelqu'un qui venait de là.

Jean-François n'écoutait plus, il la regardait directement dans les yeux. À un certain moment, Brigitte devint mal à l'aise.

— Elle? répéta-t-il.

— Comment? Excusez-moi, je ne suivais plus.

— Vous avez dit « elle ».

Cette fois, la femme sentit son visage devenir tout rouge. Elle venait de laisser sortir un renseignement capital sur la suspecte et s'en mordait déjà la langue. Décidément, cet homme n'en manquait pas une.

— Vous en dites un peu plus que vous voudriez, hein? ajouta-t-il en souriant.

L'enquêteuse posa sa feuille devant elle, sur le bureau. Elle avait l'habitude d'être en avance sur les gens, pas le contraire. Cela faisait monter en elle un drôle de sentiment. Cependant, elle ne ressentait pas d'animosité de la part du jeune homme; il avait seulement un sens de l'observation développé.

— J'aurais pas dû vous dévoiler ça, c'est vrai, avoua-t-elle. Il y a des affaires qui faut pas dire, pendant une enquête, ça pourrait mettre certaines personnes en danger.

— Je vous ai déjà donné ma parole, rétorqua-t-il. Et si je peux me permettre, c'est pas négligeable d'en savoir le plus possible sur l'auteur d'une énigme; ça peut aider à la résolution.

Elle approuva de la tête.

— Vous avez raison. C'est quoi votre première impression?

Il parcourut rapidement la feuille une autre fois, en faisant la moue.

— C'est pas de niveau un, ni deux, assurément.

— Je suis pas vraiment familière avec ces termes-là, admit Brigitte, lançant un regard vers Josée.

— Ça veut dire qu'on pourra sûrement pas la résoudre à l'aide de l'orthographe seulement, ou ben avec une relation ordinale entre des lettres puis des chiffres, précisa Wilson. Bah, j'suis peut-être dans le champ, c'est rien qu'une impression préliminaire, mais le sens des mots a l'air d'y être pour quelque chose. Alors ça demande un peu de creusage, trancha-t-il en bougeant sa souris d'ordinateur.

— Et le niveau trois? demanda Josée. Celle avec les personnages célèbres en était une, j'ai raison?

— Ouaip, approuva-t-il. Rendu là, ça prend de la recherche *et* une relation entre nombres, alphabet ou quelque lien du même genre. Ce sont généralement les plus complexes, parce que ça demande une clé.

— Je comprends. Et pour l'énigme que nous avons actuellement? s'enquit Brigitte, impatiente de faire avancer l'enquête.

— Ça a l'air d'une espèce de charade, une série de paraboles qui résument quelque chose de tangible. Faut commencer par identifier quelqu'un, ou quelque chose, si je me fie à ce qui est écrit ici. Bon, donnez-moi quelques minutes, s'il vous plaît. Vous pouvez aller chercher un café au bout du corridor, si vous voulez.

L'enquêteuse hésitait à quitter le bureau pendant qu'un inconnu manipulait des renseignements délicats liés à une investigation. Encore une fois, Jean-François la prit de court et sentit son malaise.

— Même si vous partiez avec tous vos documents, je pourrais la recopier de mémoire puis travailler dessus.

Elle sourit de bon cœur.

— Tu me laisses pas passer en avant de toi, hein? lui fit-elle remarquer.

— Généralement, on me fait confiance en entier, pas en fraction, rétorqua-t-il.

Elle se pencha vers son bureau.

— Généralement, je travaille avec des policiers en uniforme, mon beau. Pas avec des civils comme toi, ne t'en déplaise. Et on est dans le jus, la vie de deux personnes dépend de nous. Ceci dit, je te rapporte un café?

DES PREUVES IV

- Mercredi matin, 8 juin

— Je comprends pas ! hurla Héroux. Y'a ben quelqu'un qui a vu quelque chose, quelque part !

L'enquêteur était furieux. Il venait tout juste de recevoir le rapport des officiers qui avaient interrogé les voisins des parents de Marco. Si l'on se fiait à son humeur, ils n'avaient rien trouvé. Personne n'avait vu la voiture du jeune homme. Comme le lui expliquait un des policiers, les gens étaient habitués de voir des acheteurs potentiels visiter la maison et circuler sur le terrain. Ils ne prêtaient donc pas attention outre mesure.

— Avez-vous retrouvé d'autres traces laissées par Marco ?

— Rien d'autre, chef. On a interrogé tous les commerces à quelques kilomètres à la ronde.

— Au moins, on a l'esprit tranquille là-dessus. Pas de voiture suspecte non plus ?

— Non plus. Le secteur est vaste, plein de sentiers s'enfoncent dans le bois. C'est probable qu'un échange de véhicules ait eu lieu à l'endroit où la Mazda a été retrouvée. C'est à distance de marche de la maison de ses parents puis pas loin d'une entrée d'autoroute. C'est un point stratégique assez optimal. Si le signal que vous avez repéré provenait d'une voiture en marche, ça pourrait mêler les cartes.

— Ça a été émis au milieu de la nuit, je suis pas mal sûr qui sont cachés quelque part dans c'te coin-là. J'suis peut-être à côté, mais j'ai besoin de suivre quelque chose de tangible. Merci pour le coup de main, les gars. Gardez l'œil ouvert!

On frappa doucement à la porte.

— Monsieur?

— Entrez, Mylène.

— Excusez-moi, j'ai vu que vous étiez en ligne.

— Je viens de raccrocher.

— Vous avez un certain Jean-Luc, sur la deux.

— Ah! Le gars de la vidéo. Merci, Mylène.

Il appuya sur la deuxième ligne et prit l'appel.

— Héroux.

— Monsieur Héroux? Ici Jean-Luc Venne, au labo. J'ai trouvé ce que vous cherchiez.

— Quelqu'un qui touche au camion?

— Exactement. On voit une silhouette qui s'approche du *pick-up* noir et qui dépose un sac dans la boîte.

— Super! Vous voyez qui c'est?

— Malheureusement pas, la personne porte une veste à capuchon.

— Un véhicule? risqua-t-il.

— Non plus, il a stationné son véhicule en dehors du champ de vision de la caméra. Toute la séquence dure juste quelques secondes, c'était préparé au quart de tour.

— C'est quand même une bonne nouvelle, ça corrobore la plupart de nos hypothèses. C'est quoi l'heure exacte sur la bande?

— 8 h 41, monsieur.

— Bon. C'est l'alibi final de Gilbert Cormier. C'est du solide! Conserve-moi tout ça, Jean-Luc. Ça va servir de preuve dans un éventuel procès.

Satisfait de la dernière conversation, Héroux se leva pour aller réchauffer son café.

L'AMOUR, LE VRAI I
– Mercredi matin, 8 juin

Marco ouvrit les yeux. Pendant un moment, il se demanda où il se trouvait. La voix qu'il entendit le ramena rapidement à sa triste réalité : prisonnier d'une cinglée. Il n'avait dormi que quelques heures tout au plus, incapable de trouver le sommeil dans ces circonstances. Assise sur une chaise, à quelques mètres de lui, sa ravisseuse peignait les cheveux de Mélodie.

— Le repos du guerrier, lança-t-elle.

Il s'assit dans son lit de fortune et se frotta les paupières. À mesure que son regard s'habituait à la lumière ambiante, il s'aperçut que la table était parsemée de maquillage et de perruques diverses. Derrière, sur le rebord du mur, un poste de radio diffusait une chaîne locale.

— Là, approuva Marie-Claude. Ça commence à y ressembler, non ?

Mélodie se regarda dans le miroir qu'elle tenait et hocha la tête en guise d'approbation.

— C'est quasiment pareil, attesta la fillette.

Marco les regardait, incrédule.

— Vous faites quoi ? demanda-t-il.

Mélodie se retourna et sourit à la femme derrière elle.

— Vas-y, dis-lui !

— On prépare un spectacle de danse, déclara-t-elle, souriante.

Le jeune homme fronça les sourcils.

— Ah ouain ? Pour qui ? osa-t-il demander.

— Pour mes parents.

— Oh… je vois.

— Malheureusement, Marco, t'es pas invité, précisa Marie-Claude. Ton horaire de demain peut pas te permettre d'y assister.

Elle prit une des perruques et la posa doucement sur la tête de la gamine.

— T'as décidé de me garder jusqu'à demain, maintenant ? s'enquit-il.

— Pas le choix, tu m'as pas donné ce que je voulais.

Il roula les yeux vers le ciel.

— Ciboire, répliqua-t-il, je demanderais ben rien que ça ! Je sais pas pourquoi tu veux avoir c'te sac à dos, mais c'est tes affaires. Pis je peux pas t'aider plus et ce que tu peux me faire ne changera rien.

Elle se contenta de le regarder brièvement.

— C'est quoi le plan de la journée ? demanda-t-il.

— On est en mode attente, mon cher Marco.

— Attente ? répéta-t-il.

— Yup, on attend nos amis les policiers. Ils ont tendance à vouloir mettre des bâtons dans les jambes des gens comme moi, déplora-t-elle, faussement indignée.

— Je me demande ben pourquoi, ironisa-t-il. Tu penses qui vont débarquer ici ?

— Ici ? Oublie ça. De toute façon, c'est impossible.

— T'as l'air sûre de toi, lui fit-il remarquer.

Elle sourit.

— Action, réaction. Tiens. Regarde-moi !

Mélodie se retourna et releva le menton.

— Super ! Ils vont vraiment aimer ça. Tu te souviens de ce qu'on a pratiqué ?

Elle hocha la tête avec assurance.

— *Cool.* J'ai déjà hâte à demain ! C'est ben dommage que notre ami Marco puisse pas être là.

— Il n'en tient qu'à toi de m'inviter, proposa-t-il.

— Hum, j'suis pas certaine que t'apprécierais. D'ailleurs, c'est destiné aux parents de Mélodie, pas à n'importe qui.

Elle se leva et rangea quelques tubes de maquillage qui traînaient sur la table.

— Ça fait longtemps que tu danses, Mélodie? demanda Marco.

La fillette chercha l'approbation de Marie-Claude avant de répondre. Après que cette dernière eut hoché la tête, elle se tourna vers lui.

— C'est ma deuxième année, annonça-t-elle fièrement.

— Et quel genre de cours tu suis?

— C'est du rap-funk.

Il ne connaissait pas ce style.

— Ça me dit rien pantoute. C'est qui tes artistes préférés?

— Doctor G... Funkscribe... et Diggy !

— Connais pas... Tu m'en montres un bout?

Marie-Claude eut un instant d'hésitation; elle n'était pas certaine qu'elle appréciait la soudaine communication qui évoluait devant ses yeux. Mélodie avança d'un pas et fit quelques mouvements bien exécutés qui ne ressemblaient à aucune danse que Marco avait vue dans sa vie.

— Wow ! s'exclama-t-il. T'es vraiment bonne, je niaise pas !

Le compliment la fit sourire.

— Madame Marie-Claude danse bien, elle aussi, dit-elle, admirative, en regardant celle qui la retenait captive.

Le silence qui suivit fut lourd et désagréable, sauf pour Marco. Il approuva de la tête en souriant.

— Marie-Claude Lanteigne... murmura-t-il en la regardant. On aurait dû s'en douter... si au moins on avait pensé à une fille ! T'as habité chez Ariel ! Pis c'est de même que t'as connu Cédric ! Je gage que t'es dans le même album de finissants que Sabrina Chouinard.

Dans sa tête, il se remémorait les lettres qu'il avait lues dans les tubes. Mélodie, elle, ne parlait plus du tout. Même si elle ne saisissait pas l'ampleur de ce qu'elle venait de révéler, elle pouvait quand même sentir qu'elle avait gaffé. Sans retirer son accoutrement, elle retourna à la gauche du jeune homme et s'assit par terre, penaude. Marie-Claude bougeait les yeux rapidement. Il était difficile de définir si elle était en colère ou si elle savourait le moment.

— Ha ha ! C'est clair qu'ils vont te retrouver vite, asteure, lança Marco.

— Ah ben c'est clair, comme tu dis, répondit-elle avec le sourire. S'ils sont pas en train de niaiser, ils savent même déjà j'suis qui.

— Je dois avouer que t'as ben réussi ton coup, admit-il.

Les bons mots ne lui étaient pas indifférents, cette femme aimait la flatterie.

— Ah oui? Comment ça? demanda-t-elle pour qu'il approfondisse.

— Eh ben… comme j'te l'ai dit, j'suis resté pas mal surpris que tu sois une fille, de un. T'as manipulé les mots puis les tournures de phrases dans tes textes depuis le début, sûrement pour pas te trahir si quelqu'un tombait dessus. Et puis, comme Ariel hébergeait des jeunes avec un passé *fucké*, j'imagine que tu viens d'une famille bizarre, ou même que t'es orpheline, je me souviens pas. Ça rend les choses assez *tough* si on essaye de te retrouver.

— Continue, j'aime ça, avoua-t-elle.

— Bah… ça fait pas mal le tour. Je continue à croire que t'es folle, affirma-t-il en jetant un coup d'œil du côté de Mélodie tout en tournant l'index sur sa tempe. Même si ça pourrait être pas mal pire, ajouta-t-il. Prends-le pas mal, mais t'as pas l'air ben ben méchante. Tu vas juste scrapper ta vie en faisant c'que tu fais là…

Elle pesait les propos tout en se balançant sur les pieds de sa chaise.

— J'ai rien que des bonnes intentions, insinua-t-elle. Ça a toujours été ça ! Ça peut te paraître bizarre, mais j'aime pas la violence, puis l'injustice non plus !

— Dit-elle en présence de deux personnes qu'elle a kidnappées et qu'elle retient enchaînées.

— Ah, calme-toi ! Il faut que tu voies un peu plus grand que le monde, si tu veux faire avancer quelque chose ! Les gens sont pus capables de faire les vrais constats, faut taper dans le fond du baril pour évoluer ! Puis dis pas que c'est pas vrai ! Personne va au fond des choses, qui prend le temps de créer des vraies relations ?

— Pis c'est quoi ton rôle là-dedans ?

Elle soupira.

— Je suis un simple *catalyseur*, Marco. J'en retire rien, sinon que le sentiment d'être fondamentalement utile à quelque chose.

— Pis là, en ce moment, tu aides Mélodie.

— Oui, je l'aide, épais ! explosa-t-elle en montrant la petite. Tu comprends pas qu'elle aurait jamais pu connaître le *vrai* amour si je l'avais pas choisie ? Tu peux pas comprendre ces affaires-là, t'as jamais manqué de rien !

— Mes parents me manquent, souffla-t-il.

Elle secoua la tête en détournant le regard.

— Je l'sais. C'est triste, ton histoire, puis je l'pense. Bon !

Elle se leva et le pointa du doigt.

— J'espère que t'es en forme !

UNIVERSITÉ DU QUÉBEC À TROIS-RIVIÈRES II – Mercredi matin, 8 juin

— Pierre Boucher ? s'enquit Brigitte avec surprise.

— Oui, je suis pas mal sûr que c'est de lui qu'on parle. C'est le seul personnage d'importance qui vient de Mortagne-au-Perche et que je peux lier à la région de Trois-Rivières, expliqua Jean-François.

— Et on lui a emprunté une pièce ? demanda Josée.

— Je le sais pas, avoua-t-il. Mais je sais que sa famille avait une grande maison qui donnait sur le fleuve, pas loin du cimetière de Sainte-Marthe-du-Cap, sur la vieille route. Mais je vois mal comment on pourrait lui emprunter une pièce…

— Peut-être que c'est pas la bonne maison, suggéra Josée.

— Ou pas la bonne pièce, renchérit-il.

La policière s'avança légèrement.

— Que veux-tu dire par là ? demanda-t-elle.

— Que le mot « pièce » a pas mal de significations. On peut penser à une salle, alors qu'en fait c'est peut-être de la monnaie, du théâtre, ou encore la fraction d'un assemblage quelconque.

Brigitte était médusée par cet homme.

— Je commence à comprendre pourquoi Marco et Josée ont fait appel à vous, observa-t-elle.

— On est encore loin de la solution, allégua-t-il, mais je pense que Pierre Boucher c'est un bon point de départ. Josée, pourrais-tu regarder s'il y a d'autres définitions pour le mot « pièce » ? Peut-être en français comme on le parlait au temps de la colonisation ?

— O.K., dit-elle.

— Les corégones sont des poissons, expliqua Brigitte. Selon ce que j'ai trouvé hier, c'est une espèce assez commune du grand bassin du Saint-Laurent.

— « L'esprit des premiers venus » me fait penser aux tribus indiennes, aux Autochtones ou aux totems, ajouta Jean-François. Si c'est ça, y'a peut-être un lien à faire avec la pêche, ou l'importance des poissons.

— Je pense que j'ai trouvé quelque chose, coupa Josée.

Ils se tournèrent tous les deux vers elle.

— En héraldique, la pièce signifie une charge géométrique fixe, délimitée par des lignes.

Le silence fut de courte durée.

— Des armoiries ! s'exclamèrent-ils à l'unisson.

— On va chercher celles de Pierre Boucher, proposa Josée.

— Puis celles de Trois-Rivières, tant qu'à y être, compléta Jean-François.

Ils utilisaient furieusement leur ordinateur respectif sous le son des cliquetis de souris et des touches de clavier.

— J'ai trouvé ! cria Josée. La ville de Trois-Rivières a emprunté la pièce en forme de V inversé qui était sur le blason de Pierre Boucher !

— Et qui se retrouve en plein milieu des armoiries actuelles de la ville, confirma Wilson. On voit aussi les trois corégones, les deux branches à feuilles vertes…

— Et une fleur de lys, indiqua Brigitte.

— Ça doit être ça, le meuble le plus ancien, déclara Josée.

— Les Saintes Écritures sont là, donc tout concorde.

Jean-François éclata de rire.

— Et voilà votre esprit industrieux. C'est quand même bien pensé !

— Où ça ? demanda Brigitte.

Du doigt, il lui montra le castor perché sur le dessus des armoiries.

— Wow ! lança-t-elle.

Elle se ressaisit rapidement et reprit son travail.

— Donc, déduisit-elle en se raclant la gorge, le castor serait la réponse à la première partie de l'énigme.

— Ça semble être le cas, approuva Jean-François.

Josée hochait la tête pour donner son accord.

— Et il faudrait lui donner… un facteur de vingt ? demanda-t-elle, étonnée.

— Vingt castors ? Connaissez-vous un magasin qui vend des affaires liées aux castors ? demanda Brigitte.

Jean-François fronça les sourcils à la suite d'une déduction qu'il trouvait un peu précipitée.

— Attendez, dit-il. Le castor de l'énigme symbolise l'esprit industrieux. Trois-Rivières a longtemps été un point central du développement industriel au Québec, à cause de sa situation géographique puis de la proximité des voies maritimes. Il faut peut-être chercher de ce côté-là. Le mot ne doit pas forcément être utilisé au premier degré.

— Castor… castor… répéta Josée. Il n'y a pas cinquante significations qui me viennent en tête.

Jean-François fit une recherche rapide à ce propos sur son ordinateur.

— Animal, emblème…

— Un cinq cents ? suggéra Brigitte.

— Ah ben c'est bon, ça ! s'exclama-t-il. Un facteur de vingt, et ça donne une piastre.

— Un magasin à une piastre ! lança Josée.

La policière réfléchissait.

— Un clown dans un Dollarama… je pense que j'ai une idée d'où ça peut être, déclara-t-elle.

Elle se leva d'un bond.

— Le temps presse. Monsieur Wilson, mille mercis pour votre aide.

— À votre service, répondit-il. Sentez-vous ben à l'aise de passer me dire bonjour quand ça va vous tenter.

La policière esquissa un sourire et quitta le bureau en trombe, Josée sur ses talons.

UN APPARTEMENT I
- Mercredi midi, 8 juin

L'enquêteur Jérôme Landry consultait la base de données générale du poste de police depuis maintenant plus d'une heure. Il avait retrouvé la dernière adresse connue de Marie-Claude Lanteigne et s'apprêtait à donner un coup de fil à son domicile. Auparavant, il avait envoyé deux voitures pour surveiller l'endroit. Sa photo, sa description et les renseignements relatifs à son véhicule avaient été donnés à tous les patrouilleurs en service. Si elle circulait dans la région au volant de cette voiture, il y avait toutes les chances qu'elle soit repérée. Il prit le téléphone et composa le numéro rattaché à l'adresse. Il fut surpris d'entendre quelqu'un décrocher, il s'attendait plutôt à tomber sur une boîte vocale.

— Allo ?

— Heu ! oui, bonjour ? À qui je parle ?

— Vous appelez où ?

— Je… je cherche Mme Marie-Claude Lanteigne.

— Elle est pas ici.

— D'accord. Est-ce que vous savez où elle se trouve ?

— Vous êtes qui ?

— Je suis l'enquêteur Jérôme Landry, de la police de Trois-Rivières.

Il y eut un petit silence à l'autre bout de la ligne.

— Je l'ai pas vue depuis une semaine.

— Vous habitez avec elle ?

— Oui.

— J'aimerais passer pour vous poser quelques questions, s'il vous plaît.

— Tout de suite ?

— Oui. Croyez-vous que ce soit possible ?

— Heu ! O.K.

— D'accord, merci beaucoup. J'arrive dans quelques minutes, je serai avec une coéquipière.

— O.K.

Il raccrocha et s'empressa de mettre sa veste. Il se dirigea en vitesse vers le bureau de son patron.

— Boss !

— Que se passe-t-il, Jay ?

— J'ai l'adresse de Marie-Claude, je vais rencontrer sa colocataire.

— Je t'envoie Alex.

— C'est ce que je venais demander, répondit-il avec le sourire. Tiens, voilà l'adresse, elle va pouvoir venir me rejoindre. Deux patrouilles sont déjà là.

— Ça marche. Je m'occupe de la paperasse pour le mandat. Force rien !

Jérôme sauta dans sa voiture et prit la direction du centreville. Durant tout le trajet, il se demandait bien de quoi pouvaient avoir l'air les occupants et la propreté de ce logement. Allait-il tomber sur une de ces postadolescentes marginales ?

Il gara sa voiture sur la rue Notre-Dame, près du port. Marie-Claude demeurait dans un appartement assez récent, dont l'arrière donnait sur le fleuve. Landry grimpa les marches et frappa à la porte. La jeune femme qui vint lui ouvrir paraissait avoir un peu plus de vingt ans ; elle était vêtue d'un simple pantalon de jogging et venait vraisemblablement de s'attacher les cheveux à la hâte. Il se passa la remarque qu'elle était mieux qu'il ne se l'était imaginée.

— Salut, dit-elle. Entrez.

— Merci, répondit-il.

En pénétrant dans le logement, il fut surpris de la propreté des lieux. C'était un grand cinq et demi de forme rectangulaire qui datait d'une vingtaine d'années au maximum.

— On peut aller dans la cuisine, indiqua-t-elle.

Il la suivit et prit place avec elle à la table. Il continuait d'examiner l'endroit discrètement.

— Merci de me recevoir, dit-il. Une collègue va venir nous rejoindre, elle aura peut-être à prendre quelques empreintes de votre colocataire. Vous êtes à l'aise avec ça?

La femme hésita un instant.

— C'est correct. Mais pourquoi vous êtes ici?

— Je suis à la recherche de Marie-Claude. Est-ce que ça fait longtemps que vous êtes colocs?

La jeune dame croisa les jambes et replaça une mèche de cheveux rebelle.

— Toutes seules, ça fait deux ans.

— Que voulez-vous dire, toutes seules?

— On s'est rencontrées dans les maisons de jeunesse, on restait au même endroit mais avec d'autres jeunes.

Il hocha la tête en guise d'approbation.

— Et quel est votre nom?

— Judith.

Landry la regardait dans les yeux, sans parler.

— Morand, compléta-t-elle.

— Merci. Les maisons de jeunesse, j'imagine que ça fonctionne un peu comme les familles d'accueil?

— Ouain, à peu près. Est orpheline, t'sais. On est placées dans des familles quand c'est possible, mais c'est rarement pour longtemps, puis jamais avec le même monde.

— Vous êtes orpheline également?

Elle détourna le regard une fraction de seconde.

— Non. Mes parents m'ont juste crissée dehors.

L'enquêteur pinça les lèvres.

— Je suis désolé, dit-il. Je ne voulais pas vous brusquer avec ma question.

— C'est correct.

Il toussa et s'apprêta à poursuivre. Sur ces entrefaites, on sonna à la porte.

— Ça doit être Alexandra, dit-il. Je vais lui ouvrir.

Il se leva et se rendit à l'entrée. Quelques instants plus tard, Alexandra Caron vint les rejoindre.

— Judith, voici Alexandra Caron, technicienne en identité judiciaire.

La jeune femme lui tendit une main molle et moite.

— Enchantée, dit-elle timidement.

— Bonjour. Je ne resterai pas longtemps, j'aimerais seulement pouvoir relever les empreintes de votre amie. Nous avons une vérification d'usage à faire. Est-ce que vous pouvez me donner un article qui lui appartient?

Judith réfléchit quelques secondes et se leva.

— C'est son livre, déclara-t-elle en entrant dans le salon.

— N'y touchez pas! lança la technicienne poliment, à sa suite.

— Ah oui, c'est vrai, dit la jeune fille en riant.

Elle lui indiqua un bouquin qui se trouvait sur le téléviseur.

— C'est Marie-Claude qui a été la dernière à manipuler ce livre?

— Oui, acquiesça-t-elle en faisant la moue. Rien qu'elle peut lire des affaires de même.

Alexandra saisit la possible pièce à conviction avec ses gants et la plaça dans un sac plastique.

— Merci pour ton aide, c'est très apprécié.

— Est-ce que Marie-Claude a fait quelque chose de pas correct?

Landry jeta un regard à sa collègue, qui répondit.

— On le sait pas. Les empreintes peuvent aider à nous éclairer dans nos recherches.

— Hum... marmonna Judith.

La technicienne se dirigea vers la sortie.

— Je vous quitte déjà, dit-elle, je vais aller examiner tout ça.

Jérôme se rassit devant Judith et reprit son carnet de notes.

— Avez-vous une idée de l'endroit où Marie-Claude pourrait se trouver en ce moment ?

— Ben je vous l'ai dit tantôt, ça fait quasiment une semaine que je l'ai pas vue, répéta-t-elle en se rasseyant.

— Ça lui arrive souvent, de partir plusieurs jours, comme ça ?

— Quand même. C't'une fille discrète, puis moi je pose pas beaucoup de questions.

— Je vois, répondit-il en prenant quelques notes. Est-ce que vous connaissez quelques-uns de ses amis proches ?

— À part moi, elle a pas vraiment d'amis, répondit-elle sans réfléchir.

L'enquêteur sourcilla.

— Et comment la décririez-vous, comme personne ?

Elle pinça les lèvres. Elle avait de la difficulté à répondre à la question.

— Je sais pas... elle est tranquille. Elle aime pas ça quand on se mêle de ses affaires.

— Avez-vous remarqué quelque chose de différent dans son comportement, récemment ?

Elle hocha la tête en guise de non.

— Un copain ?

— Non plus.

— Une copine ?

— Pas plus.

— A-t-elle des frères et sœurs ?

— Non. Toute seule, comme moi.

Jérôme décida de ne pas commenter.

— Pourriez-vous me nommer des endroits qu'elle fréquente, des activités auxquelles elle s'adonne ?

Judith réfléchit un instant.

— Elle va prendre un verre au P'tit Pub, des fois. Elle passe souvent son temps à écrire puis à lire des cossins. C'est une intellectuelle.

— Des sports ?

— Non. Ah oui, elle danse.

— Elle danse ?

— Oui, mais pas c'te genre-là, précisa-t-elle devant le regard du policier. Elle a commencé à suivre des cours de danse. Du rap.

— C'est récent ?

Judith chercha dans sa mémoire.

— Ouain. Une ou deux semaines, je dirais.

— Et où suit-elle ses cours ?

— J'pense que c'est à L'Astragale, dans le nord de la ville. Elle y va le soir, une fois par semaine.

— D'accord, ajouta-t-il en inscrivant les renseignements. Que savez-vous sur la mort de ses parents ?

Visiblement mal à l'aise sur le sujet, elle croisa les bras.

— Ils ont eu un accident d'auto quand elle était jeune… elle avait à peu près dix ans. Sur l'autoroute, pas super loin d'ici.

L'enquêteur approuvait doucement de la tête, il voulait la laisser poursuivre.

— Elle en parle pas souvent, rien que quand elle est sur la brosse. Elle aime pas se souvenir de t'ça.

— J'imagine.

— Je sais que son père la battait. Ça l'a pas dérangée ben gros qu'il meure. En tout cas, c'est ce qu'elle essaye de faire croire.

— Et sa mère ?

— Ouain, ça c'est pas pareil. Elle lui manque pas mal. Je pense qu'ils étaient proches, elle a des photos d'elle dans sa chambre, mais pas de son père !

— Vous permettez que je jette un coup d'œil ?

— Dans sa chambre ? Oui, c'est correct, consentit-elle en se levant. C'est juste ici.

Elle approcha d'une porte qui donnait sur le salon.

— Ah merdouille ! s'exclama-t-elle, c'est barré. Je r'viens, j'ai une clé.

Le policier sentit un frisson lui parcourir l'échine. Par réflexe, il recula d'un pas et plaça sa main sur sa ceinture, près de son arme. La colocataire revint avec la clé, mais l'enquêteur lui coupa le chemin.

— Mais qu'est-ce que…

— Vous permettez ? lui demanda-t-il.

— Je… oui, c'est sûr.

Pendant qu'elle reculait, il prit la clé et ouvrit la porte de la chambre.

Judith poussa un cri. Landry prit son téléphone et composa frénétiquement le numéro du poste de police.

— Passez-moi Héroux. Vite !

BAGUE ET ORDONNANCE II
- Mercredi midi, 8 juin

L'enquêteur Larivière prit place à la table dans la cuisine de Marcel Fontaine, résident du Cap-de-la-Madeleine qui venait de lui révéler un renseignement surprenant.

— Quelque chose à boire, inspecteur ? s'enquit-il.

— De l'eau, merci.

Le vieil homme prit un verre dans une armoire et ouvrit le robinet.

— Est-ce que Marie-Claude a fait quelque chose de mal ? demanda-t-il en lui remettant sa boisson.

— Je ne sais pas. À vrai dire, nous aimerions lui poser quelques questions. Savez-vous où je peux la trouver ?

— Oh, il y a longtemps que je ne lui ai pas parlé. Aux dernières nouvelles, elle habitait dans un petit appartement du centre-ville. Elle a toujours été un peu… différente, si vous voyez ce que je veux dire.

Le policier plissa les yeux et sortit un calepin.

— Pardonnez-moi de revenir aussi brusquement là-dessus, mais si vous avez une façon de joindre Marie-Claude, je vous serais vraiment reconnaissant de m'en faire part.

Fontaine soutint le regard de l'enquêteur quelques secondes. Il se leva et prit un carnet qui se trouvait sur le comptoir, près de lui. Il en feuilleta les pages et plaça son doigt au centre pour le laisser ouvert.

— 819 555-1104, dit-il.

— C'est son numéro de téléphone ?

— Le seul que j'ai, avoua l'homme. J'espère qu'elle n'est pas trop dans le trouble.

Larivière marchait sur des œufs. Il voulait à tout prix éviter d'ébranler le vieillard en lui annonçant que sa petite-fille était suspecte dans la disparition la plus médiatisée depuis l'affaire Provencher.

— Elle est une personne d'intérêt, allégua l'enquêteur, sans mentir. Permettez-moi de faire un appel, s'il vous plaît.

— Je vous en prie.

Stéphane prit son portable et appela au poste.

— Héroux.

— Patron ? Ici Stéphane. J'ai ici le numéro de téléphone de Marie-Claude Lanteigne.

— Je pense que Jay a déjà réussi à l'avoir. J'vais le prendre, au cas.

— Le 819 555-1104, dit-il.

— T'as l'air bizarre, Steph, tu peux pas parler, ou quoi ?

— Je suis avec son grand-père.

— Hein ?

— Je vous reparle plus tard.

— Tout va bien ? Je veux ton code, Steph.

— Oui. Hum, le Chevrolet, dit-il en faisant semblant de regarder vers sa voiture, le 13-04.

— O.K. À tantôt.

Larivière raccrocha et remit le téléphone dans sa poche.

— Excusez mon impolitesse. Vous aviez l'air de dire que votre petite-fille était… marginale ?

Le vieil homme esquissa un sourire.

— Je ne sais pas trop comment vous dire ça… On le sent quand un enfant est différent des autres.

— Elle a toujours été différente ? demanda Larivière.

— Surtout après la mort de ses parents, expliqua le vieil homme. Mais je vous raconte ça, et en même temps je me souviens que toute petite elle était déjà surprenante. Elle voulait seulement s'amuser avec les grands, elle jouait aux cartes et connaissait plusieurs tours de magie. C'est comme si elle était en avance sur son âge, elle épatait déjà les adultes. Elle concoctait des énigmes à n'en plus finir, des charades et des devinettes qu'elle lançait dans les rencontres familiales. Elle parvenait toujours à avoir le dernier mot, ricana-t-il.

Marcel Fontaine avait les bras croisés. Il se souvenait de sa petite-fille, son regard se perdait dans la cuisine.

— Vous n'avez pas souvenir de violence, des trucs comme ça? s'enquit le policier.

— Non, elle est protectrice, mais je ne la sais pas violente.

— Elle était enfant unique, qui protégeait-elle donc? s'enquit Larivière.

— Les causes.

Larivière fronça les sourcils.

— Les causes? répéta-t-il.

— Oui, elle ne supporte pas l'injustice, exposa Fontaine. Elle défendait les plus petits à l'école, des choses comme ça.

Stéphane Larivière écoutait attentivement, sachant que ce témoignage pouvait être utile. Il hochait la tête de façon automatique.

— A-t-elle hérité de ses parents? demanda-t-il soudainement.

— Une grosse somme, acquiesça l'homme, mais des assurances. Florence était pas très riche, c'est la couverture qui a donné pas mal; à cause de l'accident. Je n'ai pas de détail sur ce qu'elle a fait avec ça, si c'est le but de votre question.

C'était justement le but de la question. Et Marcel Fontaine venait d'y répondre.

— Elle a toujours détesté son père – mon gendre – mais elle aimait sa mère de façon inconditionnelle, poursuivit-il. Florence était notre seule fille, dévoila-t-il avec regret. Après leur mort, dans un bête accident de voiture, Marie-Claude s'est promenée entre plusieurs familles et a souvent changé d'école. Elle voulait toujours protéger les plus faibles, se remémora-t-il en souriant. C'était devenu une obsession pour elle, comme si elle voulait personnifier les parents qu'elle n'aurait plus jamais. Si Marjo, ma femme, avait été moins malade, on aurait pu s'en occuper. Malheureusement, la vie en a décidé autrement.

— Et que fait-elle, aujourd'hui?

— Marie-Claude? Je ne sais pas. Je sais qu'elle a eu de petits emplois, ici et là, mais pas plus.

— Et l'école?

— Elle a étudié en maths et en philosophie. Jusqu'à l'université! Elle est tellement intelligente, la petite! Mais elle ne cadre pas dans le système; elle pense qu'elle est différente des autres.

— Croyez-vous qu'elle soit capable de faire du mal à quelqu'un? redemanda Stéphane.

Marcel Fontaine prit quelques instants avant de répondre. Il parlait lentement.

— Si c'est pour défendre une autre personne, ou une cause, je pense que oui, admit-il. Elle a sa propre conception de la justice.

— Je vois.

Stéphane sortit l'alliance de sa poche.

— Est-ce que cette bague appartenait à votre femme?

Le vieil homme fut saisi d'émotion lorsqu'il aperçut le bijou. Il le prit d'une main tremblante.

— C'est l'alliance que j'ai donnée à Marjo quand on s'est mariés. Dieu ait son âme, ma pauvre Marjo.

Une tonne de souvenirs intimes lui revenaient en mémoire, c'était un moment d'une grande intensité.

— Pardonnez-moi de vous faire revivre tout cela, dit le policier. Nous avons retrouvé cette bague dans un sac qui contenait également ceci. Je pense que ça vous appartient.

Il lui présenta la petite boîte de médicaments identifiée à son nom.

— Nous avons de bonnes raisons de croire que le sac appartenait à Marie-Claude, dévoila Larivière.

Marcel Fontaine examinait le contenant avec curiosité.

— Où avez-vous trouvé ça, dites-vous ?

— C'était bien caché dans un compartiment secret, dans un sac à dos. Marie-Claude semble vouloir mettre la main dessus à tout prix. Avez-vous une idée de la raison ?

— Il y a des années que je n'ai pas pris ça ; mais je me souviens de l'avoir perdu, à l'époque. Je ne vois pas ce qu'elle voudrait faire avec ça !

— L'alliance était là aussi.

Visiblement, le vieil homme avait peine à comprendre toute cette histoire. Il fouillait dans sa mémoire en contemplant la bague qui avait scellé son union.

— C'est celle de sa mère, inspecteur.

Larivière était pantois.

— Ce n'était pas celle de votre épouse ? Marjorie ?

— Oui, mais c'était aussi celle de ma fille, Florence. C'est une tradition qui dure depuis longtemps dans notre famille, les alliances se transmettent de mère en fille.

— Marjorie, votre épouse, n'avait pas celle de sa propre mère ?

— Non, elle avait une sœur aînée ; c'est elle qui en a hérité. J'ai donc acheté celle-là pour nos noces.

— Je comprends. Donc, c'est logique de penser que Marie-Claude aurait reçu la sienne de sa mère, Florence.

— Celle que je tiens dans ma main en ce moment, en effet. Mais elle n'aura pas eu cette chance, la pauvre enfant. Je ne serais pas surpris qu'elle y tienne énormément.

— C'est parfaitement compréhensible. Mais dites-moi, pour quelle raison bizarre mettrait-on un souvenir aussi important au même endroit qu'un petit pot qui contient des somnifères ?

L'homme hochait la tête.

— Aucune idée. Ça pourrait assommer un cheval, ces pilules-là ; c'est pas pour les enfants.

— Si vous vous en sentez capable, j'aimerais que vous me parliez de l'accident de ses parents.

Il inspira profondément.

— C'était un matin d'automne, il y avait de la gelée partout au lever du soleil. André et Florence allaient toujours travailler dans leur auto à eux, mais ce matin-là, l'auto de ma fille démarrait pas. C'est funeste, elle a embarqué dans celle de son mari pour se rendre à sa job. Il a perdu le contrôle dans la courbe des Récollets, sur la 40, et l'auto a fait une embardée jusque dans le muret de béton. Ils sont morts sur le coup. Une méchante malchance, ajouta-t-il avec peine.

— Je suis vraiment désolé, c'est une triste histoire.

— Oh oui.

— Vous disiez que Marie-Claude et André ne s'entendaient pas ?

Marcel Fontaine recula sur sa chaise.

— Mon gendre avait plusieurs vices. Il avait la bouteille pas mal facile et il était sous médication. C'est la petite qui écopait, là-dedans, si vous voyez ce que je veux dire.

De sa main, il mima une fessée.

— Elle était jeune, mais elle voyait clair ! précisa-t-il. Et Florence ne se plaignait jamais ; elle subissait les foudres de son mari sans broncher. Marie-Claude s'en prenait ouvertement à son père, ça faisait des flammèches.

Il prit une pause dans son récit.

— Puis, il y a eu le matin d'automne.

— Comment votre petite-fille a-t-elle réagi ? demanda Larivière.

— Oh... elle était dévastée. Qui ne le serait pas ? Nous l'étions tous.

L'enquêteur approuvait silencieusement.

— Merci beaucoup pour cet entretien, monsieur Fontaine. Je m'excuse encore une fois de vous avoir replongé dans des événements tragiques.

— La vie continue. J'espère que Marie-Claude ira bien, ne la jugez pas trop rapidement.

Larivière se leva et ramassa son calepin.

— J'aurais une dernière question, si vous le permettez.

— Faites.

— André, votre gendre.

— Oui ?

— Prenait-il des somnifères, à l'occasion ?

UN APPARTEMENT II
– Mercredi midi, 8 juin

L'enquêteur Héroux monta les marches pour se rendre au dernier appartement connu de Marie-Claude Lanteigne, où il fut accueilli par Jérôme Landry qui le précéda jusqu'à la chambre de la suspecte.

— Wow ! s'exclama Héroux. Qu'est-ce que c'est ça ?

Il pénétra prudemment dans une pièce complètement vide – à l'exception d'un mobile qui pendait du plafond, en plein centre. Les murs étaient parsemés de photos placées un peu n'importe comment. Alexandra Caron, qui était revenue sur place, était penchée dans un coin et examinait les lieux. Héroux s'approcha d'un des murs.

— C'est Mélodie Cormier ! s'écria-t-il, surpris, en observant une des images. Et qui c'est, elle ? Qui a été collée ici ?

— Aucune idée, répliqua Jérôme, y'en a un peu partout dans la chambre. Elles ont été découpées et replacées comme ça.

— Ça doit être Marie-Claude quand elle était p'tite. Ça va faire baver la presse, c'est aussi tordu qu'un roman de Châteauneuf.

— Tout est propre jusqu'à maintenant, monsieur, lança Alexandra Caron. Aucune empreinte nulle part.

Héroux se retourna et s'adressa à Landry.

— Tu peux m'amener son amie ici, s'il te plaît ?

— Je vais la chercher, répondit-il.

— Mais que se passe-t-il dans la tête de cette fille-là ? murmura-t-il à lui-même en s'approchant du drôle d'agencement suspendu.

Une casquette rouge était attachée à un fil. Sur des ficelles de longueurs différentes, des photographies de formats variés bougeaient tranquillement dans l'air ambiant.

— Et puis c'est qui ceux-là ? s'enquit-il et tournant l'image d'un homme en veston.

— Aucune idée, admit Alexandra.

Jérôme revint dans la chambre accompagné de Judith Morand, la fille qui cohabitait avec Marie-Claude.

— Salut, je suis l'enquêteur Jean-Sébastien Héroux. Comment vas-tu ?

— Ça va, répondit-elle sans trop d'assurance. Pourquoi sa chambre est vide ? Puis y'a des photos partout ?

— Ça, je n'en sais rien pour le moment, avoua-t-il. Mais dis-moi, j'imagine que la chambre a déjà été meublée ?

— Oui... comme une chambre normale. Il y avait un lit ici, puis un bureau là. Sa garde-robe était pleine de vêtements !

— Quand exactement as-tu vu Marie-Claude la dernière fois ?

Elle regarda rapidement vers Landry.

— Ça fait à peu près une semaine.

— Et tu es partie d'ici pendant de longs moments, depuis ce temps ?

La jeune fille fut surprise par la question et prit le temps de réfléchir.

— Je... ben des fois, c'est sûr. J'ai des cours le soir puis des fois je pars pendant le jour.

— Tu penses qu'il est possible qu'elle soit revenue ici pendant que tu étais partie ? Pour se débarrasser de ses choses ?

Judith hochait la tête, impuissante.

— Je l'sais pas, je vous jure ! Je l'ai pas vue, c'est tout ce que je peux vous dire.

— C'est correct, dit Héroux sur un ton réconfortant en levant la main. J'aimerais que tu restes à notre disposition pour répondre à d'autres questions, on va peut-être avoir besoin de toi.

— O.K.

— Merci beaucoup, c'est très apprécié.

Le détective fit un signe de tête et une policière qui se trouvait sur les lieux approcha pour quérir la jeune femme.

— Jay, j'aimerais que tu passes un coup de fil aux petites annonces, demanda Héroux en se retournant vers lui. Les PACS, Kijiji, *Le Nouvelliste*, toutes. Si elle est partie pour longtemps, elle a peut-être vendu du matériel. Tu devrais pouvoir retrouver les transactions avec l'adresse ou le téléphone. On sait jamais, elle a peut-être pas pensé à ça ! Avec un peu de chance, quelqu'un pourra nous éclairer.

— C'est parti.

— Et fais vérifier les poubelles, derrière le bloc, il doit y avoir un conteneur à déchets.

Alexandra passa près de lui pendant que Jérôme sortait de la pièce.

— Vraiment rien, monsieur, dit-elle, désolée.

— Hum ! marmonna-t-il en guise de réponse.

— On va se fier au livre qu'elle a laissé ici, proposa-t-elle. Les gars du labo sont en train de sortir ce qu'il y a dessus.

— *Good !* Cette fille me donne du trouble, concéda-t-il en jouant avec une des ficelles qui descendait du plafond.

Caron mit ses mains gantées sur ses hanches.

— Elle a tout nettoyé, elle savait qu'on allait venir ici fouiller. Trop *clean*, c'est comme pas *clean* !

Elle saisit la caméra à son épaule et prit quelques clichés des objets suspendus.

— Peut-être qu'elle nous nargue, dit Héroux.

La technicienne sourcilla.

— Dans quel sens ?

Il donna une petite tape sur la casquette qui pendait du plafond.

— S'il manque une affaire à mon enquête, c'est bel et bien un mobile.

UN CLOWN ET UN CAFÉ

- Mercredi après-midi, 8 juin

L'enquêteuse Brigitte Soucy entra dans le magasin à un dollar du boulevard Gene-H.-Kruger, mercredi après-midi. Elle était toujours en compagnie de Josée Dusseault, qui lui donnait un coup de main dans la résolution de la dernière énigme trouvée dans le quatrième tube. La policière se dirigea vers le fond du magasin, dans la section des articles de fêtes et aperçut immédiatement ce qu'elle cherchait.

— Tiens! lança-t-elle, satisfaite. Je me souvenais que j'avais déjà vu un clown ici y'a pas longtemps!

Dans le coin gauche, adossé au mur, un grand clown debout semblait regarder vers l'allée devant lui.

Les deux femmes s'approchèrent du mannequin et vérifièrent sommairement si un tube était apparent. Les premières recherches ne donnèrent rien, ne serait-ce qu'un drôle de regard de la part des clients qui passaient par là. Soudainement, Josée le trouva en tâtant le bras gauche du pantin.

— Il est ici! s'exclama-t-elle.

Dans la manche, dissimulé de façon à être invisible au premier coup d'œil, se trouvait un tube de plastique.

— Super! ajouta Brigitte. On mettra pas les doigts dessus, on va préserver les empreintes pour le labo.

Elle mit ses gants et retira délicatement le cylindre du vêtement.

— Et maintenant, déclara-t-elle, on retourne au poste puis on décortique ça au plus vite !

Il leur fallut peu de temps pour rejoindre le quartier général de la rue des Forges. Josée s'assit dans une petite salle pendant que Brigitte alla chercher deux cafés. Dès son retour, après avoir enfilé des gants, la policière ouvrit le contenant et le retourna sur la table. Il en sortit une lettre écrite à l'ordinateur et une copie d'un manuscrit.

— Encore un journal !

— On dirait bien, confirma Brigitte. Tu devrais venir t'asseoir avec moi, ça va aller mieux.

Elle se leva et prit place à côté de la policière. Cette dernière leva la lettre pour qu'elles puissent la lire simultanément.

Je vous souhaite la bienvenue dans
le dernier chapitre de mon histoire.
J'imagine qu'à l'heure actuelle, vous savez
maintenant qui je suis. Avez-vous eu de la
difficulté à me retrouver? Je dois avouer
que j'ai eu bien du plaisir à jouer avec
vous. Ne vous en faites pas, la fillette va
bien et elle retrouvera bientôt sa famille.
J'ai l'intention de la relâcher comme prévu
quand le moment opportun sera arrivé.
Je vous donne la dernière partie de mon
journal, elle contient quelques activités
récentes que vous trouverez sans doute
d'intérêt. Excusez la chronologie dans les
événements, je ne pouvais quand même pas
tout vous dévoiler trop rapidement. Bonne
lecture, vous lirez le verso de cette page
quand vous aurez terminé.

— J'aime pas ça me faire mener par le bout du nez ! grogna Brigitte.

Elle tourna la page et consulta la suite immédiatement.

Histoire intéressante, n'est-ce pas?
Ça n'a pas beaucoup de sens à l'heure actuelle, mais ça viendra. Maintenant, j'ai une demande spéciale pour vous. J'aimerais que vous attendiez à mercredi soir avant de dévoiler mon identité à toute la planète. Je n'aimerais pas avoir à faire du mal à la fille parce que vous me pressez, si vous voyez ce que je veux dire. Alors, comme je disais, mercredi soir, à 22 h, il y a une émission de radio régionale qui prend justement les demandes spéciales! Je vous laisse le soin de trouver laquelle, vous êtes débrouillards. Je m'adresserai à votre équipe à ce moment-là, libre à vous de divulguer tout ce que vous voulez par la suite.

L'enquêteuse consulta sa montre.

— Radio à 22 h… ça nous laisserait à peu près huit heures avant d'annoncer son nom. Je sais pas si le boss va être d'accord avec ce genre de négociation...

Ce fut un plaisir de faire avancer l'humanité en votre compagnie, j'espère que vous n'aurez pas un trop mauvais souvenir de moi. Quelque chose me dit que nous allons nous revoir un jour, dans de meilleures circonstances.
Au plaisir,
MCL

— Ça prend quand même du *guts* pour signer ses vraies initiales ! remarqua Josée.

— Elle est pas conne ; elle sait très bien qu'on sait qui c'est.

Brigitte sortit son téléphone portable.

— Héroux.

— Salut boss, c'est Brigitte.

— Salut Bridge, quelles sont les nouvelles ?

— On est au poste et on a le cinquième tube. On est en train de l'examiner.

— *Good !* Et alors ?

— Vous serez pas ben content, mais Marie-Claude demande un délai avant que son nom sorte partout.

Il y eut un moment de silence au bout du fil.

— Elle menace de s'en prendre à la petite si on l'écoute pas, poursuivit-elle.

Cette fois, il y eut un juron à peine camouflé à l'autre extrémité.

— Quel genre de délai ? gronda l'enquêteur.

— Jusqu'à 22 h.

— Et madame nous explique pourquoi elle veut ça ?

— Elle dit qu'elle veut nous parler dans une émission de radio, ce soir à 22 h.

Nouveau silence.

— Boss ?

— Je suis là, je grogne. Bon, laisse-moi décanter ça, j'ai besoin de me calmer. Quelque chose d'autre ?

— On va s'attaquer au journal, y'a un autre extrait. Je voulais tout de suite vous dire ce que je savais.

— *Good job,* Bridge, tiens-moi informé.

Elle raccrocha et fit une moue à Josée.

— Il est fâché, hein ?

La policière sourit à la question.

— Le boss aime pas trop faire rire de lui. Par contre, s'il est convaincu que ça peut aider Mélodie, il va le faire, ça c'est sûr. Il a pas une job facile, je prendrais pas toujours sa place.

Sa compagne approuva silencieusement.
— Bon, voyons le journal, suggéra Brigitte.

Lundi 16 mai 2011
Les choses bougent rapidement. Ça m'a demandé toute une réflexion pour mettre sur pied un projet aussi complexe que celui-là. Il me sera impossible de le rendre à terme sans placer les briques une par une, méticuleusement. En ce moment, il me manque quelque chose d'essentiel. Quelqu'un qui pourra venir me rejoindre quand j'en aurai besoin, qui pourra m'épauler lorsque le moment sera venu.
Il me faut une amoureuse.
Mais pas n'importe quelle amoureuse, il faut qu'elle ait les qualités requises. Ce sont de rares atouts qui ne se retrouvent pas chez le commun des femmes.
Comme le hasard fait toujours bien les choses, il a placé une dame sur mon chemin. Une femme qui correspond parfaitement à ce que je recherche.
Je sais qu'elle cherche l'amour.
Mais m'aimera-t-elle ?
Je me suis donc inscrite sur la plupart des sites de rencontre les plus populaires – dans l'espoir d'y trouver ma promise.
Par chance, il est plutôt rare de se nommer [redacted].
Je l'ai repérée immédiatement, une superbe photo de profil qui confirme que c'est bien ma voulue.
Mais m'aimera-t-elle ?
Cinquantaine d'années, elle est [redacted] depuis toujours.
Qu'est-ce qu'il lui faut ? Elle est indépendante. Elle est généreuse de son temps. Elle a besoin d'un homme qui saura la séduire et lui laisser de la place. Il devra être romantique, solide d'esprit et avoir les deux pieds sur la planète.
De la rareté, quoi.
Bon. Alors, inscription faite, je me nomme [redacted].
Qui suis-je ?
Homme d'affaires. Élevé à Trois-Rivières, je demeure maintenant dans la région montréalaise et travaille régulièrement à l'extérieur durant la semaine ; mais je suis fatigué de cette situation. Mon but est de revenir dans la région à temps plein jusqu'à ma retraite. Je vais engager quelqu'un qui me succédera et pourra voyager à ma place.

J'ai l'intention d'ouvrir une petite boutique dans le coin. Cinquante-six ans, divorcé depuis quelques années, j'ai envie de retrouver l'amour et de passer mes dernières bonnes années avec une femme qui m'inspire. Des enfants? Oui, une grande fille, comme elle.
Ça va me prendre une belle photo. Quelque chose de propre, de droit. Vive les banques d'images et la technologie !
Ne reste qu'à casser la glace, n'est-ce pas? Profitons du fait qu'elle soit en ligne ce soir.

Je vois dans votre profil que vous redoutez les gens dont la pensée s'arrête au premier degré, dont l'humour est rude, dont l'argumentation fait défaut et dont la présence d'une femme rend mal à l'aise. Dites-moi…Vous êtes bien certaine que vous êtes à la recherche d'un homme?

Ha ha de l'humour, voilà un bon point.

Je retrouvais un peu de moi dans chacune de vos appréhensions, je me suis dit que je n'avais rien à perdre à vous agacer sur le sujet.

J'ai peine à croire que votre humour soit rude.

Invitez-moi à un débat sur la politique, vous changerez probablement d'avis.

L'argumentation n'a pas l'air d'être votre faiblesse non plus, monsieur [redacted].

Quelle tristesse que celle d'argumenter avec quelqu'un qui n'ose pas donner la réplique.

Une perte de temps, en effet. Vous habitez la région trifluvienne?

D'ici peu, j'y reviens. Disons que je me suis exilé pendant une partie de ma vie. J'habite Montréal, mais en juillet, ce sera chose du passé.

Vous travaillez dans quel domaine?

J'aide les gestionnaires à passer
au travers des grands changements
organisationnels, comme les fusions
ou les scissions.
Je vous en prie, ne me vouvoyez pas.

Entendu.
Tu dois voyager pas mal.

En effet. C'est une des raisons
qui m'a motivé à revenir au bercail.
J'en ai un peu soupé des déplacements.
Et vous travaillez dans quel domaine?

Si je laisse tomber le vous, tu le fais aussi.
Je suis [redacted]

D'accord.
Voilà qui explique un peu les choses
que vous redoutez chez les conquérants.

Encore le vous.

Oups!
Voilà, tu me rends mal à l'aise.
Ne me reste qu'à limiter mon raisonnement
à un degré et cette conversation s'autodétruira.

Ha ha! Mais non, mais non.
L'excès de politesse vaudra
toujours mieux que l'absence de manières.

Ouf!

Ça y est, je te fais peur!

Non, pas du tout. Tu sembles
savoir ce que tu veux.

Après quelques semaines
ici, c'est inévitable.

Ah oui! Je suis tout juste inscrit.
Un novice!

Première expérience?

Toute première.
Je me suis lancé.

Oh… ça ressemble pas mal à la réalité ; sauf que l'accessibilité est beaucoup plus grande.

On dirait bien. Il y a des centaines de milliers de gens réunis au même endroit. Ça fait forcément quelques étincelles.

Régulièrement ! Que recherches-tu exactement ?

Simplicité. Quelqu'un avec qui partager du bon temps, de bonnes conversations.

Ça me semble plutôt sain.

Et toi ? Qu'espères-tu trouver par ici ?

Un peu la même chose que toi, je dois avouer. La plupart des hommes que je croise ici sont beaucoup trop rapides ou diablement lents.

Si ça va trop vite, c'est dur de faire confiance.

Exactement.

Je vais te laisser, je dois aller dormir. Merci pour cette conversation très agréable.

Pareillement. Au plaisir de la poursuivre prochainement.

Bonne nuit [redacted]

Bonne nuit.

Mercredi 18 mai 2011
Je pense que j'ai bien profité de mon baptême des sites de rencontre. Comme ma promise est en ligne, je vais tenter ce soir de pousser la note un peu plus loin et de proposer une rencontre en personne.

Bonsoir.

Quelle belle surprise !

Comment vas-tu ?

Très bien, et toi ?

Très bien également.
J'ai failli attendre quelques jours supplémentaires pour ne pas avoir l'air pressé, mais j'ai succombé.

Pas de soucis. La vérité, c'est que j'avais bien hâte.

J'en suis ravi !
Grosse journée au boulot ?

Ça brasse pas mal, surtout à ce moment-ci de l'année.
Et toi ?

Plutôt tranquille. Quand je ne suis pas dans les avions, tout est plus simple.

Je vois.
As-tu des enfants ?

Oui. Une grande fille de 23 ans.
Et toi ?

Moi également.
Une grande fille de 26.

Autonome et bien élevée, j'imagine. Comme sa maman.

Ha ha ! En effet, c'est le cas.
Elle vient de terminer ses études, elle habite Québec maintenant.

La mienne termine cette année, elle demeure sur la Rive-Sud de Montréal.

Voyages-tu pas mal prochainement ?

Je suis à l'extérieur pour les deux prochaines semaines.
Mais je suis dans le coin de Trois-Rivières la semaine du [redacted].

Intéressant !

Tu as envie d'aller prendre un café ?

J'allais le proposer.

Es-tu libre [redacted]?

Ça peut s'arranger.
Je suis au boulot de [redacted] à [redacted].
Où ?

Je dors au [redacted]. Nous pourrions nous donner rendez-vous au [redacted] à [redacted].

Ça me va.

Je serai difficile à joindre d'ici là, ne t'en fais pas si je ne suis pas en ligne.

C'est parfait.
Alors on se dit au [redacted].

Oui, exactement. J'ai hâte !

Moi de même.
Bonne soirée, [redacted].

À toi également, [redacted].

— Mais pourquoi elle nous raconte tout ça? s'exclama Brigitte.

— Il y a une femme qui se fait tromper ben raide…

— Je vois pas le lien avec tout le reste. Pourquoi monter un plan comme ça ?

Josée croisa les bras et jeta un coup d'œil à la policière.

— Chose certaine, si on se fie aux autres journaux, il y a une raison en arrière de tout ce qu'elle fait.

L'enquêteuse entendit son téléphone sonner.

— Bridge ? C'est Héroux. Es-tu encore au poste ?

— Oui, je suis dans la salle numéro deux avec Josée.

— *Meeting* à l'instant, on a du nouveau.

Bague et ordonnance III – Mercredi après-midi, 8 juin

Stéphane Larivière pénétra dans le bureau du coroner Yves Nadeau, de nombreux dossiers entre les mains.

— C'est gentil de me recevoir aussi rapidement, le remercia-t-il.

— Entrez, entrez. Y'a pas de quoi, votre téléphone a piqué ma curiosité.

— Oui, j'imagine.

Il déposa tous ses documents sur le bureau du légiste et sortit une chemise de la pile.

— Voilà le rapport en question, déclara-t-il. Je viens tout juste de le faire sortir des archives judiciaires. Je suis bien content que vous pratiquiez encore de nos jours !

— C'est pas mal rare qu'on touche à des vieilles histoires comme celles-là, admit Nadeau en consultant les papiers. Mais ce sont des événements qui sont durs à oublier.

— Vous vous souvenez de l'affaire ?

— Oh oui ! Ça arrive pas souvent que deux jeunes parents meurent dans un gros accident comme ça. En tout cas, pas par ici.

— Le père de Florence Fontaine m'a confirmé tout à l'heure qu'André Lanteigne, le mari de sa fille, prenait des somnifères sous ordonnance.

— Ça corrobore l'analyse toxicologique faite sur lui après son décès. Comme il est mentionné ici, nous avons décelé des traces d'un antihistaminique hypnotique dans son sang, expliqua le médecin en consultant le dossier.

— Est-ce que ce médicament pourrait affaiblir les facultés ?

— Dans certains cas, oui, confirma-t-il. S'il était pris juste avant la conduite ou par quelqu'un qui n'y a jamais touché, ça diminuerait considérablement les capacités du sujet. Mais Lanteigne était sous ordonnance depuis longtemps.

— Pourquoi ne pas avoir mentionné ça dans les causes probables de l'accident ?

Le coroner inspira.

— Eh bien, dans ce genre de situation, exposa-t-il, nous recherchons des doses anormales pour tenter d'expliquer les faits. Lorsque quelqu'un a l'habitude de prendre ce genre de comprimé, c'est normal d'en détecter des traces dans son sang plusieurs heures après l'ingestion. Une certaine dépendance se crée, et il en faut de plus en plus grandes quantités pour faire effet. Comme la concentration ne semblait pas hors normes et que nous savions que M. Lanteigne en prenait depuis un bon moment, dans le contexte des conditions routières difficiles, nous avons dû conclure à l'époque que ça n'avait pas joué dans l'accident, contrairement aux conditions météo.

Stéphane sortit de sa poche le contenant retrouvé dans le sac à dos.

— Est-il possible que ceci soit compatible avec le produit qui a été trouvé dans le sang de la victime ?

Le médecin examina attentivement l'ordonnance et les pilules.

— En effet, c'est plausible. C'est un vieil échantillon d'antihistaminiques. C'est un produit illégal de nos jours, fit-il remarquer.

— Pour quelle raison ?

— Ça pouvait causer des hallucinations temporaires, plusieurs personnes falsifiaient les ordonnances et le produit se retrouvait sur le marché des stupéfiants. Mais dites-moi, où l'avez-vous pris ?

— Nous l'avons découvert récemment, caché. Je pense que ce médicament a joué un rôle dans l'accident d'André Lanteigne.

Le médecin fronça les sourcils, sceptique.

— Pour quelle raison croyez-vous cela ?

Stéphane fouilla dans sa pile de documents et sortit une autre chemise.

— Parce que j'ai ici le dossier médical de M. Lanteigne, qui m'a été remis par le médecin qu'il avait à l'époque. Regardez ça.

Le coroner Nadeau prit le rapport et le consulta rapidement. Soudain, il leva les yeux vers l'enquêteur, inquiet.

— Mais… André Lanteigne ne s'est jamais fait prescrire le médicament que vous m'avez montré !

— C'est louche, hein ? Le mot qui apparaît dans le rapport n'est pas le même que celui indiqué sur la petite bouteille. Comme il s'agit de deux types de somnifères, je me suis demandé si c'était pas possible que quelqu'un lui ait administré le deuxième, à son insu.

— Ma foi… fit le médecin, médusé. Je peux vous confirmer qu'il en avait absorbé. Il est clairement indiqué par son médecin qu'il devait s'en tenir à une benzodiazépine à courte durée d'action, contre les insomnies passagères. Mais ce n'est pas du tout ce qu'il avait dans le corps !

— Et j'imagine que lorsque vous avez consulté son médecin, à l'époque, vous n'avez pas fait la distinction sur le type de somnifère. Vous avez simplement justifié la présence de la drogue en validant qu'il s'était fait prescrire un remède du genre.

— Sans distinguer le type, avoua-t-il. C'est un peu gênant mais vous n'avez pas tort.

Larivière s'avança et appuya ses coudes sur le bureau.

— Et maintenant, enchaîna-t-il, j'ai une question un peu plus importante à vous poser.

Le coroner se replaça sur sa chaise.

— Je vous écoute.

— Si vous ou moi prenions de cette drogue, maintenant, et que nous allions conduire une voiture dans les minutes suivantes.

Le médecin hochait tranquillement la tête ; il pouvait deviner la suite.

— Quelles seraient les chances que nous puissions nous rendre à notre destination en un seul morceau ? demanda Larivière.

Nadeau fixait l'enquêteur intensément.

— Pour quelqu'un qui n'en prend jamais ? Nulle, répondit-il.

POSTE DE POLICE
– Mercredi après-midi, 8 juin

Le détective Héroux tapotait la table de ses doigts. Il attendait Stéphane Larivière pour commencer la rencontre. Devant lui se trouvaient ses enquêteurs habituels, Jérôme Landry et Brigitte Soucy. Exceptionnellement, Alexandra Caron et Josée Dusseault étaient également sur place. D'importants renseignements avaient été relevés un peu partout durant la journée et le policier voulait s'assurer que tout le monde travaillait dans la même direction.

— Pardonnez mon retard, dit en s'excusant un Larivière à bout de souffle. Le retour a été plus long que prévu.

Il pénétra dans la salle avec sa brique de documents sous les bras.

— Salut Steph. Assieds-toi, on va commencer tout de suite. Bon après-midi à tous, c'est une grosse journée. Je sais que la nuit a été courte, mais vous avez l'air en forme !

Il y eut quelques sourires à la suite de cette remarque.

— Le but du *meeting* est de mettre à jour tous les nouveaux renseignements qu'on a. Il y a encore des trous dans l'enquête, on va essayer de les boucher avec ce que vous avez de nouveau. Je vous annonce que la petite est probablement vivante, si on se fie au dernier tube retrouvé. Ça sert à rien de s'emballer, mais c'est toujours mieux que de pas avoir de nouvelles du tout. Bon, tour à tour pour vos histoires, on intervient si ça se recoupe, on note pour pas oublier. Je veux commencer par les faits, alors je laisse la parole à Alex.

— Merci, je serai pas longue. Les empreintes trouvées sur le livre qui était dans l'appartement de Marie-Claude confirment qu'elle a aussi manipulé les cylindres qui contenaient les lettres – au moins un des cylindres – les objets dans le sac à dos des parents de Marco et, très important, qu'elle a mis les pieds dans l'appartement de Marco. Cette femme est impliquée dans toutes les sphères de l'enquête ; elle a laissé sa trace un peu partout, malgré des précautions évidentes.

— Merci Alex. Marie-Claude Lanteigne est le suspect numéro un dans les disparitions de Mélodie Cormier et de Marco Genest. Il semblerait qu'elle ait agi seule, jusqu'à maintenant. Je vous expliquerai un peu plus tard pourquoi son nom n'a pas encore été divulgué à la presse. Jay, à toi.

Jérôme se repositionna sur sa chaise et appuya ses coudes sur la table.

— Ça a pas été trop dur de retrouver le dernier logement de Marie-Claude. J'y suis allé ce matin et j'ai parlé avec la fille qui reste avec elle, Judith Morand. Il semble que son amie ait été pas mal discrète sur sa vie, elle l'a pas vue depuis une semaine et sa chambre a été complètement vidée ; tout ça sans qu'elle s'en rende compte.

— Une semaine, remarqua Brigitte, ça concorde avec la disparition de Mélodie.

— Oui, les fenêtres de temps sont plausibles. J'ai épluché les sites des petites annonces puis j'ai rien trouvé qui aurait été vendu depuis cette adresse-là. C'est pas impossible qu'elle en ait inventé une ou ben qu'elle ait entreposé ses affaires quelque part ailleurs. Ce qui est troublant, ce sont les photos qu'on a trouvées dans la chambre.

Il appuya sur une touche et l'écran du fond s'alluma. Les photographies apparurent aux yeux de tous.

— On dirait que Marie-Claude a collé des photos d'elle à côté de celles de Mélodie, un peu comme si c'était des sœurs, expliqua-t-il. Impossible de dire comment elle a pu obtenir les photos de la fillette, mais, à première vue, les mêmes sont réutilisées un peu partout sur les murs, alors elle devait pas en avoir beaucoup. Il y a aussi des images de Florence Fontaine, mère de Marie-Claude, morte quand Marie-Claude était jeune. De la chambre, on déduit un comportement qui cache peut-être le mobile de toute l'histoire. La fille fait une fixation sur Mélodie et pour une raison obscure, elle a décidé de l'enlever.

Il fit défiler une autre image.

— Ça, c'est le montage suspendu au milieu de la chambre. Chaque chose a un lien avec une des histoires racontées dans les tubes, sauf dans un cas.

Tour à tour, les images apparaissaient à l'écran.

— La casquette de Cédric, une image de M. Morin, le prof de la polyvalente, une de M. Torres, une de Mélodie, et, finalement, cet homme-là.

L'image d'un homme bien vêtu apparut.

— Quelqu'un le connaît?

Tous hochèrent la tête négativement.

— Ça ne me dit rien à moi non plus, admit-il.

— Si on poursuit le raisonnement, la photo est liée au cinquième tube, fit remarquer Stéphane en pointant vers Brigitte.

— Le journal raconte qu'elle se fait passer pour un homme d'affaires sur un site de rencontre. C'est peut-être l'image qu'elle a utilisée dans son profil, supposa la policière.

— Ça aurait du sens, ajouta Héroux, sûrement une photo prise au hasard. On va quand même la passer dans la base de données. *Good job*, Jay. Bridge, qu'est-ce qui a dans le tube?

— Comme je viens de le dire, une partie de son journal relate comment elle se fait passer pour un homme sur un site en ligne. Il semble qu'elle ait convaincu une femme de venir prendre un café avec elle, mais comme pour certains renseignements dans les autres lettres, les noms, les dates et les lieux ont été enlevés. Ça fait qu'on peut pas savoir avec qui elle parle ou à quel endroit ils vont se rencontrer ; encore moins quand. Les conversations sont datées de la fin du mois de mai, y'a trois semaines. On a toujours pas trouvé le rapport avec le reste de l'histoire.

Brigitte sortit la lettre imprimée et la plaça devant elle.

— Je vais vous laisser expliquer pourquoi elle est pas déjà dans les journaux, dit-elle en regardant son supérieur.

Héroux inspira.

— Il semble que la suspecte essaye de négocier avec nous, commença-t-il. Je sais pas si négocier est le bon terme, mais elle nous communique ses demandes. Brigitte a lu dans la lettre que madame veut pas que son nom soit dévoilé à la presse tout de suite, sous peine de s'en prendre à Mélodie. Je suis pas un fan de ce genre de jeu, mais je peux pas ignorer une menace directe envers l'enfant. Ça fait que j'ai accepté d'attendre à 22 h ce soir, à grand regret.

— Qu'y a-t-il de spécial à cette heure-là ? demanda Stéphane.

— Une émission de radio qui prend les appels des auditeurs. Elle est supposée nous faire passer un message à ce moment-là. Je dois avouer que c'est pas mal la décision la plus *tough* que j'ai eu à prendre de toute ma carrière. J'aimerais ben mieux la donner à manger à la presse.

— On est avec vous, dit Jérôme, encourageant. Vous faites ça dans le meilleur intérêt de l'enfant. Je pense qu'on a tous hâte de mettre la main sur cette salope-là.

Le détective Héroux sourit à ce rare écart de langage de la part de son enquêteur.

— Merci, Jay. Faut garder la tête froide. Bon, Steph, éclaire-nous ! Dis-moi que t'as trouvé le fil qui va lier tout ça ensemble !

Larivière fit deux piles avec ses documents et se racla la gorge.

— Si je me suis pas planté dans mes recherches, je pense que Marie-Claude Lanteigne est responsable de la mort de ses parents, il y a à peu près quinze ans. De fil en aiguille, ça a fini par aboutir à l'enlèvement de Mélodie Cormier.

Plus personne ne disait un mot après une telle affirmation.

— Wow ! reconnut Héroux. Steph, je pense que tu vas devoir élaborer un peu.

— Voici mon raisonnement. En 1996, André Lanteigne et Florence Fontaine meurent des suites d'un gros accident sur la 40, près d'ici. Comme la chaussée était glissante, ce matin-là, l'enquête a conclu à un simple dérapage. Après avoir discuté avec le père de Florence, Marcel Fontaine, qui, je vous rappelle, était celui à qui le médicament trouvé dans le sac était destiné, j'en suis venu à me demander si l'autopsie avait pas manqué quelque chose, dans le temps. Je suis parti du fait que si Marie-Claude veut mettre la main sur le *pack-sac* à ce point-là, c'est qu'il contient quelque chose de *vraiment* important. Pourquoi garder un puissant somnifère caché au fond d'un sac, accompagné d'un bijou qui lui est cher ? Forcément, elle veut pas que personne le trouve. L'alliance est celle de sa maman, transmise de mère en fille dans la famille Fontaine depuis deux générations. Je me suis dit… et si les pilules avaient quelque chose à voir avec la mort de ses parents ? J'avais rien à perdre, alors je suis allé fouiller dans les archives judiciaires et j'ai retrouvé le rapport du coroner à propos de l'accident et celui du médecin personnel d'André Lanteigne. Devinez quoi ? Il prenait des somnifères, sous ordonnance ! Une quantité a été trouvée dans son sang, le matin de l'accident, comme c'est écrit dans le rapport de l'autopsie.

— Et ? souleva Héroux. La bouteille est identifiée au nom de son beau-père, pas au sien !

— Justement.

Il ouvrit une des chemises.

— L'ordonnance du médecin de famille ne correspond pas du tout à ce qui a été trouvé dans son corps.

Héroux avait les yeux écarquillés.

— Comment ça se fait que le coroner ait pu manquer ça?

— Il a simplement confirmé que Lanteigne avait le droit de prendre des pilules pour l'aider à dormir. Il a pas cherché à établir le type de narcotique!

— Quand même! As-tu retrouvé le docteur?

— J'arrive de son bureau. Il est catégorique: impossible de conduire après avoir ingéré un seul comprimé de ce médicament-là si votre corps est pas habitué.

— Et Marie-Claude aurait volé la bouteille à son grand-père?

— Il m'a confirmé qu'elle allait souvent chez lui. Ça aurait été facile pour elle de la prendre sans se faire remarquer.

Héroux s'adossa à sa chaise en croisant les bras.

— Ouf! s'exclama-t-il. Et la mère? Elle en avait aussi dans le corps?

— Selon le coroner, non. Juste le père. Et j'ai pas fini! Marcel Fontaine m'a raconté que le matin de l'accident, le char de Florence partait pas. Elle a été obligée d'embarquer avec son mari! Comme si quelqu'un voulait que les deux soient dans le même char à ce moment-là.

Brigitte s'avança et appuya ses coudes sur la table.

— Ou comme si Marie-Claude voulait se débarrasser de son père, mais pas de sa mère. Fatalité, la voiture de sa mère est en panne ce matin-là. À moins que vous ayez des preuves de sabotage.

Elle fit le tour des regards qui étaient posés sur elle avant de poursuivre.

— Ça pourrait expliquer la présence de l'alliance et la relation qu'elle a avec sa mère, même encore aujourd'hui. Marie-Claude Lanteigne veut tuer son père parce qu'il est violent avec elle, et involontairement sa mère y passe elle avec. Recette parfaite pour scraper la tête d'une enfant qui l'était déjà pas mal.

— En tout cas, conclut Jérôme, ça viendrait expliquer pas mal d'affaires.

— Peut-être le mobile, admit Héroux, mais pas les faits ! Y'a encore des questions qui me chicotent, avoua-t-il en prenant ses notes. Ça va sûrement s'expliquer à mesure, mais je peux pas me faire une tête là-dessus. Par exemple, comment t'enlèves une enfant en plein jour, devant une école primaire ?

— Il faut qu'elles se connaissent, c'est la seule façon, selon moi, affirma Brigitte.

— J'en ai parlé à la mère, et elle confirme que c'est presque impossible que sa fille rencontre une adulte sans qu'elle le sache. Elle connaît toutes les enseignantes de la petite école, elle l'accompagne elle-même à ses cours de danse, et elle a jamais entendu parler de Marie-Claude Lanteigne.

Jérôme Landry faillit s'étouffer avec son café.

— Des cours de danse ! s'écria-t-il. Judith Morand m'a dit que Marie-Claude venait de s'inscrire à L'Astragale pour suivre des cours de rap !

— Je pense que c'est peut-être mentionné dans le quatrième tube.

Tous les regards allèrent maintenant vers Josée, qui venait de parler.

— À un certain moment, elle écrit « Demain soir, petite rencontre », expliqua-t-elle timidement. Ça fait peut-être référence à Mélodie.

— Excellente remarque, la félicita Héroux. Je gage que leurs cours étaient le même soir. *Good job !* Si Mélodie a développé un lien de confiance avec Marie-Claude, c'est plausible qu'elle ait accepté plus facilement de la suivre, ou même de monter dans son auto.

Le détective lança un sourire à Josée. Il était plus qu'exceptionnel qu'un civil participe à une investigation criminelle, mais sa connaissance de l'affaire faisait de Josée un atout inestimable. Il savait qu'il allait devoir rendre des comptes, alors aussi bien dans un dénouement heureux.

— Et maintenant, poursuivit-il en jetant un œil à ses notes, même si on a un embryon de mobile et que la piste du sac à dos commence à s'éclairer, j'ai une autre question…

Il croisa les doigts.

— Comment expliquer que l'alliance puis les pilules se soient retrouvées dans le sac des parents de Marco ?

Le téléphone cellulaire du détective sonna et il s'excusa auprès de ses confrères.

— Héroux.

— Monsieur, c'est Martin. Je supervise les recherches à l'appartement de la fille.

— Je vous écoute.

— On a trouvé un disque dur en morceaux, monsieur. Et ce qui reste d'un album de photos.

UN DISQUE DUR
- Mercredi après-midi, 8 juin

— Tu penses vraiment que c'est à elle ?

— Certain ! répliqua Larivière.

— Laissé de même, où tout le monde peut voir ? Facile à trouver ? souleva Héroux.

— Elle l'a massacré, rappela Stéphane. Elle doit penser que les données qui sont dessus sont irrécupérables !

— Hum… marmonna le détective en indiquant l'une des fractions de disque dur. Et toi tu penses qu'on peut en tirer quelque chose ?

— De nos jours, j'ai confiance que le labo puisse faire des miracles.

— O.K. On leur envoie ça tout de suite. Je veux être tenu au courant ! Elle avait certainement de bonnes raisons de vouloir s'en débarrasser.

— Parfait, je m'en occupe, patron.

— Jay !

Jérôme Landry passa la tête dans le bureau d'Héroux.

— Boss ?

— Et l'album de photos ?

— Il est pas mal brûlé, mais on est en mesure de distinguer quelques images.

— Passe-moi ça au peigne fin. Je veux savoir si on peut la lier à quelqu'un, à un endroit, n'importe quoi !

Brigitte entra dans la pièce à son tour.

— Où est Josée ? s'enquit le détective.

— Elle est dans le couloir, elle m'attend.

— Renvoie-la chez elle pour ce soir, elle mérite de se reposer un peu.

— Je lui fais le message.

— *Good!* J'aimerais que tu confirmes rapidement pour l'école de danse et que tu fasses quelques recherches sur la station de radio qui va diffuser l'émission ce soir.

— Pouvez-vous préciser ?

— Je veux savoir si les demandes arrivent en temps réel, si on peut retrouver les appels ou faire patienter un auditeur, des affaires du genre.

— O.K.

— Merci Bridge. Dis à Josée que je vais lui parler demain matin, sans faute.

✧

Jérôme arriva en hâte dans son bureau et entreprit d'examiner ce qui restait d'un album de photos. Il avait été brûlé en vitesse et ne s'était pas tout à fait consumé. Il put conclure que c'était bien à Marie-Claude Lanteigne. Des pages complètes, spécialement vers la fin, étaient presque intactes. De plus, il s'aperçut que certaines photos avaient été retirées de l'album. Plusieurs étaient découpées, ou tout bonnement déchirées. Curieusement, son père ne figurait nulle part. Peut-être pas si curieusement que ça, après tout, raisonna l'enquêteur. Les plus anciennes montraient une jeune fille en compagnie de sa mère, de ses amies d'enfance ou dans diverses activités. Les plus récentes dataient sans doute de deux ou trois ans. On y voyait Marie-Claude avec de jeunes adultes, possiblement des gens qui avaient partagé les maisons de jeunesse avec elle. Pour le reste, impossible de savoir : c'était calciné. Alors que Landry parcourait les photographies, quelque chose attira son attention. Il s'attarda plus longuement à une image dans laquelle ne figurait que la suspecte, en gros plan, debout sur le sommet d'une montagne.

— *Oh my God!* s'exclama-t-il.

Il revint en vitesse vers le bureau du détective Héroux et frappa sur le bord du mur. Sans attendre de réponse, il ouvrit et se planta devant le détective, qui avait l'air étonné de le revoir si rapidement.

— Ça va, Jay?

— Boss, je pense que je tiens quelque chose de pas pire! Regardez ça!

Il déposa l'album photo sur le bureau du détective.

— Quoi?

— L'image, ici, indiqua-t-il.

— C'est Marie-Claude?

— Oui, on dirait que la photo date d'environ deux ans.

— Et?

— Regardez ce qu'elle a devant elle!

Héroux s'approcha et examina la photographie de plus près, comprenant immédiatement l'ampleur de la découverte.

Marie-Claude Lanteigne tenait un sac à dos identique à celui des parents de Marco.

Les deux enquêteurs se regardaient, interloqués par cette situation invraisemblable.

— Ils avaient le même sac… murmura Héroux.

— Pas surprenant qu'elle veuille le ravoir, c'est *le sien*! enchaîna Jérôme.

— C'est elle qui a celui des parents!

— Ça explique pour la montre…

— Et pour Marco, nota Héroux.

Landry soupira, stupéfait.

— Y'a rien à voir là-dedans! Si ce que Stéphane a dit tantôt est vrai, elle doit le faire chanter pour essayer de retrouver son sac.

— Ce qu'il y a dedans, oui! Une pièce à conviction qui pourrait l'incriminer!

— Et si ça se trouve, le pauvre gars a aucune idée de quoi elle parle ! ajouta Landry.

Le détective plissa les yeux, une idée germait dans sa tête.

— Et elle peut pas savoir que *nous*, on sait. Jay, on a une longueur d'avance sur elle. On va s'en servir !

Mylène passa la tête dans l'embrasure de la porte.

— Pardon, monsieur, vous avez la patrouille, sur la un.

Il décrocha en vitesse.

— Héroux.

— Nous avons arrêté votre suspecte, monsieur.

L'AMOUR, LE VRAI II
- Mercredi après-midi, 8 juin

— As-tu de bonnes chaussures ?

— Pourquoi tu me demandes ça ? s'enquit Marco.

— Ça a son importance, crois-moi, répondit Marie-Claude.

Toujours enchaîné près de Mélodie, qui écoutait attentivement, il toucha ses espadrilles.

— Sont ben correctes, affirma-t-il.

— Super.

Elle se rendit au garde-manger de fortune et en sortit deux barres énergisantes et une bouteille d'eau.

— Et tu vas avoir besoin de sommeil. Assure-toi de pas t'endormir trop tard !

Marco n'y comprenait rien.

— Tu reconnais cette bouffe ? lui demanda-t-elle en lui montrant les barres.

Il les examina sommairement.

— Jamais goûté à ça. Je devrais le savoir ?

Elle les posa sur le coin de la table.

— Quand ils marchaient, tes parents en apportaient comme nourriture de réserve, déclara-t-elle.

Il fronça les sourcils.

— Comment tu peux savoir ça ?

Elle sourit et s'assura que la bouteille d'eau était bien fermée.

— Parce qu'il y en avait dans leur sac, mon cher, répondit-elle.

Décidément, cette fille était un mystère sur toute la ligne.

— T'es vraiment compliquée, déclara-t-il. Tu menaces de me tuer si je te donne pas le *pack-sac* de mes parents, pis là tu me dis que tu sais ce qu'il y a dedans ! Ça a pas grand sens !

Elle s'approcha de lui et posa ses mains sur ses hanches.

— Tu vas être dans le champ longtemps si tu raisonnes comme ça, Marco. Écoute-moi quand je te parle ! Je veux pas que tu me remettes le sac de tes parents, je veux que tu me remettes *le mien,* ducon. Celui de tes parents est déjà ici.

Elle bougea d'un pas, se pencha et sortit un sac à dos de la chambre à coucher. Médusé, Marco reconnut immédiatement ce qui avait appartenu à ses parents.

— Mais… comment ça ?

Elle le posa sur le sol et tourna une chaise pour s'asseoir près de Marco, face au dossier.

— Parfois, la vie puis le destin sont des choses vraiment bizarres, ricana-t-elle. C'est quoi les chances que deux retraités possèdent un *pack-sac* comme le mien ?

— Vous… ils ont pris ton sac ? Pourquoi mes parents auraient fait ça ? C'est n'importe quoi !

— Incroyable, mais c'est quand même ça. Je te dis pas que c'était voulu, mais on s'est croisés au parc le jour de leur dernière promenade. Aux toilettes, dans les casiers, est-ce que je sais, moi ? Un des deux est parti avec *mon* sac. De toute façon, maintenant, c'est toi qui l'a.

— *Avait,* précisa-t-il. S'il est pas dans ma remise, je sais pas où il est !

Elle le fixait avec un rictus.

— Le pire, c'est que maintenant j'suis sûre que tu dis la vérité, reconnut-elle. Mais comme je t'expliquais hier, c'est un pépin dans ma planification.

Marco leva les épaules en signe d'impuissance alors que Marie-Claude hochait la tête comme si elle n'en revenait toujours pas.

— Tu sais, j'suis vraiment désolée de ce qui leur est arrivé.

Elle le regardait dans les yeux, sérieuse.

— Ils ont juste pris le mauvais sac et sont partis en excursion sans savoir qu'ils avaient pas leurs affaires, poursuivit-elle. Je m'en suis rendu compte ben plus tard, quand j'ai voulu ouvrir le mien. Ça a pris au moins une semaine avant que je comprenne ce qui s'était passé, à cause des nouvelles ! C'est pour ça que j'ai décidé d'entrer en contact avec toi. Tu faisais pas partie de mes plans, cher Marco ! Pour ravoir mon sac, fallait que j'te parle, non ?

— Veux-tu ben me dire ce qu'il y a dans ce sac-là ? osa-t-il demander à nouveau.

Elle le considéra d'un regard perçant.

— Ça, c'est mes affaires.

Elle se leva d'un bond et replaça la chaise près de la table. Elle ramassa le sac et le remit là où elle l'avait pris. Son humeur avait changé d'un coup à la suite de la dernière question ; il y avait quelque chose dans tout ça qui la rendait inconfortable au possible. Marco nota mentalement de ne plus aborder ce sujet avec elle. Elle n'était pas violente, jusqu'à maintenant, et tant qu'elle ne faisait pas de mal à Mélodie, la situation était maîtrisée. Mélodie n'avait pas dit un mot depuis qu'elle avait par mégarde dévoilé l'identité de sa ravisseuse. Elle était assise près de lui, en Indien, et promenait son regard au-delà des murs de la cabane.

Lorsque ses yeux croisèrent finalement les siens, il lui sourit pour la rassurer.

UNE ARRESTATION
– Mercredi après-midi, 8 juin

Le détective Héroux ouvrit la portière. Il était en compagnie de Jérôme Landry. Les deux hommes s'approchèrent d'une petite voiture japonaise noire qui avait été appréhendée sur la rue Bellefeuille, près du centre-ville.

— Pas vraiment brillant de rouler comme ça en plein jour, murmura Landry.

— Surtout à Trois-Rivières, ajouta Héroux.

Mais à mesure qu'il marchait vers le véhicule, son regard s'attarda sur la femme qui était debout, en compagnie des deux patrouilleurs.

— Mais… vous n'êtes pas Marie-Claude Lanteigne ! aboya-t-il.

— C'est ce que je me tue à répéter à vos deux bulldogs ! rétorqua-t-elle, visiblement échaudée par le malentendu.

— La plaque et le modèle concordent, monsieur, expliqua l'un des deux patrouilleurs en justifiant son arrestation.

Héroux couvrit son visage d'une main, découragé.

— La maudite… marmonna-t-il sans que personne n'entende. Qui êtes-vous ? demanda-t-il à la jeune dame.

— Je m'appelle Caroline Parenteau, j'ai pas d'enfant et je sais pas pourquoi la plaque de mon auto est pas la mienne ! Vous la vérifiez tous les jours, vous, votre plaque ?

— Non, non, admit Héroux. Calmez-vous, je vous en prie, nous allons expliquer cette erreur.

— C'est bien le bon numéro, attesta Landry. Elle a sans doute échangé la sienne.

Le chef serrait les dents, il se retenait de pousser un juron.

— Jérôme, dit-il calmement. Pourrais-tu, s'il te plaît, prendre en note la véritable plaque de Mme Parenteau et l'envoyer immédiatement aux autres patrouilles ?

— Je m'en occupe tout de suite, répondit-il en saisissant les papiers.

Il se retourna vers Caroline.

— Dans quel coin habitez-vous, madame ?

— Près du boulevard Saint-Jean, dans l'ouest de la ville.

— Quelle surprise, ironisa-t-il.

— Vous dites ?

— Excusez-moi, je réfléchissais tout haut. Pardonnez ce malentendu, madame Parenteau. Il semblerait que quelqu'un s'amuse à changer les plaques d'immatriculation et que vous veniez d'en faire les frais.

— Ça va. Il faut vraiment faire venir un enquêteur pour vérifier l'identité de quelqu'un ? s'enquit-elle en considérant les patrouilleurs.

Héroux étudia brièvement le visage de la jeune dame.

— Ce ne sont pas des circonstances ordinaires, madame. Encore une fois, veuillez accepter nos excuses.

✦

En cette fraîche soirée de printemps, Marie-Claude Lanteigne roulait dans le quartier résidentiel de l'ouest de Trois-Rivières. Elle observait attentivement les véhicules garés dans les entrées. Soudainement, elle ralentit et s'arrêta devant une des dizaines de maisons neuves qui avaient poussé dans le secteur comme des pissenlits dans un champ. Elle sortit un calepin et nota quelque chose. Au bout de quelques secondes seulement, elle était repartie. Elle continua son manège dans diverses rues des environs, s'arrêtant et écrivant à trois ou quatre reprises.

Elle gara sa voiture près du pont d'étagement de la Côte Richelieu et prit un petit coffre à outils sur la banquette arrière. Elle l'ouvrit et s'assura d'un rapide coup d'œil que le matériel dont elle avait besoin était bien dedans. Après avoir refermé le tout, elle enfila une paire de gants et se dirigea de nouveau vers les rues qu'elle venait d'arpenter.

Ce soir-là, plusieurs échanges de plaques eurent lieu.

Une fois son travail terminé, elle conduisit vers le nord, sur le boulevard Saint-Jean. Elle emprunta le chemin de terre devant la Société Protectrice des Animaux, près de l'intersection du boulevard des Chenaux. Cette route, récemment refaite, bifurquait à 90 degrés et longeait l'autoroute 40 vers l'ouest sur une bonne distance. Le secteur était destiné à recevoir des entreprises dans un avenir prochain, mais il n'était pas encore déboisé. Elle arrêta sa voiture après quelques minutes et débarqua dans la noirceur totale et le bruit des camions qui circulaient sur la voie rapide à côté. Elle ouvrit le coffre et saisit une grosse masse qu'elle traîna avec peine vers le côté passager de sa petite voiture noire.

De toutes ses forces, elle souleva l'outil et l'enfonça dans la portière.

✦

Marie-Claude se présenta chez le carrossier avec qui elle avait pris rendez-vous, un peu plus tôt.

— Salut, vous êtes madame Langlois, celle qui a appelé tantôt ?

— Oui c'est moi, mentit-elle.

— On va aller voir ça !

L'homme sortit de son commerce et s'approcha de la voiture accidentée.

— Ouain ! Méchante poque !

— Je l'sais, mes parents vont me tuer !

— Comment vous avez fait ça ? demanda-t-il en examinant le côté passager. C'est sûrement pas un autre char qui a fait ça ! On dirait un coup de bâton !

— J'suis allé dans un party hier soir, puis ça a dégénéré. Des gars chauds se sont mis à fesser sur les autos puis j'ai retrouvé la mienne comme ça, avant de partir. Vous pensez que ça se répare ?

— Bien sûr, dit-il. On verra pus rien, vous pouvez me croire !

— Oh merci ! Sérieux, vous me sauvez la vie ! Si mes parents voyaient ça, je serais vraiment dans marde !

— Faites-vous en pas, ça va rester entre nous.

— Merci, sincèrement.

— Aucun problème. Puis si vous payez comptant, y'aura même pas de trace ! ajouta-t-il avec un clin d'œil.

— On va arranger ça. Vous aviez mentionné la possibilité de me prêter une autre auto entre-temps ?

✦

— Vérifiez avec la photo ! insista Héroux. Je ne me déplace pas une deuxième fois pour rien !

— C'est une certaine Mme Langlois, confirma le patrouilleur. Elle ne ressemble pas du tout à la fille que vous recherchez. Elle est pas mal plus âgée.

— Mais son véhicule a la bonne plaque.

— Oui monsieur, c'est bien l'immatriculation que vous nous avez donnée en fin d'après-midi.

— Et elle conduit une Japonaise noire.

— Affirmatif, monsieur.

— Prenez la plaque réelle de cette auto-là en note, et vous pouvez relâcher la femme, elle n'a rien à voir là-dedans.

— Bien, monsieur.

— Et envoyez la nouvelle plaque aux patrouilleurs, demanda-t-il, bouillant.

UNE DEMANDE SPÉCIALE – Mercredi soir, 8 juin

Dans la salle de réunion du poste de police, la tension était palpable. Dans quelques minutes allait commencer l'émission au cours de laquelle Marie-Claude Lanteigne était supposée communiquer avec les policiers. La transmission était diffusée par les haut-parleurs de la pièce et permettrait d'entendre clairement les propos de quiconque allait parler en ondes.

Le détective Héroux attendait, les coudes sur la table et les mains jointes devant sa bouche. Deux véhicules avaient été identifiés avec la mauvaise plaque d'immatriculation dans la même journée. On avait fait perdre un temps précieux à son équipe et il ne l'avait pas encore digéré complètement. Par précaution, même à cette heure tardive, il avait fait venir deux membres de la presse. Ces derniers attendaient impatiemment dans la petite salle à l'entrée du poste, ignorant sur toute la ligne les derniers développements de l'affaire Cormier.

— Ça commence, annonça Brigitte.

— Chut, écoutez ! demanda Héroux.

Une publicité se termina et l'animateur de l'émission prit le micro. À la suite de quelques salutations diverses, il enchaîna sur les demandes des auditeurs.

— Alors comme chaque semaine, voici les coups de cœur et les coups de masse ! Nous avons Véronique, qui s'insurge contre les travaux publics qui ont lieu dans le bas de la ville et qui lui demandent de faire un gros détour chaque matin pour se rendre au travail ! Antoine, de Gentilly, aimerait féliciter son frère Maxime qui vient de se marier récemment ! Maxime, tu vas avoir *ta* toune pour commencer l'émission, mon ami ! Finalement, nous avons Marie-Claude, qui aimerait envoyer son plus sincère coup de cœur à l'équipe d'enquêteurs de la police de Trois-Rivières, des gens qui font un travail ingrat mais teeeeeellement utile ! On poursuit en musique maintenant, avec Prince et *Puuuurple Raaaain !*

Les enquêteurs regardaient leur patron, sans parler. Ce dernier bougeait les lèvres, son visage rouge prenait une teinte violacée.

Soudainement, il se leva et respira fortement.

— Elle gagne du temps, et moi je tombe dans le panneau ! Steph, amène-moi les journalistes ici, *now* !

Larivière quitta la pièce en vitesse sans répliquer.

— On va changer de stratégie, annonça Héroux, énervé. À partir de maintenant, c'est nous qui menons le jeu ! Finies, les charades puis les demandes spéciales !

La porte ouvrit et les deux journalistes entrèrent dans la pièce.

— Salut Mike, salut Isa. Sortez vos crayons, j'ai des affaires pour vous. Je veux que ça sorte à la radio puis sur le Web le plus tôt possible !

Les nouveaux venus étaient fin prêts à recevoir ce que le détective avait à dire.

— Une dénommée Marie-Claude Lanteigne est désormais considérée comme suspect numéro un dans les disparitions de Mélodie Cormier et de Marco Genest. Brigitte vous remettra sa photo et les renseignements qu'on a sur elle dans quelques minutes.

Brigitte acquiesça.

— Toute personne qui possède des renseignements sur elle est priée de communiquer d'urgence avec nous, poursuivit

Héroux. Je ferai une conférence de presse officielle demain, il est trop tard ce soir.

— Autre chose ? demanda la journaliste.

— Oh oui, ajouta Héroux avec un rictus.

Assise à la table de la cuisine, Marie-Claude parcourait les postes d'une petite radio depuis déjà quelques minutes.

— Si tu veux que je me couche de bonne heure, il va falloir que t'arrêtes de faire du bruit, lui fit remarquer Marco.

— Ça sera pas long, Marco. Je veux juste écouter les nouvelles avant d'aller dormir et faut que j'économise la batterie de mon auto.

— Tu penses qu'ils vont parler de toi ?

— Si tout se passe bien, ça devrait, dit-elle. Ah, les infos régionales.

Elle syntonisa la bande pour éliminer les interférences.

De nouveaux renseignements sur la disparition de la jeune Mélodie Cormier et, récemment, de Marco Genest.

Elle les pointa du doigt.

— C'est vous ! chuchota-t-elle.

Les policiers recherchent activement Marie-Claude Lanteigne, 25 ans, de Trois-Rivières. Elle est considérée comme armée et dangereuse.

— Moi ? Dangereuse ?

Selon les enquêteurs, la jeune femme serait également soupçonnée du meurtre de ses parents, survenu il y a quinze ans. Quiconque possède des renseignements sur les allées et venues de cet individu est prié de joindre les autorités immédiatement.

D'un geste brusque, Marie-Claude baissa le volume. Marco et Mélodie n'osaient pas parler, ils se regardaient, interloqués par ce qu'ils venaient d'entendre.

Sans crier gare, leur ravisseuse se leva et lança le poste de radio de toutes ses forces au fond de la pièce, près de la chambre à coucher. Les morceaux de plastique volèrent dans tous les sens au moment de l'impact.

— J'ai pas tué ma mère ! hurla-t-elle. Je l'ai pas tuée ! Vous êtes des menteurs !

Enragée, elle donnait des coups de pied sur les chaises et frappait la table devant elle avec ses mains. Au bout d'une trentaine de secondes, elle se rassit et plaça ses coudes sur ses cuisses, les ongles entre les dents. Elle se balançait comme une névrosée, devant un maigre public ahuri et terrifié.

Elle tourna le regard et vit que Marco la dévisageait.

— Quoi ? Quoi ! tonna-t-elle. Tu penses que j'ai tué ma mère ? C'est ça ?

Sans s'en apercevoir, il hochait tranquillement la tête négativement.

— C'est ta faute ! pesta-t-elle encore en le menaçant de son index. Si tes maudits parents avaient pas pris mon crisse de sac, ça serait jamais arrivé !

Il baissa les yeux et serra les dents. Au fond de lui, il chercha la force de ne pas prêter foi aux propos de cette fille. Elle était folle, elle était criminelle et, surtout, elle était en furie.

— Mes parents ont rien à voir dans tes affaires, finit-il par dire calmement. Tu le disais toi-même pas plus tard que tantôt !

Marie-Claude respirait bruyamment. Elle savait qu'il avait raison, mais elle ne pouvait pas s'enlever de l'esprit que, sans ce coup du sort, elle n'aurait pas à endurer ce calvaire.

Le calvaire d'être soupçonnée du meurtre de Florence, sa douce mère.

— Je n'ai *pas* tué ma mère, répéta-t-elle encore, plus doucement.

Durant le court silence qui suivit, Mélodie se mit à pleurer.

— Je veux voir ma mère, murmura-t-elle.

Marie-Claude parut déstabilisée par cette intervention. Elle hésita une seconde et s'approcha finalement de la fillette. Son comportement changea de façon radicale ; elle semblait s'en faire réellement pour la gamine, au grand étonnement de Marco.

— Tu dois me faire confiance, Mélodie.

— Mais je veux rentrer chez nous ! s'écria-t-elle en sanglotant.

— Je l'sais, je l'sais. Très bientôt. Demain ! Tu veux que ton père t'aime, hein ?

Elle essuya ses yeux avec sa manche.

— Je… oui, c'est sûr.

— Eh ben c'est la seule façon !

— Je comprends pas…

Marie-Claude se pencha et posa ses mains sur les genoux de la jeune fille.

— Écoute. Dans la vie, pour apprécier ce qu'on a, on doit parfois avoir vraiment peur de le perdre. C'est un peu comme un toutou. T'as déjà perdu un toutou, quand t'étais petite ?

— Oui, c'est déjà arrivé.

— Bon, tu te souviens comme t'étais contente, quand tu l'as retrouvé ?

Elle acquiesça.

— Imagine le visage de ton père, quand il va te revoir ! T'es un peu comme son ours en peluche !

— Mais il doit s'inquiéter pour moi…

La femme se leva d'un bond.

— Ça, ça fait partie de mon plan, répondit-elle sèchement. J'ai vu comment il te traite ! Il *faut* qui s'inquiète pour toi ! J'étais au centre commercial, l'autre jour, quand t'as renversé ton jus ! Tu t'en souviens ?

Mélodie plissa les yeux ; elle essayait de se souvenir.

— Oui, murmura-t-elle, sans conviction.

— Tu penses qu'il s'inquiétait pour toi, à ce moment-là ? Pantoute ! Faut juste lui rafraîchir la mémoire un peu ! Des gens ont parfois besoin de frapper un mur pour devenir meilleurs, et ton père est comme ça ! L'expérience de tous les jours, c'est pas assez ! L'amour qu'ils reçoivent c'est pas assez non plus ! Il faut qu'ils mettent en jeu *l'essence* même de leur vie pour apprendre à l'apprécier ! Mon père, lui, a jamais compris ça !

La gamine tentait d'assimiler tout ce qu'elle entendait.

— Dis-moi, ajouta Marie-Claude. Tu connais la légende de la belle princesse ? Puis de la grenouille ?

— Oui. Elle lui donne un baiser et le crapaud se transforme en prince charmant, expliqua la fillette.

— Exactement. Ben la vérité, c'est que c'est pas un doux baiser qui a changé le crapaud en joli prince.

— Ah non ?

— Non. C'est un estie de coup de poing sur la gueule ! affirma-t-elle en serrant les doigts. Mais les gens aiment ben déformer les histoires pour que ça paraisse *cute.* Je veux pas briser ta jeunesse, mais le plus tôt tu vas savoir ça, le mieux c'est pour toi !

Elle lui mit une main sur l'épaule.

— Allez, tout va bien se passer.

— Je trouve ça difficile, admit-elle en retenant un autre sanglot.

Marie-Claude se pencha de nouveau.

— C'est normal. Mais j'suis avec toi. Et Marco aussi, ajouta-t-elle en le désignant à son grand étonnement. On va traverser cette dure épreuve ensemble, toi et moi. Tu es forte ? Tu es capable d'être forte ?

— Oui.

— O.K. T'es une grande fille. Ton papa va être vraiment fier de toi ! Fier comme tu l'as jamais vu avant !

Elle lui embrassa le front.

— Madame Marie-Claude.

— Oui, chère ?

— Qu'est-ce qui est arrivé à ta maman ?

JOUR 5

UN DÉPART
– Jeudi matin, 9 juin

Marco était réveillé depuis une bonne demi-heure lorsqu'il entendit le bruit des chaînes de Mélodie, à quelques pas de lui.

— Ça va ? chuchota-t-il.

Elle se retourna pour lui faire face.

— Oui, répondit-elle.

— Sais-tu ce qui va arriver aujourd'hui ?

— Je pense qu'on va faire notre spectacle de danse ce matin.

Comme il ne voulait pas lui donner de faux espoirs, il se retint de dévoiler le fond de sa pensée. C'était de la folie de croire que Marie-Claude allait se rendre tout bonnement chez les parents de la petite et leur offrir un spectacle de danse… une semaine après l'avoir kidnappée.

— Et vous faites ça chez toi ? demanda-t-il.

— Je pense que c'est au centre-ville.

Il sourcilla au son de cette réponse. Dehors, une portière de voiture se ferma et des bruits de pas approchèrent.

— Chut ! souffla la gamine.

Elle se retourna et Marie-Claude ouvrit la porte de la cabane.

— Pas besoin de vous cacher, lança-t-elle d'emblée. On vous entend très bien de dehors.

Mélodie lui envoya un regard penaud et s'assit sur son

lit de camp. Marco ne se donna même pas la peine de faire semblant d'être surpris.

— C'est le grand jour, les amis ! annonça leur hôte. J'espère que vous êtes en forme !

— Bien dormi ? risqua le jeune homme.

— Moi ? Oh, très bien ! Si tu fais allusion à ce qui est arrivé hier soir, tout est maîtrisé. Il y a des affaires que je peux pas diriger, j'vais faire avec. De toute façon, ça change pus rien. J'vais suivre mon plan puis tout va ben aller. C'est pas la première fois de ma vie que ça se passe pas exactement comme je veux, et, comme tu peux voir, je suis encore bien vivante ! déclara-t-elle en retirant des trucs du garde-manger.

Elle se rendit brièvement dans la chambre à coucher et revint avec le sac à dos. Elle l'ouvrit et mit les deux barres énergisantes à l'intérieur, avec la bouteille d'eau. Pendant qu'elle se préparait, elle parlait tout haut.

— Cher Marco, ce fut un plaisir de faire ta connaissance. Dans d'autres circonstances, toi puis moi on aurait pu être des amis, mais je me fais pas d'idée ; ça me surprendrait pas mal qu'on se revoie bientôt. Prends quelques minutes pour te lever, mais traîne pas, je t'en prie. Mon horaire de ce matin est pas mal chargé, et la dernière chose que tu veux c'est que je m'en aille en te laissant attaché ici.

— Tu ne reviens plus ? s'enquit-il.

— Non. Ce matin, Mélodie a un spectacle pour ses parents et après, ben je m'en vais.

— Et où tu vas ?

Elle le regarda en souriant. Sans se donner la peine de répondre, elle s'approcha de Mélodie et entreprit de défaire ses chaînes.

— Voilà, ma belle. Tu peux aller aux toilettes si tu veux, on va te peigner après.

La jeune fille frotta ses chevilles et se dirigea derrière le rideau. Marco était maintenant debout, comme un soldat prêt à recevoir ses prochaines instructions.

— Pardonne-moi de pas enlever ça tout de suite, lui dit-elle en indiquant le loquet à son pied. J'ai quelques affaires à apporter dans l'auto mais je serai pas longue. Mélodie et moi on va se préparer et après tu vas pouvoir partir.

Il plissa le front.

— Tu vas me laisser partir, de même ?

— Ben oui, acquiesça-t-elle en lui remettant le sac à dos. Qu'est-ce que tu veux que je fasse de toi ? Puis, c'est pas ce que tu voulais ?

— Je... oui, c'est sûr.

— Parfait. Tu vas avoir la chance de te servir de ce qu'il y a là-dedans. Je voudrais pas que tu penses que j'avais l'intention de garder le sac ou bien quoi que ce soit qui se trouvait dedans. Ah oui, j'oubliais, ajouta-t-elle.

Elle retira la montre de son bras.

— Tiens, c'est à toi.

Marco la prit et la glissa à son propre poignet.

— T'as une bonne marche à faire pour sortir d'ici, mais ça devrait bien aller. J'ai calculé à peu près huit kilomètres, ça devrait te prendre au maximum deux heures pour atteindre la civilisation.

— Pourquoi tu m'amènes pas directement ?

Cette dernière question la fit sourire.

— Parce que j'ai besoin d'un peu de temps, mon cher ami. Loin de moi l'idée que je puisse pas te faire confiance, mais j'avais pas prévu être recherchée pour meurtre, tu vois. J'imagine qu'un comité d'accueil se prépare alors j'vais profiter de chacune de mes secondes d'anonymat. Inquiète-toi pas, t'as rien qu'à suivre le sentier. Tiens, voilà ton cellulaire. J'ai enlevé la carte, penses-y même pas.

Alors que Mélodie sortait de derrière le rideau, il enfilait le sac sur ses épaules. Il lui était difficile d'imaginer qu'il portait sur lui les articles qui auraient pu sauver la vie de ses parents.

— Viens avec moi, chère, lança-t-elle à la petite. On va mettre la belle perruque et on va être prêtes.

La fillette s'assit sur une chaise et Marie-Claude lui plaça les faux cheveux sur la tête.

— Voilà, on a bien fait de faire des tests hier. Donne-nous une minute, mon cher Marco, on va à la voiture. Je te reviens tout de suite.

Elle saisit un sac plastique rempli d'accessoires qui se trouvait sur la table et ouvrit la porte. Mélodie sortit la première et les deux filles s'éloignèrent. Il n'eut pas à attendre plus de quelques secondes que, déjà, sa ravisseuse était de retour.

— Tu sais, dit-il alors qu'elle pénétrait dans la pièce, je pense pas que la justice soit ben sévère avec toi, malgré tout ça.

Elle s'approcha de lui pendant qu'il parlait, son revolver bien en évidence.

— Assieds-toi, ordonna-t-elle.

— Tu lui as pas fait de mal, c'est quand même quelque chose à considérer ! poursuivit-il en obéissant à sa demande.

Elle enleva la chaîne qui le retenait prisonnier.

— Malheureusement, c'est pus les mêmes accusations qui pèsent sur ma tête, Marco. Allez, debout !

— Tu vas pouvoir prouver ce que tu dis, non ? rétorqua-t-il en se levant de nouveau. Ils vont conclure que t'as pas tué tes parents et pis ça va jouer de ton bord ! Les juges sont des êtres humains, tu sais.

Elle recula de quelques pas et le regarda pendant un moment.

— T'es bien gentil, Marco, mais ils peuvent rien pour moi.

L'espace d'un instant, il eut de la compassion pour la jeune femme.

— Pourquoi t'es aussi convaincue ? s'enquit-il.

— Recule ici, s'il te plaît. Parce qu'ils ont trouvé dans mon sac quelque chose qui va me nuire. Ça leur a pas pris des lunes avant de faire le lien avec mes parents.

— Mais tu les as pas tués... hein ?

Elle prit son petit enregistreur et le mit dans sa poche.

— Ma mère, non.

La bouche ouverte, Marco était maintenant appuyé sur le mur au fond de la cabane.

— Ça s'est pas déroulé comme je pensais, expliqua-t-elle calmement. *Anyway*, je me suis retrouvée orpheline avant mon secondaire. Mais tout ça, c'est du passé. Allez! Je te donne quelques consignes, t'es prêt?

Il acquiesça.

— Bon. Je m'en vais avec Mélodie, en voiture. J'aimerais que tu restes en dedans pendant qu'on part. Après, t'es libre de faire ce que tu veux. Je te souhaite bonne chance, j'suis contente de t'avoir remis ton sac. Peut-être qu'un jour, j'vais récupérer le mien, dit-elle en souriant. J'espère que tu m'en veux pas trop pour l'épisode du feu de camp, je pensais que tu riais de moi. Ciao, Marco.

Sans lui laisser le temps de répliquer, elle recula et sortit en fermant la porte derrière elle.

Surpris de la vitesse à laquelle il était redevenu un homme libre, Marco confirma que Marie-Claude était bien embarquée dans son véhicule avant de se précipiter dans la chambre à coucher.

À son grand dépit, le petit sac qui contenait le téléphone cellulaire avait disparu – sans doute qu'elle l'avait emporté dans sa fuite.

Il ouvrit doucement la porte de la cabane et fit une rapide reconnaissance des lieux.

La voiture partie, il était fin seul.

À près de huit kilomètres du village de Saint-Étienne-des-Grès, dans les bois.

UNE HISTOIRE DE VOITURE - Jeudi matin, 9 juin

Au volant de sa voiture de prêt, Marie-Claude Lanteigne pénétra dans le stationnement arrière de l'hôtel Delta, au centre-ville de Trois-Rivières. Cet endroit servait également de terminus d'autobus pour les liaisons avec plusieurs grandes villes du Québec. Un café et quelques boutiques se situaient au rez-de-chaussée de l'immeuble qui grattait à peine le ciel du centre-ville.

Portant elle-même une perruque rousse, elle replaça une mèche en se regardant dans le miroir.

— Es-tu prête? demanda-t-elle à Mélodie, qui l'accompagnait.

— Oui! répondit-elle, enthousiaste.

— Super. Tu me répètes comment ça doit se passer?

La fillette lança un regard en direction des commerces et se remémora les étapes qui lui avaient été expliquées.

— Je sors de la voiture avec mon sac et je vais me placer juste là, sous l'abri, près des autobus.

Marie-Claude approuva de la tête.

— Après ça, j'attends une minute et j'entre dans le restaurant, là-bas, poursuivit-elle en désignant le café.

Nouvelle approbation.

— Après, je vais jusqu'au comptoir où ils vendent des choses, et là je regarde autour de moi. Je vais voir une personne que je connais, et elle va m'accompagner jusqu'à mes parents.

— Excellent ! T'as bien retenu tout ce que je t'ai dit. Et n'oublie pas, tu dois garder ta perruque, comme moi.

— Oui, je dois garder la perruque.

— Je suis fière de toi, Mélodie. Tu as été très gentille, tes parents vont être contents de te revoir !

— Merci, madame Marie-Claude.

— Ça m'a fait un grand plaisir, ma belle. J'espère qu'on va pouvoir se revoir un jour.

— Moi aussi.

— Allez, va et retrouve ta vie ! Et fais bien attention à toi.

Elle l'embrassa sur la joue et ouvrit la portière.

La larme à l'œil, Marie-Claude vit la gamine marcher rapidement vers l'abri d'autobus.

✦

L'enquêteur Héroux avait peine à garder sa concentration tellement il était fatigué. Les événements de la dernière semaine avaient grugé beaucoup son énergie, et il n'arrivait pas à récupérer. Depuis deux jours, il ne faisait que somnoler : il ne pouvait pas s'empêcher de penser à l'enquête en cours et des bouffées de rage montaient en lui périodiquement, comme un geyser de colère. Il avait pu profiter de l'aide précieuse de ses enquêteurs mais, malheureusement, l'affaire s'éternisait.

Alors qu'il passait en revue les renseignements que son équipe avait recueillis la veille, son téléphone sonna.

— Héroux.

— Monsieur, ici Jean-Luc Venne, au labo. Les gars ont travaillé une bonne partie de la nuit, et ça a donné quelque chose.

L'enquêteur se leva de sa chaise.

— Vous avez les données sur le disque dur ?

— Pas encore, mais on a réussi à refaire les partitions. D'ici une heure ou deux, vous aurez l'historique, les principaux documents et l'horaire d'utilisation.

— *Good!* Appelez-moi dès que vous avez quelque chose! Je veux savoir ce qu'elle avait à cacher!

Le détective sentit l'espoir monter en lui. Allait-il enfin avoir une véritable longueur d'avance sur cette criminelle? Il sortit de son bureau pour aller quérir un autre café.

— Ça avance, Mylène! lança-t-il à sa secrétaire.

— Vous avez l'air de bonne humeur, monsieur Héroux.

— De bonnes nouv...

Il arriva face à face avec Jérôme Landry.

— Boss! Ils ont retrouvé la petite.

Le véhicule de police roulait à cent à l'heure sur le boulevard des Forges, en direction du centre-ville.

— Si c'est encore une magouille, j'pense que je lâche la police puis que je vais devenir cordonnier, déclara Héroux en négociant une courbe.

Jérôme sourit à la remarque en agrippant fermement la poignée de la portière du passager.

— La femme qui a trouvé Mélodie la connaît bien, le rassura-t-il, elle a confirmé au 911 que c'était elle.

— Veux-tu ben m'expliquer ce qu'elle fait là? Comment elle a pu arriver sans se faire voir?

— Elle était peut-être juste à côté depuis le début.

— Ça se peut, mais j'en doute! dit Héroux.

La voiture banalisée entra à toute vitesse dans le stationnement arrière du grand hôtel, suivie de trois autres. Les sirènes résonnaient de partout, les immeubles environnants donnaient l'ambiance d'une discothèque tellement il y avait de gyrophares allumés.

Les deux enquêteurs se précipitèrent à l'intérieur du café Morgane, au rez-de-chaussée. L'endroit avait été scellé et l'intérieur était vide; seulement deux patrouilleurs, une femme, une fillette et un des employés se trouvaient sur place.

— Es-tu Mélodie Cormier? demanda le détective sans attendre.

La petite fille hocha la tête. Elle semblait en pleine forme, pour une gamine portée disparue depuis une semaine.

— Est-ce que tu vas bien? Tu n'es pas blessée?

Cette fois, elle bougea la tête de gauche à droite.

— Dis-moi, pourquoi tu portes une perruque?

— Je dois faire un spectacle de danse pour ma mère, expliqua-t-elle.

Les deux enquêteurs échangèrent un regard confus. Brigitte Soucy et Stéphane Larivière arrivèrent au même moment.

— La presse approche, lança Stéphane. Quelqu'un a dû écouter les ondes.

— Bridge, demanda Héroux discrètement. J'aimerais que tu amènes ses parents ici. Essaye d'éviter les micros le plus possible le temps qu'ils la revoient.

— O.K.

— Je suis le détective Héroux, déclara-t-il à la femme qui tenait Mélodie par les épaules. Puis-je savoir qui vous êtes?

— Je suis Gisèle Arsenault, titulaire de quatrième année à l'école primaire Marguerite-Bourgeois. Mélodie est dans ma classe.

Le policier réfléchit quelques instants et repositionna les très nombreuses informations qui lui trottaient en tête.

— Et je parie que vous étiez ici pour prendre un café avec un homme d'affaires de la région de Montréal?

L'enseignante fronça les sourcils.

— Mais…

— Avec qui vous avez discuté sur un site de rencontre?

Cette fois, elle ferma la bouche, interloquée.

— Je suis désolé de vous apprendre que cette rencontre n'aura sans doute pas lieu et qu'elle était seulement destinée à ce que vous soyez ici, ce matin.

— Mais pourquoi? demanda la femme, bouleversée.

Héroux fit un mouvement de tête vers la fillette.

— Parce qu'elle voulait que Mélodie voie un visage connu, sans doute. Allez savoir !

— Elle ?

— Oh, longue histoire. Pardonnez-moi, mais je vous raconterai tout ça plus tard. Je suis bien content que vous ayez retrouvé la petite !

Il se pencha vers la fillette.

— Dis-moi, Mélodie, est-ce que tu permets que je te pose quelques questions ? Nous essayons de retrouver la personne avec qui tu étais au cours des derniers jours.

— D'accord, répondit-elle.

Il tira une chaise et s'assit à ses côtés.

— Tu connais son nom ?

— Marie-Claude, dit-elle doucement.

Héroux fit un signe de tête à ses enquêteurs, qui écoutaient attentivement.

— Et elle était seule avec toi ?

Négation.

— Nous étions avec Marco.

L'enquêteur plissa les yeux.

— Est-ce que Marco est l'ami de Marie-Claude ?

— Non, je ne pense pas.

— Il est arrivé ici, avec vous ?

— Non. Elle l'a laissé dans la cabane, dans le bois.

De nouveau, Héroux se tourna vers Jérôme et Stéphane, qui prenaient des notes à toute vitesse.

— Il allait bien ?

— Oui, elle venait de lui remettre un sac à dos, pour qu'il marche dans la forêt.

Le détective peinait à se retrouver dans tout ce dédale. Le jeune homme était hors de danger, apparemment. Il se concentrerait sur lui d'ici peu.

— Et tu sais où elle se trouve, en ce moment, Marie-Claude ?

— Elle est partie pour Montréal.

— Pour Montréal ?

— Oui, confirma-t-elle, en autobus.

— Tu l'as vue faire ?

— Oui.

L'enquêteur fronça les sourcils, sceptique.

— Elle avait des cheveux roux, ajouta Mélodie.

Héroux réfléchissait rapidement.

— Est-ce que vous êtes venues ici en voiture ? lui demanda-t-il.

Elle acquiesça. Cette fois, le policier lui fit signe d'attendre une seconde.

— Steph, je veux que tu me cherches l'auto de Marie-Claude dans le secteur. Si elle est partie en autobus, elle est stationnée pas loin d'ici. Tu te souviens de l'endroit où vous avez stationné la voiture ? demanda-t-il à Mélodie.

— C'était dans la rue ici, juste à côté, indiqua-t-elle.

Sans attendre, Larivière détala à toute vitesse vers la porte.

— Jérôme, demanda le détective, j'aimerais que tu me trouves la liste de toutes les liaisons qui ont quitté le terminal ces deux dernières heures. Je veux les destinations, les arrêts, les chauffeurs, les passagers, tout !

Landry ne perdit pas de temps non plus et tourna les talons. Le cellulaire du chef sonna au même moment.

— Salut Mylène, je suis un peu dans le jus, est-ce que c'est urgent ?

— Il y a quelqu'un qui veut vous parler, il dit que c'est de la plus haute importance.

— Vous pouvez me le transférer ?

— Bien sûr.

Héroux s'excusa et s'éloigna de quelques mètres.

— Allo ?

— Allo, ici le détective Héroux.

— Oui, bonjour. Je suis Gilles, de chez Carrosserie Asselin.

— Que puis-je faire pour vous, Gilles ?

— La fille, là, que vous recherchez, à la télé, pour l'enlèvement.

— La petite ou la grande ?

— Euh ! y'en a deux ?

— La jeune ou la suspecte ? reformula-t-il, impatient.

— Oh ! Celle qui est suspecte, désolé.

— Oui ?

— Ben je pense que j'ai son char, à mon garage.

UNE HISTOIRE DE TÉLÉPHONE - Jeudi matin, 9 juin

— Non, non et non! hurla Héroux. Pas noir, pas japonais, puis pas petit! Un gros char blanc, un Ford!

Stéphane Larivière était découragé.

— Elle nous fait tourner en rond! continua le chef.

— Elle est ici! lança un policier en uniforme, à une cinquantaine de mètres d'eux.

Les deux enquêteurs se précipitèrent vers la rue Saint-Roch, qui bordait le côté ouest du stationnement de l'hôtel Delta. Des journalistes essayaient tant bien que mal de déterminer la nature de leur excitation, mais les agents les tenaient à l'écart. Héroux et Larivière arrivèrent devant une grosse voiture blanche qui correspondait à la description donnée par le type du garage.

— Rien d'apparent sur le banc arrière, fit remarquer Larivière, les deux mains dans la fenêtre.

Il ouvrit la portière du conducteur qui, à sa grande surprise, n'était pas verrouillée. Il fit rapidement de même avec le coffre pour s'assurer qu'il ne contenait rien d'anormal.

Les policiers examinèrent l'intérieur du véhicule pendant qu'Héroux prenait la plaque en note.

— C'est une auto de courtoisie! tonna-t-il. Ça veut dire qu'elle est quelque part dans un des autobus!

— La jeune a parlé de Montréal, rappela Stéphane.

— C'est sûrement le dernier autobus qu'elle a pris ! pesta Héroux. Steph, je veux que tu appelles les compagnies de taxis. J'ai besoin de savoir si une jeune femme a embarqué ce matin dans un de ceux qui sont aux alentours !

Jérôme Landry sortit de l'immeuble et sembla les chercher du regard.

— Jay ! héla Héroux.

Il les aperçut et arriva en trombe avec quelques papiers dans les mains.

— Voilà ! annonça-t-il, essoufflé. Trois autocars ont quitté le terminal ce matin, un en direction de Québec, l'autre de Montréal, et le troisième pour Sherbrooke.

— Est-ce qu'ils s'arrêtent souvent ? s'enquit immédiatement Héroux.

— Montréal est direct. Québec transite par Sainte-Anne puis Donnacona, Sherbrooke fait un stop à Drummond. J'ai la liste de tous les passagers, personne au nom de Marie-Claude Lanteigne.

— Quelle surprise ! ironisa son patron, hors de lui. Est-ce qu'on va pouvoir, un jour, dicter les règles du jeu ?

Jérôme ne répliqua pas. Il savait que lorsque le détective était dans cet état, il valait mieux le laisser décanter lui-même.

— Jay, es-tu en mesure de joindre les trois chauffeurs ?

— Facilement. En quelques secondes, on les a en ligne. Vous voulez qu'on leur demande d'arrêter ?

Il se calma avant de répondre à la question. Il se frotta les yeux avec ses doigts.

— Non, non. Si on procède comme ça, on met tout le monde en danger. Faut synchroniser avec les forces policières les plus près, s'assurer d'un soutien. Un animal en cage, ça peut devenir dangereux, puis elle pourrait utiliser des otages pour essayer de se sauver. Elle va se douter de quelque chose tout de suite si on arrête les autobus, raisonna-t-il. Jay, je veux des patrouilles prêtes à intervenir à la hauteur de Lachenaie puis de la halte de Drummondville. Il est sûrement trop tard pour Sainte-Anne, mais au moins on va s'assurer qu'elle est pas sortie là. L'idéal serait d'avoir un comité d'accueil à Donnacona aussi. Tu vas être ma personne ressource en contact avec tout ce monde-là ! S'il le faut, prends des renforts. Je te rejoins au poste aussitôt que je peux.

— Parfait.

— Des caméras ont dû pogner quelque chose ici... murmura Héroux, s'adressant à lui-même en regardant l'hôtel.

Pendant que Jérôme partait, le détective apostropha l'un des agents près de la voiture blanche.

— Cette voiture est considérée comme une pièce à conviction potentielle, personne y touche sauf le labo !

— Bien, monsieur.

Sonnerie de téléphone.

— Héroux.

— C'est Brigitte, je suis avec les parents. Est-ce que je les fais traverser la ligne de journalistes? C'est un peu le bordel dehors. La psychologue est devant la porte d'entrée.

Il s'étira le cou et aperçut la femme qui devait accompagner la famille durant les premières heures de leurs retrouvailles.

— Oui, je la vois, je suis dehors moi aussi, dans le *parking*. Passe par l'hôtel, par Notre-Dame. Tu la laisseras entrer après. Assure-toi qu'un agent soit avec eux en tout temps, je voudrais pas qu'une caméra dérange ça. Tu peux me retrouver tout de suite après.

Stéphane Larivière faisait les cent pas près de lui, son cellulaire à l'oreille.

— Merci, dit-il avant de raccrocher.

Il revint vers le détective.

— Négatif pour les taxis, patron ! Aucune jeune femme correspond à la description de Marie-Claude.

— *Good !* Y'a des patrouilles partout, elle serait folle de se déplacer au centre-ville en ce moment. Elle est sûrement déjà ailleurs.

— Qu'est-ce que je mets en priorité ?

— Tu vas me trouver une caméra qui a filmé ici, ce matin. Ça pourrait nous aider en maudit de savoir comment elle est partie d'ici !

Brigitte Soucy arrivait dans le stationnement arrière.

— C'est émotif là-dedans, je vous jure ! déclara-t-elle en indiquant le café derrière elle.

— J'en doute pas, répondit Héroux. Comment vont les parents ?

— Ils vont bien, ils étaient tellement contents de savoir qu'elle allait bien elle aussi ! Donnez-moi une seconde, boss.

Elle saisit son cellulaire et s'éloigna quelques instants. Héroux en profita pour retourner à l'intérieur de la bâtisse et rencontrer les parents.

Il déboucha devant une scène intime : les parents enlaçaient leur fillette.

— Oh, monsieur Héroux ! s'exclama la mère en sanglotant. Je ne sais pas comment vous remercier !

— Bonjour madame. Je suis très heureux pour vous tous, c'est un dénouement inespéré.

Il s'approcha de Gilbert en donnant la main. Ce dernier, magnanime, la lui tendit.

— Bonjour, monsieur Cormier.

— Détective Héroux.

— Je suis désolé de ce malentendu, admit-il, j'espère que vous ne le prenez pas trop mal.

— Si vous m'aviez posé la question il y a deux jours, j'aurais pas répondu la même affaire.

Héroux n'avait pas révélé la raison pour laquelle l'homme avait quitté son travail, le matin de l'enlèvement de sa fille, pas plus que le possible mobile qui était suggéré dans les lettres de la suspecte. Ils se jaugèrent un court moment, et Cormier jeta un coup d'œil vers sa fille.

— Mais aujourd'hui, poursuivit-il, l'heure est aux réjouissances.

— Absolument, approuva Héroux.

— Savez-vous qui est responsable de tout ça? C'est la femme qui est aux nouvelles?

— C'est notre suspect principal, en effet.

— Pourquoi Mélodie? demanda Cormier.

— On ne le sait pas encore, répondit le détective un peu plus bas, en croisant les yeux de la psychologue.

— Et vous savez pas où elle est?

— Non, elle est toujours en liberté. D'ailleurs, Marco Genest est encore porté disparu, j'espérais que Mélodie puisse m'aider à situer l'endroit où ils étaient retenus ensemble. Vous permettez que je lui parle quelques secondes?

— Bien sûr.

Sous l'œil attentif de la psychologue, l'inspecteur se pencha de nouveau vers la petite fille.

— Tu as été très brave, Mélodie. Tes parents peuvent être fiers de toi.

Elle serra la jambe de sa mère en guise de réponse.

— Seulement une ou deux petites questions, et je vous laisse partir à la maison.

— D'accord.

— Tu as parlé d'une cabane, dans les bois, tout à l'heure.

— Oui.

— Vous habitiez dedans, Marco, Marie-Claude et toi?

— Marie-Claude dormait dans son auto.

— Je vois. Te souviens-tu du chemin que vous avez emprunté pour vous rendre ici?

Elle hocha la tête négativement.

— Combien de temps avez-vous roulé, environ?

Elle réfléchit un moment.

— À peu près quinze minutes, estima-t-elle.

— Avez-vous pris l'autoroute?

— Oui. On a descendu des côtes dessus.

— Te souviens-tu avoir vu des maisons, à la sortie du bois?

— Oui, acquiesça-t-elle, il y en avait au bout du sentier.

— Merci beaucoup, Mélodie.

— Il est gentil, Marco, dévoila-t-elle.

— Nous allons le retrouver, ne t'en fais pas. Bon retour à la maison, je passerai vous voir plus tard.

Il se releva et salua poliment les parents et la psychologue. Brigitte Soucy attendait près de la porte d'entrée, elle semblait avoir quelque chose à lui dire.

— Boss, on a un signal cellulaire, annonça-t-elle.

— Le même téléphone que lundi dans la nuit? demanda-t-il en marchant vers elle.

— Oui, le même. Ouvert depuis une cinquantaine de minutes.

— Ils l'ont retrouvé?

— Le signal est mobile, ça provient de la rive sud du fleuve.

DES FOUILLES ET UNE GRANDE MARCHE – Jeudi matin, 9 juin

— Et faites attention de pas lui donner le temps de réagir ! recommanda Landry. Faut que le chauffeur comprenne la gravité de la situation, il faut pas qu'il laisse paraître quoi que ce soit !

Il raccrocha et frotta ses paumes moites. Une armada de policiers intercepterait incessamment l'autobus à la halte de Drummondville. L'inspecteur Héroux arrivait au poste au même moment pour aider à coordonner les recherches.

— Puis ? demanda-t-il, à bout de souffle.

— Tout est prêt, ils sont en train de vider l'autobus à Drummond.

— La maudite ! grogna le sergent. Je savais ben qu'elle était pas dans l'autobus de Montréal !

— Ils vont s'en assurer à Lachenaie, par précaution, rappela-t-il à son patron. Et à Donnacona !

— On se croise les doigts, Jay.

— Où est Brigitte ?

— À la recherche de Marco. Elle utilise les renseignements donnés par Mélodie pour essayer de le retrouver.

Le téléphone sonna moins de cinq minutes plus tard.

— Jérôme Landry.

— Ici Martin, à Drummond. Elle est pas dans le bus, on a identifié tout le monde, ils sont rien qu'une dizaine.

— Et la soute à bagages ?

— Ils sont en train de la vider, devant moi.

— Assurez-vous que personne n'est caché dedans !

— On va tout fouiller.

— Bien !

— *Hey !* On a un cellulaire sur le plancher du troisième compartiment de la soute !

— Ils ont le cellulaire, murmura Landry en cachant le téléphone de sa main.

Héroux sortit son portable en vitesse et composa le numéro en question.

— Il sonne ! Le téléphone sonne ! s'exclama l'homme au bout du fil.

— C'est le bon ! confirma Jérôme à son patron. Placez-le sous scellé, dit-il dans le combiné. Et fouillez-moi l'autobus !

Landry raccrocha et croisa les yeux du détective.

— À quoi vous pensez, boss ?

— Elle est pas dans un autobus, Jérôme, allégua-t-il. Si ça se trouve, elle est même à des années-lumière des autobus et on perd notre temps – encore. Je suis vraiment écœuré de courir n'importe où !

— Elle sait qu'il faut qu'on suive toutes les pistes. Au volume, elle va finir par faire une erreur.

— Des faits, Jérôme, ça prend des faits !

— Pas de nouvelles du labo ? s'enquit-il.

— Non, ça devrait pas tarder.

Comme si la providence l'écoutait, le détective reçut un nouvel appel.

— Héroux.

— Boss, c'est Stéphane.

— Sois bon avec moi, Steph, je t'en prie.

— J'ai l'arrivée de la petite sur vidéo !

— Et Marie-Claude ?

— Je sais pas, malheureusement. La caméra capte pas la rue Saint-Roch, alors on voit pas le char. Mélodie arrive toute seule en marchant, elle attend à peu près une minute en dessous du porche des autobus et elle entre dans le café. Je pourrais jurer qu'elle envoie la main à quelqu'un juste avant de rentrer dans le *building*. Le 911 a reçu l'appel tout de suite après.

— Vois-tu du monde suspect à côté des autobus ?

— On voit une femme approcher, mais je la perds de vue entre deux bus pendant un instant. Après, elle continue vers Saint-Georges. Elle a la bonne taille, mais les cheveux ça concorde pas. Peut-être une perruque rousse, mais je peux pas confirmer à 100 %.

— Hum ! Elle embarque dans un des autobus, après ?

— Négatif, boss. J'ai regardé jusqu'au départ des trois autocars, elle revient pas dans l'angle de la caméra. Impossible qu'elle soit montée là-dedans.

— Et les autres passagers ?

— Ben là, personne qui lui ressemble. À moins d'un déguisement complet, elle est pas là.

— Alors elle a juste lancé le cellulaire dans la soute à bagages, pour nous tromper, déduisit Héroux.

— Vous avez retrouvé son cellulaire ?

— Oui, à Drummondville, dans la soute d'un des autobus.

— Le bus du milieu partait en direction de Sherbrooke ; il passait par Drummond.

— Merci, Steph. Reviens au poste. Puis garde la vidéo !

Il rangea son portable dans sa poche.

— Elle est pas montée dedans ? demanda Landry.

— Il semblerait ben que non, répondit le détective, désolé.

— Mais son auto est encore au même endroit. Un complice ?

— C'est pas impossible. Mais ça n'a pas de sens ! rugit-il en tapant sur le bureau. Pourquoi tu kidnappes un enfant puis tu la rends à ses parents, comme si de rien n'était, après une semaine d'angoisse? Elle lui a sûrement fait quelque chose!

— Elle est malade, c'est évident. Vous devriez lire ses lettres puis son journal!

— Quand même! dit le chef avec étonnement. Ça ressemble pas à ce qu'on voit d'habitude. Une leçon au père? J'ai de la peine à croire ça!

Nouvelle sonnerie.

— Jérôme Landry.

— Ici l'agent Berthiaume, à Lachenaie. Votre fille est pas dans l'autobus.

— Rien d'anormal?

— Tout est en ordre, les passagers ont fourni des pièces d'identité qui concordent avec la liste d'embarquement.

— Bon, d'accord. Vous pouvez les laisser partir.

— Bonne chance dans les recherches.

Il hocha la tête en déposant le combiné.

— Il reste encore celui de Québec, mais je m'attends pas à grand-chose, admit-il.

— Comment tu peux partir du centre-ville? demanda Héroux à voix haute. Elle peut pas disparaître! Son auto est là, elle a pas pris de taxi, pas d'autobus, puis je vois mal comment elle pourrait partir à pied.

Les deux enquêteurs eurent spontanément la même idée.

— Le port! s'exclama Landry.

— La maudite... s'exclama Héroux. Elle serait sur un bateau?

— Elle était à 200 mètres du fleuve, rappela Jérôme. Préparée comme elle l'est, ça m'étonnerait pas qu'elle ait pensé à ça.

— Bon. Je lâche un coup de fil à la société de transport en commun, elle a peut-être utilisé les bus de ville. Poursuis la piste du fleuve pendant que t'attends des nouvelles de l'autobus de Québec. Tous les bateaux qui passent au port sont enregistrés, élimine ceux-là en premier.

Marco resserra les ganses de son sac à dos. Après avoir effectué un inventaire douloureux des choses qu'il y avait à l'intérieur, il consulta la montre de son père à son poignet et se mit à avancer dans le sentier, en direction du village de Saint-Étienne-des-Grès. Selon ses estimations, il serait en mesure de trouver une maison habitée assez rapidement. Il accéléra le pas et entama un jogging léger. Le sol de la forêt absorbait son poids plus facilement que l'asphalte, il pouvait gagner du temps en courant à intervalles réguliers.

Sa tête était envahie de pensées diverses. L'image de ses parents flottait au milieu des souvenirs de l'étrange aventure qu'il venait de vivre. Autant il avait eu très peur de mourir dans le bois, durant la nuit, autant il ressentait une certaine forme de compassion pour Marie-Claude. Non pas qu'il était atteint du syndrome de Stockholm, loin de là, mais il ne pouvait s'empêcher de se demander ce qui était réellement arrivé à la famille de la jeune femme.

Quelle était sa part de responsabilité dans le décès de ses parents ?

Elle avait quand même laissé sous-entendre qu'elle pouvait avoir tué son propre père...

Et que dire de son attitude envers Mélodie ? À plusieurs reprises, elle avait donné l'impression de lui rendre un service énorme, ce qui entrait en conflit direct avec la notion de kidnapping.

Il inspira profondément l'air de la forêt et poursuivit son chemin en direction de la civilisation.

L'enquêteuse Brigitte Soucy circulait dans le village de Saint-Étienne-des-Grès, à une quinzaine de kilomètres au nord de Trois-Rivières. Elle avait décidé de commencer ses recherches dans ce secteur, à la suite des renseignements fournis par Mélodie. La seule autoroute du coin qui présentait d'importantes dénivellations était la 55, en direction nord. À la hauteur de Saint-Thomas-de-Caxton et de Saint-Étienne-des-Grès, deux grandes côtes découpaient le paysage.

La policière avait l'intention de redescendre tranquillement vers Trois-Rivières, tout en arpentant les possibles sentiers qui s'enfonçaient dans le bois à partir de la route qui longeait la voie rapide. Elle était accompagnée de deux autres voitures de patrouille ; les policiers étaient en contact pour synchroniser le tout. Elle avait également lancé un appel à la population, demandant aux gens d'être alertes s'ils apercevaient un jeune homme dans les bois.

ÉCHEC ET MAT
– Jeudi matin, 9 juin

— Merci pour tout, lança Landry. Et désolé du dérangement.

Il raccrocha, plus ou moins surpris de savoir que la femme qu'ils recherchaient ne se trouvait pas dans le troisième et dernier autobus.

Il se dirigea vers le bureau du détective Héroux.

— Et alors ? s'enquit ce dernier.

L'enquêteur hocha la tête.

— Bah, c'était sûr, lança Héroux. Même affaire du côté du transport en commun. Elle est invisible ! As-tu trouvé quelque chose au port ?

— J'attends l'appel d'un des gars de la garde côtière, mais j'ai déjà éliminé le seul bateau qui était là ce matin. Qui est encore là, d'ailleurs.

— Je vois mal comment elle aurait pu utiliser un bateau qui aurait été toute la semaine sur la berge ; à moins de l'avoir dissimulé, je sais pas.

— Ou ben avec l'aide de quelqu'un, ajouta Landry. De toute façon, les gars de la garde sont en train de ratisser quelques milles nautiques en amont puis en aval. Il vente fort et l'eau est froide ; personne sur le fleuve. Si elle est là, ils vont la trouver.

Le détective sourit.

— Même si elle était dans un corridor, devant nous, j'ai comme l'impression qu'on la verrait même pas.

— Monsieur?

Sa secrétaire était dans l'embrasure de la porte.

— Oui, Mylène?

— Vous avez du courrier.

— En mon nom personnel?

— Non, adressé au service des enquêtes.

Elle lui tendit une lettre. Les deux policiers croisèrent le regard. Par réflexe, Héroux enfila une paire de gants.

— Déposez-la sur le bureau, s'il vous plaît.

Elle s'avança et laissa tomber l'enveloppe devant eux. Héroux saisit un couteau et ouvrit le dessus. Il retira délicatement la feuille qui se trouvait à l'intérieur et la déplia. Jérôme Landry vint se placer derrière son patron.

— La sal… dit le détective.

Mal à l'aise, il s'interrompit en levant les yeux vers Mylène, qui le regardait.

— La salope, monsieur, compléta-t-elle.

Elle sourit et retourna à son bureau. L'enquêteur revint à la lettre.

Bonjour messieurs. Ou mesdames? J'espère que vous avez apprécié cette semaine remplie d'émotions. Vous devriez déjà avoir récupéré Mélodie à l'heure actuelle, mais juste pour être bien certaine que rien de grave ne lui soit arrivé, je vous annonce qu'elle se trouve au café Morgane de l'hôtel Delta, au centre-ville. Quelqu'un qui la connaît bien doit déjà se trouver sur les lieux. Comme j'aurais aimé pouvoir être là lorsqu'elle retrouvera ses parents! Mais j'imagine que j'en demande un peu trop.

Voici quelques renseignements pour vous,
je ne veux quand même pas que vous passiez
l'été à replacer les morceaux du casse-tête.
Mélodie et moi venons de passer les
derniers jours dans un petit campement,
dans le coin de Saint-Étienne-des-Grès. Si
vous allez au bout du rang des Gouverneurs
et que vous parcourez un peu moins de 10 km
dans le bois, vous le trouverez facilement.
Suivez le sentier principal.

Héroux décrocha le combiné en vitesse.

— Brigitte Soucy.

— Bridge ! C'est Héroux. Le jeune est à Saint-Étienne, t'avais raison ! Va jeter un coup d'œil au fond du rang des Gouverneurs, y'a un sentier au bout qui s'enfonce dans le bois.

— C'est parti !

— J'espère que c'est vrai, dit-il en raccrochant.

Il reprit sa lecture.

Elle vous le confirmera elle-même, mais je
ne lui ai fait aucun mal. Elle a mangé à sa
faim et a dormi au chaud.
Ma pauvre amie Judith n'a rien à voir dans
toute cette histoire, j'espère que vous
l'avez épargnée.
Ne m'en voulez pas, mais je n'ai pas
l'intention de me rendre ou de me justifier.
Je ne suis pas folle, je sais très bien ce
que vous feriez de moi. Je préfère tenter
ma chance en acceptant la solitude.
Vous vous demandez encore pourquoi, n'est-
ce pas ?
C'est pour la petite. Juste pour elle.

D'ailleurs, elle comprend déjà.
Au plaisir,
Marie-Claude Lanteigne

Le détective regardait le papier en silence.

— Jamais vu ça de ma vie, affirma Landry. Elle est folle.

— C'est ben le moins qu'on puisse dire, confirma Héroux. Mais si elle pense qu'on va la laisser en vacances, elle se trompe royalement.

— Un appel sur la un ! lança Mylène.

L'inspecteur décrocha rapidement.

— Héroux.

— Monsieur ? Ici Jean-Luc, au labo.

✦

— Ici, vous avez une bonne idée de ce qu'elle a fait avec son ordinateur dans les derniers jours, expliqua Jean-Luc Venne, du laboratoire de la police.

Il était dans la salle de réunion en compagnie du détective Héroux et de l'enquêteur Landry. Il utilisait un ordinateur portable devant lui pour montrer le fruit de ses recherches.

— À quand remonte la dernière utilisation ? demanda Héroux.

— Mercredi passé, il y a huit jours. Dans les journées et les semaines précédentes, elle a navigué sur une grande quantité de pages Web.

— Vous les avez identifiées ?

— Toutes, assura-t-il. Je les ai triées en ordre de fréquence de consultation, il y en avait des centaines.

Il afficha un tableau devant eux.

— Elle a regardé plusieurs cartes de la région, les horaires d'autobus, d'avions, de bateaux, les noms liés à certaines adresses civiques, des compagnies de téléphone… elle a pratiquement survolé tout ce qui existait en ce qui a trait à la jurisprudence et à l'actualité dans les cas d'enlèvement.

— Pas étonnant qu'elle semblait aussi préparée, souleva Jérôme.

— Elle est aussi membre de quelques sites de rencontre, ajouta l'expert, étonné.

Les policiers semblaient moins surpris de ce fait.

— T'as parlé des horaires de bateaux ; tu parles de croisières, des affaires du genre ?

— Non, précisa-t-il, plutôt les routes de transport maritime, avec les principales escales des porte-conteneurs.

— Y'a moyen d'y revenir ?

— Bien sûr. On va voir ce qu'elle a visité.

Il repéra les adresses en question et ouvrit une série de pages.

— Elle a fait des recherches sur ce bateau, précisément ; le *Neksø*. C'est un navire du Danemark.

— J'ai un mauvais *feeling*, avoua Landry en se levant. Laissez-moi faire un appel.

Il sortit son cellulaire et consulta une liste de numéros qu'il avait à portée de la main.

— Ici l'enquêteur Jérôme Landry. Oui, nous avons discuté tout à l'heure à propos des navires qui étaient au port, ce matin. Le gros paquebot, dont vous avez parlé, c'était quoi son nom ?

Il s'apprêtait à noter mais il laissa plutôt tomber le crayon sur la table.

— Merci, dit-il.

Il ferma son téléphone et jeta un regard sérieux à son patron.

— Le *Neksø* quitte en ce moment le port de Trois-Rivières.

Héroux ne semblait même pas énervé par la nouvelle piste qui se développait sous ses yeux.

— Si elle est là-dedans, tant mieux ! tonna-t-il. À moins de sauter dans le fleuve, elle est pognée là pour un maudit bout de temps !

Landry approuva de la tête.

— Je vais faire avertir le capitaine, ils vont pouvoir ouvrir l'œil pendant qu'on fouille ailleurs.

— On envoie un comité d'accueil à la prochaine escale et le tour est joué.

— Selon l'itinéraire, le navire va arrêter à Oswego, dans l'État de New York, mentionna Jean-Luc. C'est un petit port dans le lac Ontario.

— Combien de temps avant l'arrivée ?

— Pas avant demain soir.

— On a du temps ! s'exclama Héroux.

— Mais ça va compliquer les choses avec la frontière, souleva Landry.

— Si ça les complique pour nous, imagine pour elle ! On traverse pus les lignes aussi facilement qu'avant. Les bateaux sont pas mal plus contrôlés maintenant.

Il se frotta les mains.

— On est au creux de sa grotte, se réjouit-il en redirigeant son attention sur l'écran. Est-ce qu'elle a acheté quelque chose ? Avec une carte de crédit ? demanda-t-il au type du labo.

Jean-Luc se déplaçait avec habileté dans le dédale de données.

— L'utilisation des cartes de crédit oblige de passer par des sites intermédiaires, pour la sécurité et les transits, expliqua-t-il. En recherchant les adresses dans le lot, on va être en mesure de le savoir tout de suite. Comme là, par exemple, c'est celui utilisé par les cartes VISA.

— Elle a acheté quelque chose ?

— On dirait bien. On va aller voir d'où ça vient.

Héroux était fasciné par l'expertise de l'homme.

— Là ! La transaction provient du site d'Air Canada.

L'enquêteur se raidit. Il s'appuya sur ses coudes, soudainement un peu plus nerveux.

— Air Canada ? répéta-t-il. Peux-tu trouver ce qu'elle a acheté ?

— Ça devrait pas être trop compliqué, il y a toujours une page de confirmation, pour les factures électroniques.

Les craintes du détective se confirmèrent.

— Elle a acheté un billet d'avion, annonça le technicien.

Héroux bougeait les muscles de ses joues, sa mâchoire voulait sortir de sa bouche.

— C'est quoi les détails ? demanda Landry.

— Vol AC470, départ de l'aéroport Jean-Lesage, de Québec, direction Toronto, au nom de Marie Lantelle.

— Lantelle ou Lanteigne ? corrigea Jérôme, en fronçant les sourcils.

— C'est bien Lantelle, confirma Jean-Luc.

Le détective cacha ses yeux derrière ses mains jointes.

— Calvaire qu'est *wise*, grogna-t-il.

— Je comprends pas, avoua Landry.

— En modifiant juste un peu son nom de même, les agents de contrôle pensent qu'il y a eu une erreur pendant la réservation. Quand elle se présente aux portes d'embarquement, ça prend juste une p'tite explication pour justifier la différence entre les deux noms.

— En quoi ça peut lui être utile ? demanda l'enquêteur.

— Son vrai nom apparaît jamais dans le système.

— Puis elle évite de se faire pogner... conclut-il en hochant la tête, stupéfait.

— Exactement. Il est pour quand, le départ ? demanda-t-il à Jean-Luc.

L'expert examina la facture.

— Aujourd'hui, onze heures et demie.

Héroux se leva et consulta sa montre. Elle indiquait 11 h 15.

— Échec et mat, connasse, murmura-t-il.

AÉROPORT
– Jeudi matin, 9 juin

Marie-Claude s'essuya les yeux avec un mouchoir. Même si elle savait que le moment serait difficile, elle n'avait pas imaginé qu'elle serait affectée à ce point. Elle renifla et se ressaisit ; il n'y avait pas de temps à perdre. Elle jeta un coup d'œil à sa gauche pour s'assurer que Mélodie était bien sous le porche, devant le terminal.

Elle ajusta sa perruque rousse et sortit de la voiture, stationnée dans la rue Saint-Roch. Elle marcha au pas de course en direction des trois autobus qui étaient garés devant l'immeuble. Elle chercha le regard de Mélodie et lui envoya la main. Cette dernière la reconnut et agita le bras en retour. Marie-Claude s'approcha de la porte d'un des autocars et sourit à Mélodie. La fillette lui rendit la pareille et se retourna pour pénétrer dans le café Morgane.

Marie-Claude recula et sortit son téléphone de sa poche. Elle l'alluma et le laissa tomber subtilement derrière un des sacs qui étaient déposés dans les compartiments ouverts, sous l'autobus qui partait en direction de Sherbrooke. Elle traversa le stationnement de l'hôtel vers la rue Saint-Georges et frappa à la fenêtre d'une voiture familiale garée en direction nord.

Un homme corpulent baissa la vitre.

— Vous êtes le gars de la limo ? lui demanda-t-elle.

— Oui, oui ! Vous êtes madame Boisvert ?

— C'est moi.

— Z'avez pas de bagages ?

— Seulement mon sac !

— Montez !

Elle fit le tour et grimpa à l'arrière du véhicule.

— Je suis Gilles !

— Enchantée.

— C'est la première fois que vous faites affaire avec moi ? Me semble pas vous reconnaître !

— Oh non, mentit-elle. Ben moi oui, mais ma famille vous connaît ! J'avais pas le goût de me stresser avant de partir, alors on m'a conseillé de faire affaire avec vous !

— Ah ! Eh bien vous êtes avec la bonne personne, s'écria-t-il avec joie.

— Je peux vous demander d'éteindre la radio, Gilles ?

— Bien sûr, ma p'tite madame, répondit-il en s'exécutant.

— Merci, je vais essayer de dormir un peu durant le trajet. Avez-vous un disque de musique douce ?

— Je vais vous trouver ça, j'ai une bonne collection. Mettez-vous à votre aise, y'a des couvertures derrière. On a à peu près une heure et demie de route avant d'arriver à l'aéroport.

✧

Marco avançait maintenant moins vite qu'au début. Il ne doutait pas qu'il se dirigeait dans la bonne direction, mais la civilisation lui semblait plus lointaine qu'il ne l'avait cru. Il n'avait pas touché à ses barres énergisantes et il lui restait plus de la moitié de la bouteille d'eau. Dans le pire des cas, il pouvait survivre un bon moment, le temps que quelqu'un le retrouve. À intervalles réguliers, il lançait un cri dans la forêt, à tout hasard.

Au détour d'une petite courbe, il aperçut quelque chose qui bougeait, à travers les feuilles.

Quelqu'un arrivait ! Une voiture !

Il eut un mouvement de recul quand il se rendit compte qu'elle était blanche. Et si c'était Marie-Claude qui revenait ? Il se déplaça furtivement de quelques mètres en dehors de la route de terre, mais son angoisse fut de courte durée : il s'agissait d'un véhicule de police.

En toute hâte, il sortit dans le sentier en agitant les bras.

— *Hey !*

Le véhicule s'arrêta et une femme ouvrit prudemment la portière.

— Marco Genest ? lança-t-elle, la main près de son arme.

— Oui, répondit-il en souriant. C'est moi !

— Êtes-vous avec Marie-Claude Lanteigne ?

— Elle est partie en auto, avec Mélodie Cormier ! Je les ai pas revus depuis c'temps-là !

— On a retrouvé Mélodie, elle est saine et sauve. Est-ce que tout est correct ?

— Ça va ! J'suis vraiment content de vous voir !

Brigitte relaxa.

— Allez, j'te ramène en ville !

✦

Héroux faisait les cent pas dans la salle de réunion du poste de police. Jérôme Landry se rongeait les ongles, aussi nerveux que son patron.

Lorsque le téléphone sonna, les deux hommes sursautèrent.

— Héroux ! répondit le sergent, impatient.

— Boss ? Ici Brigitte.

— Ah, Bridge ! Tu m'as fait peur !

— Je suis avec Marco.

Le détective montra le pouce à son enquêteur, qui comprit du même coup ce qui se passait.

— Excellente nouvelle ! Il va bien ?

— En parfaite santé, boss. On arrive dans une quinzaine de minutes.

— O.K., j'vais appeler Josée pour qu'elle puisse l'accueillir ici.

Il soupira, c'était une matinée tendue.

— Voilà une autre bonne nouvelle, déclara Landry.

— Tu peux appeler Josée, s'il te plaît ? Elle va être contente de le revoir.

— Je m'en occupe, affirma-t-il en prenant son cellulaire.

Héroux décrocha le combiné.

— Mylène ? Ici Héroux.

— Oui monsieur ?

— On a retrouvé Marco. Je vais faire un point de presse à 13 h, vous pouvez convoquer les médias.

— Entendu, monsieur.

— Si au moins on peut mettre la main sur cette fille-là avant de passer en ondes ! murmura-t-il à sa propre attention en coupant la ligne.

Jérôme confirma que Josée viendrait au poste pour l'arrivée de son ami.

— Elle était très heureuse, je peux l'assurer, affirma Landry.

Mais le détective avait peine à profiter pleinement de l'heureux dénouement de cette curieuse histoire. Il n'aimait pas qu'on se moque de lui – et force était d'admettre qu'il jouait ses dernières cartes.

Mais, pour la première fois, il avait le sentiment d'avoir une longueur d'avance.

✦

Mélodie et ses parents arrivèrent finalement à leur demeure. Comme l'avaient promis les policiers, des agents empêchaient les journalistes d'approcher de la famille. Il y aurait une conférence de presse officielle un peu plus tard – il était impossible d'y échapper – mais, à leur grand bonheur, ils pourraient profiter des premiers moments de retrouvailles dans l'intimité.

Alors qu'ils montaient les quelques marches qui menaient à la porte principale, la mère de la fillette vida une boîte aux lettres presque pleine.

— On a reçu tellement de mots d'encouragement pour toi ma chérie, c'est complètement fou !

— Toute la ville pensait très fort à toi, ma cocotte, ajouta Gilbert.

— Tiens ! lui lança sa femme. Celle-là est pour toi.

Cormier prit l'enveloppe blanche et l'examina.

— Bizarre, pas de nom de retour, remarqua-t-il. Sûrement une pub.

✦

Marie-Claude ouvrit les yeux. Contre toute attente, elle avait réussi à dormir durant une bonne partie du trajet. Une musique classique jouait faiblement dans le véhicule pendant que Gilles, le conducteur, se concentrait sur la filée de véhicules qui lui bloquait le chemin.

— Ah ! Vous êtes réveillée, lui dit-il.

— Je viens juste. On est arrivés ?

— Dans quelques minutes. Si le maudit trafic peut se tasser, j'vais pouvoir vous laisser devant les portes d'embarquement.

— Vous pouvez arrêter, Gilles. J'ai rien qu'un sac comme bagage, je peux marcher facilement.

— Comme vous voulez, ma p'tite dame.

Alors qu'il arrêtait le véhicule, elle lui remit un généreux pourboire.

— Merci pour votre excellent service, dit-elle.

— À votre service, madame Boisvert. Et bon vol !

Elle le salua et sortit de la voiture.

Elle marcha quelques centaines de mètres et poussa la porte tournante qui menait aux comptoirs des départs.

✦

— *Aucune* chance à prendre, rétorqua Héroux à l'agent responsable qui se trouvait à l'aéroport Jean-Lesage de la ville de Québec.

— Tous les passagers ?

— Tous ! Elle peut être déguisée, accompagnée, ou même avoir une cape d'invisibilité ! dit-il avec emphase pour faire valoir son point. Je vous rappelle qu'elle est soupçonnée d'enlèvement, de meurtre et considérée comme dangereuse !

— Entendu, monsieur. L'embarquement est déjà commencé, je vais prendre les mesures nécessaires.

— Je veux pas que cet avion-là décolle avant d'avoir enlevé toutes les vis qu'il y a dessus !

— Très bien. Je vous rappelle pour vous tenir au courant.

Il raccrocha avec force.

— Tiens, prends ça ! rugit-il, conquérant.

Josée Dusseault arriva dans la salle de réunion au même moment.

— Bonjour monsieur Héroux ! s'exclama-t-elle, d'excellente humeur.

— Bonjour Josée.

L'enquêteur Landry hocha la tête en guise de salutation.

— Ça devrait pas tarder, lui dit-il, quelques minutes.

— Comment va Mélodie ? demanda-t-elle au détective.

— Elle va bien. Vraiment bien, même. On dirait pas qu'elle a souffert trop trop !

— Quelle histoire bizarre... répliqua la jeune femme.

Des bruits de pas dans le couloir attirèrent leur attention. Marco retrouva avec grand plaisir son amie. Les deux s'étreignirent pendant un instant.

Brigitte Soucy pénétra à son tour dans la pièce.

— Avez-vous retrouvé Marie-Claude ? demanda Marco.

Héroux fit non de la tête.

— Je suis l'enquêteur Héroux, dit-il en serrant la main du rescapé. Très heureux de faire enfin ta connaissance. Je tenais à te remettre ça en mains propres !

Il lui remit ses papiers d'identité.

— Merci ! Je suis content de vous voir !

— T'as l'air en forme ! remarqua Héroux en le regardant. Faudra quand même passer un test médical, c'est la procédure.

— C'est O.K. ! Ben oui, ça va bien, malgré tout ! J'avoue que j'ai déjà eu des meilleurs moments. Où avez-vous retrouvé Mélodie ?

— Au centre-ville, un peu plus tôt. On pense que Marie-Claude est à l'aéroport de Québec pour prendre l'avion. Mais des agents sont sur place pour s'assurer que ça arrive pas !

Marco approuva de la tête, étonné.

— Mélodie a parlé d'une cabane dans le bois ? poursuivit le détective.

— Oui, on était retenus dans une espèce de vieux chalet. On était attachés, mais on pouvait bouger en dedans comme on voulait, expliqua-t-il en montrant ses chevilles.

— J'ai deux patrouilleurs qui gardent la place, informa Brigitte. Alex est déjà avertie, elle et son équipe vont fouiller le chalet au grand complet.

— Est-ce qu'elle a parlé d'un avion pendant qu'elle était avec toi ? demanda Héroux, s'adressant toujours au jeune homme.

— Pantoute. Elle a surtout parlé du sac à dos de mes parents, répondit-il en retirant l'objet de ses épaules.

— C'est le leur ? demanda Landry, étonné.

— Oui, c'est elle qui l'avait ! Elle m'a raconté que mes parents seraient partis avec le sien, à l'entrée du parc national. Depuis ce temps-là, j'avais son sac dans ma remise, chez nous !

— On l'a récupéré, mentionna Héroux. On a trouvé pas mal de choses dedans !

— Ça nous a pris un bout de temps avant de comprendre qu'on avait affaire à *deux* sacs, admit Jérôme.

— Moi aussi ! Elle a pas arrêté de me dire à quel point elle voulait mettre la main sur le sien, continua Marco. Elle m'a même menacé ! Mais elle a jamais voulu me dire ce qui avait dedans. J'avoue que c'est pas mal la seule fois où j'ai vraiment eu la chienne. Elle avait l'air d'y tenir en maudit !

— Elle va en faire son deuil, annonça Landry. Avec ce qu'on a trouvé dedans, on pourrait la poursuivre pour la mort de ses propres parents, il y a une quinzaine d'années.

Le jeune homme comprit rapidement ce qui s'était passé dans la forêt, quand elle avait fait sa crise de nerfs.

— C'est pour ça qu'elle a lancé le poste de radio hier soir, murmura-t-il.

— Elle a entendu mon message ? demanda Héroux, fier.

— Oui ! Elle a pas arrêté de crier qu'elle avait pas tué sa mère, que c'était juste des pipes !

— Elle a parlé de son père ? demanda Brigitte.

— Elle a laissé sous-entendre qu'elle pouvait être responsable de sa mort, admit-il. J'ai essayé de la convaincre de se rendre, ce matin, avant qu'elle parte avec Mélodie, mais elle disait qu'elle aurait aucune chance, dans les circonstances.

— Pas surprenant, souleva Landry. Elle a bourré son père de somnifères et il a eu un accident d'auto à cause de ça. Sa mère a pas survécu, elle était dans l'auto elle avec.

Il y eut un silence.

— Je pense que j'avais raison, dit Brigitte. Elle avait sûrement pas prévu que sa mère serait dans la voiture.

— Ça explique la bague, ajouta Jérôme.

— La bague ? répéta Marco.

— Oui, l'alliance de sa mère, Florence, était cachée dans le sac.

Il hochait la tête, abasourdi.

Une sonnerie de téléphone vint casser l'ambiance.

— Héroux.

— Monsieur, nous avons fouillé votre avion.

— Et ? demanda-t-il, excité.

— Votre fille n'est pas là.

— Hein ?

— On a mis tout l'aéroport en quarantaine, monsieur. La femme que vous recherchez est pas ici, elle s'est pas pointée pour son vol.

EN ANGLAIS ET EN CANTONAIS – Jeudi midi, 9 juin

Confiante que le branle-bas de combat était sans doute sur le tarmac de l'aéroport de Québec, à 250 kilomètres d'elle, Marie-Claude s'arrêta dans l'entrée de l'aéroport Pierre-Elliott-Trudeau, à Montréal, et replaça son sac sur ses épaules. Elle consulta sa montre et se rendit aux toilettes les plus proches.

Quelques instants plus tard, elle en ressortit avec des lunettes fumées et une perruque brune foncée aux cheveux longs. Elle marcha en direction du comptoir d'embarquement mais, une fois tout près, elle bifurqua vers la gauche et grimpa les escaliers vers l'étage des arrivées.

Aussitôt, elle fit un court arrêt dans une tabagie et se procura un journal. Sans perdre de temps, elle se dirigea vers la sortie et héla un taxi.

— *Hello,* dit-elle dans un anglais parfait. *Downtown, please.*

— *All right,* répondit l'homme qui lui ouvrait la portière.

Elle s'installa confortablement à l'arrière et déplia un exemplaire du *New York Times.*

— *Where exactly are you going?* demanda le chauffeur en démarrant le compteur.

— *East Maisonneuve Bus Terminal, thank you.*

— *O.K. And where are you coming from?*

— *New York,* répondit-elle sans lever les yeux, la tête penchée dans le quotidien.

— *Oh ! The big city !*

— *Indeed.*

— *Good, good.*

Le pauvre chauffeur se rendit rapidement compte qu'elle n'avait pas envie de poursuivre la conversation.

Muet, il quitta l'enceinte de l'aéroport et prit la sortie vers le centre-ville de Montréal.

✦

Les enquêteurs étaient de nouveau réunis dans la salle de réunion du poste de police. Le détective Héroux tapait ses doigts, l'air découragé.

— Qu'est-ce qui nous reste ? demanda-t-il en écartant les paumes.

— Le porte-conteneurs qui s'en va vers la frontière américaine, rappela Landry.

— C'est pas impossible qu'elle soit encore dans le centre-ville, même si c'est moins probable, souleva Brigitte.

— Je parle à la presse dans vingt minutes, annonça le détective. La population va être contente d'apprendre qu'on a récupéré Mélodie puis Marco, mais ils vont vouloir savoir qu'ils sont en sécurité ! C'est pas rassurant de savoir que Marie-Claude est encore en liberté !

— Elle a kidnappé deux personnes, mais elle a pas été trop violente, nota Larivière. Sans vouloir diminuer la gravité du geste, bien entendu, précisa-t-il devant les yeux inquisiteurs de ses collègues.

Héroux inspira et posa ses mains sur la table.

— Je voudrais vous féliciter pour votre excellent travail, dit-il en regardant tour à tour ses équipiers. Jugez pas votre job ; elle a elle-même manipulé la plupart des ficelles ; vous avez couvert un énorme champ de possibilités et elle avait pas droit à l'erreur. On va finir par mettre le grappin sur cette criminelle, mais l'important c'était de retrouver deux personnes en vie, puis c'est fait ! Je vous demande de prendre le reste de la journée pour vous reposer, vous avez donné votre maximum cette semaine. C'est peut-être prématuré, mais j'abonde un peu dans le même sens que Steph : je pense pas que Marie-Claude puisse être violente. Ça veut pas dire qu'on courra pas après, puis que ses motifs sont pas questionnables, mais on va essayer de rassurer tout le monde. Le dossier sur la mort de ses parents est rouvert, ça va faire couler pas mal d'encre. Allez ! lança-t-il en se levant, prenez un peu de bon temps. Les recherches vont se poursuivre sans vous aujourd'hui.

Pendant qu'ils quittaient la pièce, le détective arrêta Brigitte.

— Rappelle-moi de prendre quelques minutes pour remercier Josée puis son ami. Ils sont partis vite et je veux pas qu'on passe pour des ingrats. Ils nous ont donné un maudit bon coup de main !

— Ça marche. Je reste en contact avec elle puis Marco.

Ses enquêteurs partis, Héroux se retrouva seul dans la salle de réunion. Il était épuisé. Il se rassit et étendit ses jambes sous la table. Il plaça ses mains derrière sa tête et ferma les yeux, profitant de quelques instants de répit avant de rencontrer les médias affamés.

La fillette, se dit-il. Au moins, ils avaient retrouvé la fillette.

✦

Gilbert Cormier s'assit dans son divan et décacheta l'enveloppe qui lui était adressée. Bientôt, presque toute la famille serait réunie dans sa maison pour fêter le retour de Mélodie.

— De qui ça vient ? demanda sa femme, de la cuisine.

— Je sais pas encore, je commence juste à regarder.

Il déplia une lettre écrite à l'ordinateur.
Son sang se glaça dès qu'il parcourut les premiers mots.

Salut Gilbert,
Je pense que tu viens de vivre une semaine plutôt mouvementée, n'est-ce pas? Ne t'en fais pas, tu n'es pas le seul. Si tout s'est bien déroulé, tu viens de retrouver ta fille. Si jamais ce n'était pas le cas, ça ne devrait pas tarder. Tout est bien qui finit bien! J'espère qu'au lieu de m'en vouloir, tu vas te rendre compte que tu as deux bonnes raisons de me remercier. De un, j'ai probablement sauvé ton mariage, mon vieux. Si ce n'était pas de ma petite mise en scène avec le rendez-vous bidon, avoue que tu serais tôt ou tard tombé dans le panneau avec une autre! Voilà une bonne occasion de garder ce petit secret entre nous et de savourer pleinement ta relation conjugale. Deuxièmement, je viens de te donner une chance de recommencer ta relation avec ta fille à zéro. Sais-tu combien de gens attendent trop longtemps l'occasion parfaite pour faire ça? Qu'ils doivent faire face à une maladie grave ou bien à un accident tragique pour ouvrir les yeux?
J'ai fait ça pour toi, Gilbert, gratuitement.

Gilbert Cormier sentait son cœur battre rapidement. Il se sentait émotif et ne voulait pour rien au monde que sa femme voie cette lettre.

Dis-moi, est-ce que ta fille t'a manquée?
Le lui as-tu dit? Ne fais pas l'erreur de penser qu'elle n'a pas besoin de l'entendre de ta bouche. Tu as failli la perdre une fois, ne tient qu'à toi de te rendre compte de l'importance d'être un père présent pour elle. Elle doit le *sentir*, Gilbert. Même quand tu n'es pas d'accord. Même quand ton mariage ne te plaît pas. Et surtout quand elle fait de son mieux! Les histoires de grandes personnes, ce n'est pas supposé être mis sur les épaules des enfants. Crois-moi, je sais de quoi je parle.
Souviens-toi bien de ce moment. Maintenant, j'aimerais que tu prennes quelques instants pour apprécier ce que ta fille a préparé pour toi. Demande-le-lui, elle en sera très heureuse.
Bonne chance. Et profite de ta nouvelle vie, Gilbert Cormier.
Marie-Claude Lanteigne

Tremblant, il plia la feuille et la remit tant bien que mal dans son enveloppe.

— Et alors? demanda sa femme en pénétrant dans le salon.

— Oh, rien! répondit-il en broyant le tout. Seulement une publicité d'une compagnie de services télé. Est-ce que Mélodie est avec toi?

— Cocotte! Viens ici, ma puce.

La petite fille accourut dans la pièce, visiblement très heureuse d'avoir retrouvé sa famille.

— Est-ce que tu as une surprise pour papa? lui demanda-t-il.

Elle hésita un moment avant d'arborer un grand sourire.

— Oh oui ! s'exclama-t-elle avec joie. Veux-tu que j'aille remettre mon costume ?

Cormier lui rendit son sourire en acquiesçant. Il fit un signe à son épouse et elle vint s'asseoir près de lui pendant que leur fille retournait brièvement à la cuisine.

La famille Cormier eut droit à un beau spectacle de danse.

Le taxi tourna le coin de la rue Berri et s'arrêta en bordure du trottoir.

— *Here you are, m'am. I hope you didn't miss your bus,* dit-il, inquiet, en faisant référence au trafic qui les avait retardés un peu.

— *Right on time, thank you,* répondit Marie-Claude.

— *Have a good stay in Montreal.*

Elle le paya et sortit de la voiture.

Elle fit quelques pas vers le terminal d'autobus, mais dès que le chauffeur disparut de sa vue, elle traversa plutôt la rue Berri d'un pas rapide, vers l'ouest. Elle marcha ainsi jusqu'à Saint-Laurent, où elle bifurqua vers le fleuve.

Sa perruque bien en place et ses lunettes fumées lui cachant le visage, elle se dirigeait vers le quartier chinois.

En ce jeudi midi, il y avait foule dans la rue. Malgré la cohue, la jeune femme savait exactement où elle s'en allait. Elle avança d'un pas sûr parmi les passants jusqu'à ce qu'elle repère sa destination : un gros autobus garé à sa droite, au milieu d'un attroupement de gens de nationalités diverses.

Elle se faufila entre les têtes jusqu'à la porte du bus. C'était un autocar aux symboles asiatiques peints sur le côté, du genre de ceux que l'on utilise pour faire des visites guidées dans les grandes villes. Elle attendit derrière une petite famille aux yeux bridés et sortit un billet de sa poche. Elle évitait de croiser le regard des autres, question de ne pas être reconnue. Bien qu'elle fût passablement certaine que personne ne la recherchait dans ce coin de la province à l'heure actuelle, elle savait que la photographie de son visage avait sûrement circulé dans les médias.

À son tour, elle monta les marches et arriva devant le chauffeur. Sans même la regarder, il prit le billet et approuva de la tête en lui faisant signe d'aller s'asseoir. Marie-Claude prit place dans le dernier banc à l'arrière. La majorité des gens qui étaient dans le car étaient asiatiques ; il s'agissait pour la plupart de jeunes adultes accompagnés de leurs enfants. Elle s'étira la tête et aperçut un autre groupe qui marchait dans l'allée, dans sa direction. Deux petits Chinois souriants s'assirent dans l'avant-dernier banc, pendant que les parents prenaient celui devant eux. Une troisième fille, plus âgée que les deux premiers gamins, jeta un coup d'œil de chaque côté pour se trouver un siège. Elle échangea un regard avec Marie-Claude ; un banc était libre à sa droite. Cette dernière bougea son sac pour lui faire comprendre qu'elle pouvait s'y installer. La jeune fille sourit et accepta l'offre en prenant place à ses côtés.

— Merci, lui dit-elle poliment avec un fort accent cantonais.

Elle devait avoir entre 12 et 14 ans, elle avait de longs cheveux noirs lisses.

— Ça me fait plaisir, répondit gentiment Marie-Claude. C'est la première fois que tu vas visiter Toronto ?

— Oui. Ma famille, il y en a là-bas. Nous on faire la visite et les voir aussi, expliqua-t-elle en utilisant de son mieux le peu de mots français que contenait son vocabulaire.

— Ce sont tes frères et tes parents ? demanda sa compagne de voyage, en indiquant les bancs devant eux.

— Oui, acquiesça-t-elle en effaçant son sourire. Moi je suis contente ne pas être assis avec eux, chuchota-t-elle.

Lanteigne plaça son sac sous son banc et prit une position confortable ; l'autobus entamait son périple.

— Ah oui ? Tu désires m'en parler ?

Sommaire

MARQUIS

Québec, Canada

Achevé d'imprimer le 18 janvier 2022

Imprimé sur Rolland Enviro.
Ce papier contient 100% de fibres postconsommation,
est fabriqué avec un procédé sans chlore
et à partir d'énergie biogaz.

100%

PCF

BIO GAZ
ÉNERGIE

PERMANENT